茅草花

谈怡中◎著

安徽师范大学出版社
ANHUI NORMAL UNIVERSITY PRESS
·芜湖·

图书在版编目(CIP)数据

茅草花 / 谈怡中著 .— 芜湖：安徽师范大学出版社，2021.7
ISBN 978-7-5676-5219-4

Ⅰ. ①茅… Ⅱ. ①谈… Ⅲ. ①长篇小说 – 中国 – 当代 Ⅳ. ①I247.5

中国版本图书馆CIP数据核字(2021)第134702号

茅 草 花 谈怡中◎著

责任编辑：吴　琼　　责任校对：马飞飞
装帧设计：丁奕奕　　责任印制：桑国磊
出版发行：安徽师范大学出版社
芜湖市北京东路1号安徽师范大学赭山校区
网　　址：http://www.ahnupress.com/
发 行 部：0553-3883578　5910327　5910310(传真)
印　　刷：苏州市古得堡数码印刷有限公司
版　　次：2021年7月第1版
印　　次：2021年7月第1次印刷
规　　格：700 mm × 1000 mm　1/16
印　　张：16.75
字　　数：232千字
书　　号：ISBN 978-7-5676-5219-4
定　　价：50.00元

茅草花香

长篇扶贫小说《茅草花》初稿，发到我的微信里时，我有点兴奋。书稿通过一个小小县城的故事，虚实相间地描写和记录了“脱贫攻坚奔小康”这一伟大时代的人和事。

谈怡中已出版了两部长篇小说，《欲望》警钟长鸣，勤劳致富是根本；《茨山庵》烽烟滚滚，革命烈士浴血奋战，让我们“不忘初心，牢记使命”。打开他创作的又一篇长篇小说《茅草花》，一股馨香扑鼻而来。它把我们带进一个“荒土春来劲草生，茅针凝露满山青”的神奇境地，一个个极为生动的与贫困抗争的故事展现在我们面前，一个个鲜活向上的人物向我们走来。

一、情节构思艺术

在小说作品的特定艺术描写中，情节要求的是有真实感，它的生命基础是作者丰富的生活经历，应该是合乎情理的或是合乎人情的。这种情理或人情又应该合乎一个时代的伦理观念。

在改革开放的年代里，社会生活提供了很多伟大的动人的情节。谈怡中把这一时代的令人激动的脉搏，体现在他的作品里，这种成功也就是主题的和现实主义的成功。

我们翻开小说《茅草花》时，时代的脉搏跃然纸上。茅草花盛开时节，李开苹出生了，父亲李望既喜又忧，喜的是有了两个儿子，又添了个闺女；忧的是多了张嘴巴吃饭。小说从此拉开序幕。茨茅村是个典型的“冒顶村”，荒坡多，田少干旱，年年歉收，饥饿总在李望家门前徘徊。他冒着“专政队”来割资本主义尾巴的危险，白天参加生产队劳动，晚上偷着把与邻村交界的荒坎开垦过来种菜，贴补口粮不足。一旦听到“包产”的风声，李望迫不及待地横锹拦路，不让生产队社员下自家门前的田。这是情节的开端，力争温饱，也是人类生存的最简单要求。

联产承包责任制实现了，“温饱”首次被茨茅村的家家户户迎进了门。李望满足了，计划着做房讨媳妇，让女儿劳动帮贴。他扔掉子女的高中入学通知单，不让他们上学了，认为守住了一亩三分田，就守住了幸福。

儿子们的抗争无效，又不愿满足现状，寻找致富之路。大儿子来富听说“玩三张牌”挣钱快，帮玩牌的望风，差点被抓；二儿子来贵自学裁缝，挣点钱又因为妻子集资进乡办企业被骗而倾家荡产。这是情节的再发展，本来靠读书能创造出更好的生活前景，然而被落后的小农思想掐断了。

作者为了小说的情节更加丰富，又浓墨重彩地描写了茨茅村各色村民为致富而误入歧途，最终认识到唯有勤劳才是致富的唯一渠道。

消除贫困，是人类梦寐以求的理想，也是社会主义逐步实现共同富裕的本质要求。小说中的主要人物李开苹，当上县委书记后，立下愚公移山志，咬定目标，坚决打赢脱贫攻坚战。茨茅村的贫困户，被列入精准扶贫目标，搞养殖，种大棚，一个不落地脱贫进小康。这又把小说的情节推向高潮。这种情节架构具有坚实的支撑力，情节中的人物行为，也合乎情理，能成为广大的同时代以及后来人的永久记忆。

只有作者在自己的亲身经历中，体验了这种伟大时代的情节，才能够在作品中艺术地构思出这些情节，这也是《茅草花》散发出一缕缕馨香的原因。

二、人物形象艺术

李开苹是《茅草花》小说中塑造的典型人物形象。她出生在贫困的茨茅村，又养在旧观念深重的小农家庭，却从小就生成不同寻常的性格。正像她父亲李望说的，像茅草花，有“野性”不好对付。

李开苹的父亲为了存钱做房给儿子讨媳妇，要开苹自己“创收”读书，比如放鹅，早上上学前把鹅赶到地里放饱，下午放学回家再把鹅赶到地里放饱，等鹅长大了卖了做学费。开苹想念书，噘着嘴也只好同意了。这些描写艺术地展现了李开苹对读书的渴望，再大困难也要克服。

书中有段回忆描写，更反映了开苹的读书意志之坚。开苹因为雪天路滑，跌进了水坝。汪瀸老师上班路过发现，救起了开苹，把她送回家。她换了衣服，继续跟着老师上学。“鸟欲高飞先振翅，人求上进先读书”，李开苹从小立志读书，做一个上进的人。

李开苹初中毕业时，父亲李望要她停学换亲。她知道拗不过父亲，先用“缓兵之计”同意换嫂子，但她搬出《婚姻法》保护自己，说自己没有达到结婚年龄，还要读书。父亲以拒绝提供学费相要挟，幸好有汪瀸老师夫妻出面帮助让她上了县重点高中。

开苹这个人物，在学习、磨炼、隐忍中成长。

师范大学毕业的李开苹，被调入一个乡村中学担任校长时，发现学生交不起学费，农民负担很重。李开苹根据学生家长的实际情况，写了一份报告递给镇政府，要求对困难学生的学费实行“缓、减、免”。这些描写突出表现了小说中的主人翁有经历、有责任、敢担当，初步展现了人物性格的优点。

接着，作者把笔调一转，李开苹当上县委书记，走上领导岗位，一头扎进脱贫攻坚战的日夜中，显得又是那么自然和充满希望。

李开苹在会上，要求村书记魏荣和村主任李来富，充分认识消除贫困是人类梦寐以求的理想，也是社会主义逐步实现共同富裕的本质要求。茨茅村是“弱鸟”，要紧跟时代“飞”到小康森林里，不能落下它。大家必须精准摸清扶贫对象，不负历史赋予的重任。

李开苹为了打赢脱贫攻坚战，南下广州，请来了蓝梦制衣企业，招收贫困村村民，培训上岗，增加他们的收入。扶贫必须因户施策，对不能进厂的，可以鼓励他们发展养殖业，政府给予相应的养殖补贴。小说中的这些描写，使人物进一步光彩起来。

小说中还有很多细节描写，如旅游结婚，反对父亲趁机收红包；不以权谋私，也不避亲。李开苹的形象更加完美丰满起来。

三、“烘云托月”艺术

小说《茅草花》中人物衬托富有鲜明性。我们这里说的衬托，主要是指不同人物对主要人物的陪衬。

汪濊老师是个民办老师，主要靠种田生活，但他荒芜了承包田，全身心地投入学校的教学上，而立之年因贫困不能成家。李开苹这些孩子们为老师着急了，号召班上的同学把自家的姐姐嫁给他。汪濊老师把孩子的学习放在第一位，舍己为下一代的精神，无形中感染了李开苹这些孩子，让孩子们更坚定了好好学习的决心。这里用老师的高尚衬托学生的优秀。

小说中也运用了反衬手法。如李开苹和她的换亲对象王小福，原来都是同班同学，学习成绩不相上下。

汪濊老师在课堂上说书是人类进步的阶梯，谁能沿着这个阶梯上，谁就能看到千绿媚，万花娇，还说知识就是力量。王小福告诉父亲，父亲说老师讲的是“鬼话”，王小福相信了，放弃了读书。李开苹相信老师的话，所以坚持学习。

无论是正面衬托还是反面衬托，都起到了“烘云托月”的艺术效果。

总之，长篇小说《茅草花》，不但馨香浓郁，还叶绿花白。读了闭目回味，我们这里的山不穷，水也不尽，养育的这一方人，有能有志，能脱贫能致富，还是那样的冰洁渊清，光风霁月。

罗光成

2021年5月17日

人物简介

1. 春谷县县委书记李开苹（女），1970年出生于一个普通农民家庭，靠努力上了师范大学。当了“父母官”后，坚决执行中央脱贫攻坚指示，打好脱贫攻坚战。

2. 汪瀛，民办教师，生活来源主要是承包的田地。但以教学工作为主，耽误了田地生产。一生都不遗余力地教育培养一代新人。

3. 李望，李开苹的父亲。承包土地后，满足了温饱，还抱守传统观念，教育子女以土地为致富根本，反对读书走出家门。

4. 王大妮，与中华人民共和国同岁，嫁给了解放军。改革开放后，由于丈夫致残致贫，被确认为精准扶贫对象。在政府支持下开展养殖事业，顺利脱贫。

5. 吴浅，早期一心想快速致富，贩卖假古董被抓。后被确认为精准扶贫对象，在村干部的指导下种植蔬菜大棚脱贫。

6. 王小福，相信拿“锄头把子”也照样吃饭，认为上学辛苦，放弃读书，最后无一技之长而被贫困缠绕。

7. 珊妮，广州蓝梦制衣厂副总经理，回家乡办厂，积极参与脱贫攻坚工作。

8. 阿魏，由于贫困，娶了长自己二九年龄的鲁珍为妻。两人恩爱有加。他坚信读书能立身，将两个儿子都送进了大学校门。

9. 近东，为了摆脱贫困，进城学厨艺，致力于餐饮行业，最终摆脱贫困。

10. 来贵，让妻子集资参加乡办企业，结果企业倒闭，陷入贫困。欲投奔黄浦江，被妻子偶遇相救，两人重振精神，最终走出贫困。

目录

001 // 第一章 茨茅村

008 // 第二章 奇妙的婚姻

015 // 第三章 小开苹送奶奶出嫁

021 // 第四章 我去参加解放军

031 // 第五章 李望插锹拦路

039 // 第六章 汪瀛老师的婚姻要“扶贫”

046 // 第七章 结婚申请书上学生帮签名

054 // 第八章 珊妮是“肥水”不流外村田

064 // 第九章 我的儿子我做主

072 // 第十章 写给老师的求救

079 // 第十一章 “傻子”换亲

087 // 第十二章 开苹愿意“换亲”

095 // 第十三章 李望要开苹写学费欠条

103 // 第十四章 定了亲无心服役

110 // 第十五章 结了婚无心上岗

117 // 第十六章　王蓝花与来贵动真情
123 // 第十七章　家里来信要李开苹回家结婚
130 // 第十八章　放弃换亲另有追求
138 // 第十九章　来富站街望风
146 // 第二十章　王小福误入“旁道”
154 // 第二十一章　王大妮消灾
161 // 第二十二章　远方姑娘来“结婚”
168 // 第二十三章　风折了“茅草花”
175 // 第二十四章　“春天的故事”
182 // 第二十五章　世事难料
189 // 第二十六章　李望收女儿的红包
197 // 第二十七章　重任在肩
204 // 第二十八章　李开苹的父亲李望也要扶贫
212 // 第二十九章　王大妮上电视
219 // 第 三 十 章　大王冲出温饱线
227 // 第三十一章　靠着墙根晒太阳
234 // 第三十二章　谁让我失去了许多
242 // 第三十三章　李开苹的纠结
249 // 第三十四章　亲情的烦恼
254 // 第三十五章　茨茅村的欣叹

第一章　茨茅村

省里召开的脱贫攻坚会议一结束，春谷县委书记李开苹就回到县里。不顾自己的旅途劳累，她又赶往茨茅村查看“通往小康路，最后一公里”的公路建设情况。茨茅村是县里的重点扶贫对象，每当她站到茨茅村的山头上，心里便久久不能平静：一个“贫”字，差一点让她……

1970年，五月初八，李望家茅草屋门前的茅草花开放了，婀娜多姿，轻盈洁白。李开苹也在这个时候呱呱坠地了。接生婆说：“恭喜添个闺女。”李望老婆花妮忘记了刚生产的疼痛，高兴地笑了。李望也哼起小调，坐在大门外吧嗒吧嗒吐着烟圈。老婆花妮已为他生了两个儿子，老大叫李来富，老二叫李来贵。李望想，要想我两个儿子富贵，必须离开贫穷。如果女儿起名叫李（离）开贫，将来长大嫁出去了，我家的贫穷不就带走了？两个儿子不就富贵了？对，女儿就叫李开贫！可他转念又一想，这个“贫”字有点扎眼，换个谐音字“苹”吧。他连忙走进房间，把刚才的想法告诉花妮，花妮把女儿搂得更紧了——我女儿有名字了，叫“李开苹”。

李望又走出门来，在小院里来回转着。看到门前的茅草花，他低头

"唉"了一声。只要认真读这首词，就知道李望"唉"的原因了。

鹧鸪天·茅草花

荒土春来劲草生，茅针凝露满山青。
鹧鸪催雨甘香裹，一缕风驰惊柳莺。
花若雪，笑浮声，看谁卓越有诗情。
白云为伴根连地，抖落寒霜又复兴。

李望心想：茅草花开放，女儿出生，这个丫头若像这茅草花般柔韧倔强，将来可不好"摆布"。

李望的爷爷，是从江北一担"挑"到春谷县的，本想找个肥沃的地方落户，可这样的地方都被人"拖锹为界，插草为标"了。只有茅茨村这个地方，土瘦山荒，没人举锄。他爷爷就找了个远离别人家的小山窝，搭棚住下，挖塘开田。

李望的父亲李北继承了上一辈吃苦耐劳的精神，晚上牛角挂灯笼犁田。大家脚搭板凳张口吃饭，你喝一碗茶，他吃完一餐饭，转身下田了。拿现在的时间一对照，他吃饭顶多用十分钟。

李望的母亲鲁珍是县城里的姑娘，鬼子进攻时，跑反跑来的。这是李望爷爷求之不得的，正愁着家里还穷，儿媳妇没处找。

李望五岁时,全中国解放了。李北想，自己的老婆是战争送的。现在迎来了新时代，如果儿子成人了，家穷讨不到媳妇，这个家就断了。于是就想给儿子李望定个娃娃亲。

李北和家住东边村的任义有交往，每年农忙季节，两家经常换工。这一天李北帮任义打稻，收工吃晚饭时，任义的女儿小花妮也和大人一起趴在饭桌上吃饭。李北看见花妮非常可爱，就抱起她坐在自己腿上。小姑娘花妮也不认生，指着碗里的咸鸭蛋，喊着李伯伯帮她夹，跟李北亲热得很。李北突发奇想，问任义小女儿几岁了。任义答说今年四岁。

李望高兴极了，跟任义夫妻俩说：“我的儿子李望今年五岁，如果花妮长大了做我的儿媳妇，今天这个酒不喝我都醉了。”

“你家娃子结实，将来是个板劳动力。”任义赞扬道。

“如果你们愿意，我们今天就给他们定下亲。我先喝三杯酒为敬。”

“你家是个勤劳厚道人家，我们就结为亲家。”任义也喝了三杯酒。

第二天，李北夫妇买了八尺花布带着李望来定了亲。

天有不测风云，由于李北过度劳累，菜不舍得放油，饭不舍得吃饱，久而久之，拖垮了身子，在李望十岁时去世了。母亲带着李望，下田一锄头一锄头地挖着。秋季收了粮食，娘儿俩不舍得吃，出门讨饭。

花妮十八岁时，已是窈窕淑女，美丽得让周围的小伙子望穿了眼。邻居们都说，花妮这么漂亮，虽然与李望订过娃娃亲，但李望家这么苦，任义是不会承认这门亲事的。

李望的母亲来了几次，要选个良辰吉日把花妮接回去。花妮的母亲在任义的耳边嘀咕道：“我们周围几个村子，就算茨茅村最苦，只见茅草花一片又一片。尤其是李望家，姑娘嫁过去，我怎么放心，他家的穷就是退婚的理由。”

“我名叫任义，不能背弃‘仁义’，那是要背千古骂名的。一个人不会穷一世，也不会富一生。李望小伙子不错，凭他的勤劳，家境会好起来的。”任义有信心地说。

任义带着花妮和花妮的娘，一道来到李望家看看。李望母亲问花妮结婚时需要什么。

花妮是个姑娘家，心里想什么不愿说。母女连心，还是花妮娘提了要求：第一，草屋换成红瓦房；第二，三转一响架子床；第三，金银不少四季装。

李望的母亲听了花妮娘提出的三个条件，手里的锅铲哗啦一声掉到锅里，像个雕塑般立在土灶边。李望帮花妮捧着的粗瓷茶杯也滑落下来砸到地上，开水溅落到花妮的脚上，烫得花妮直甩脚。李望赶紧把花妮搀扶到一边坐下，又倒上凉水给花妮冰冰脚。

任义看在眼里，花妮疼在心上。任义吧嗒吧嗒猛吸了几口自己带的黄烟，又猛地吐出一条长长的烟柱。烟柱飘出茅屋门外，他跷起脚敲敲烟袋，又吸了一口，看着李望娘自己做的茶，深深地吸了一口气说：“花妮娘说的三个条件，茨茅村都没听说过。什么一转手表，二转缝纫机，令人可笑的是三转自行车。茨茅村走的都是一尺五宽的茅草路，一丈一个弯，雨天还要扛着进出，买自行车不是人骑它，而是它骑人。茨茅村的小伙子讨不到老婆，但今天我不嫌茨茅村穷，我就要破例把姑娘花妮嫁过来，让茨茅村的小伙子增强信心。”

“外村没有一个姑娘愿嫁到这个穷村，你就是菩萨，让花妮来讨饭。”花妮娘不断责怪任义。

“你提的三个条件，等哪一天走上了康庄大道，让李望和花妮自己去争取吧。当下要做的，是先把茅草屋翻盖新草，把屋内潮湿的地用石灰渣铺平锤实。那张老旧的架子床，请个木匠改一改，装上几块龙凤呈祥的水银花玻璃。床上的新被子和蚊帐我们陪嫁过来。”任义为李望和花妮的婚事做了具体安排。

李望和母亲听了，心头上的一块大石落了地。李望望着花妮只是憨笑，李望的娘拿着蔑壳水瓶，不断为亲家的茶杯里添开水。

花妮娘看到女婿和亲家母这样高兴，也不忍心再说什么。花妮看着李望的那个憨厚样，怜爱之心油然而生，心想，只要我和李望一条心，将来我们什么都有。

这一年的腊月初八，李望迎娶了花妮。花妮除了穿的裤子是蓝色外，其余都是红色，红盖头、红棉袄、红鞋，一路走到李望家，每过一个村子，都引出许多老小，拦在路口要喜糖。有的老头只是咂嘴，穷得只有茅草的茨茅村也能讨到这样漂亮的姑娘，真是“砍茅草砍到银子”了。

新郎李望借来一套军便服和没有红星的军帽，打扮得十分帅气，这一天嘴巴笑得都没合拢过。

茨茅村的小伙子个个奔走相告："谁说我们茨茅村小伙子讨不到大姑娘？李望开了头，讨的大姑娘不但漂亮，还贤惠。"

阿魏和李望既是同年，又是好朋友。花妮还没有嫁过来时，阿魏每晚都来到李望家，陪他玩，陪他睡。

李望的母亲，隔三岔五就把他俩睡的被单洗得干干净净，每天都把他们睡的床铺得整整齐齐。阿魏习惯了，一吃过晚饭，自然而然就向李望家迈来。可是李望有了花妮，两人整天卿卿我我，也没空搭理阿魏。李望的母亲看阿魏很失望，就倒来茶，边捡菜边陪阿魏说话。

后来，李望和花妮又有了来富、来贵和开苹。

茨茅村"贫"的原因是田瘦坎高，塘装"三碗水"，三天不下雨，塘底就见天。用诗描写更形象些：

车　水

地形如帽十三冲，顶上开塘雨落中。

禾瘦高田常遇旱，手摇月下日升东。

茨茅村的抗旱情景尽显诗中。茨茅村的显著特征是夏季一个月的"梅雨"过后，就是近四十余天的伏旱，中晚稻几乎是只种不收，早稻每亩产量也只有四百斤左右。李望一家五口人，小孩吃得少，本可以弥补不足，但随着孩子的成长，饭量也越来越大。李望一计算，过年没有年饭米了。一入秋，他在干涸的塘里种萝卜和白菜，又把屋前屋后的竹丝埂挖掉来种菜。结果被公社的"群众专政队"发现，有的说李望是新兴地主，有的说李望是资本主义尾巴，把他揪到公社批斗，要割"尾巴"。

李望的母亲请阿魏陪她一道去公社"群众专政队"说情。"专政队"队长说："你回去，把所种的萝卜白菜毁掉，恢复原来的模样。"

李望的母亲连声答应“是、是、是。”“专政队”队长又指着长着黑绒绒胡须的阿魏说：“你是他的父亲，你要负责教育他，不要走资本主义道路。”

李望的母亲红着脸，又不敢辩解。阿魏一听侧身看了看李望母亲，发现她红晕的脸看着跟她儿媳妇花妮差不多年轻，顿时脖子也红了。

李望埋怨道，这个队长是什么眼神。难道只要长胡须的人，就高人一辈？不怪有许多老实人被他冤屈了。

李望被放回家，花妮把锅巴坛倒了个底朝天，倒出半碗锅巴末子，用开水泡一泡递到李望的手上，说：“快吃一点吧，别饿坏了身子。”

李望看看花妮，心里更是难受：“花妮，你嫁给我受苦了，我不能让你饿着，更不能让全家老小饿着。”

茨茅村的秋夜，月朗风轻，露重星稀，鹤唳虫鸣。李望一人扛着锄头出了门，来到门东边的山涝里，举锄开荒。这块山涝是茨茅村和上沟村的交界处，地块应归上沟村，可这里偏僻，上沟村的人很少来。

李望白天来看了好几次，心里想，我把它开出来种萝卜白菜，好度明年春荒。为了不让两村人知道，他便半夜趁着月光来开荒。

鸟飞烟外，叶绿雨时，“群众专政队”来到茨茅村，检查是否有人私开自留地种菜，重点对象就是李望家。

“专政队”队长带着一帮人来到李望家周围一看，干涸的塘底没有下种，竹丝埂又栽上竹丝。

李望的母亲听说“专政队”要来检查，就叫花妮带着李望和孩子回娘家去，又喊来阿魏给自己壮胆。

阿魏还真像一位家长，在“专政队”队长身边，赔着笑说：“李望是个老实人，也最听话。队长您一句话，李望回家就把思想端正了，下地的种子都重新挖出来抛给鸟吃了。”

“嗯，这样就好，不然，我就拿你这个‘父亲’是问了。”

阿魏又看看紧跟在身边的李望母亲，日子虽然苦一点，但她脸泛红晕，身材匀称，眼睛明亮，也正脉脉含情地望着阿魏。阿魏莫名地又一阵激动。

“那边山涝里怎么有一片绿色?”“专政队”队长走过去。

一片片新开垦的黄土地中间确实夹着几片嫩绿。李望的母亲慌了，这是儿子李望半夜偷偷开的荒地。她半夜听到开门响动，起来查看究竟才发现儿子背着锄头向那边走去。

阿魏想，在这两村交界的地方开荒种菜，一定是李望所为。李望母亲大惊失色时，阿魏连忙解释道：“这是上沟村的地界，是上沟村人开荒种的菜。听上沟村的人说，这个人已被罚，在大队林场义务劳动了。”

第二章　奇妙的婚姻

茨茅村的傍晚，天蒙上一沉厚云。“专政队”队长很高兴，李望的思想很顺利地“转正”了。他看看天要黑了，像是要下雨，忙离开了茨茅村。

阿魏也要离开，李望的母亲说：“等李望回来你再走吧，单门独户的，天黑了，我有点害怕。”

天下起了雨，又伸手不见五指，看样子李望也回不了家，阿魏只好留下来。李望的母亲点上煤油灯，煮了饭，炒了一碗青辣椒。阿魏帮着剥了豆子，烧了一碗汤，两人相对而坐。

李望望子成龙，不知道从哪里偷着抄来几首诗词，农闲时教儿子读。阿魏拿起翻开，看到其中一首词，不知道是谁写的：

沙头雨·茅

秋雨朦胧，春茅寥寂天难晓。落然多少，红瘦荒山老。　恰似逢春，焕发遥香袅。还窈窕，一枝芳草，欲问归谁好。

阿魏看完，惊讶地发现，这首词就是写给眼前人的。她像“一枝芳草”，应当“归谁”呢？

李望的母亲原来姓鲁，名叫鲁珍，父亲在春谷城里的十字街开布店，人称老鲁。以前老鲁挑小货担子，经常走到茨茅村，在李北家小憩。李北的父亲有时也留茶留饭。

日本人进占春谷时，城里人纷纷向乡下跑反。鲁珍当年已是二八年龄了。老鲁乡下没有亲戚投靠，就想起李北家，带着女儿投奔茨茅村来了。

李北的父亲见小姑娘鲁珍脸庞秀气，便趁着和老鲁喝酒的酒兴要鲁珍做儿媳妇。

老鲁早就看上李北的高大，还勤劳能干，人品又好，听李北父亲这么一说，高兴地举起杯一饮而尽。李北的父亲也举杯一饮而尽，就这么结下了亲家。

李北和鲁珍结婚的床，就是任义要求改一改的架子床，当时只有旧被子，打补丁的蚊帐，什么嫁妆也没有。

结婚的当天也不敢放鞭炮和双响，怕被鬼子听见了抢了鲁珍。日本投降的这一年，鲁珍十七岁时生下了李望。同村的魏山也在这一年添了个小子，取名阿魏。

鲁珍舀起一勺子青豆，送到阿魏碗里，自己也舀了一勺子青豆汤喝了一口，笑着对阿魏说：“我还记得你五岁那年春，你父亲被派去帮过江的解放军运送粮食，你母亲参加了慰问队，到公路边烧开水，迎接解放军过江，就把你丢给我照顾。”

阿魏舀起一勺子青豆，送到鲁珍碗里，自己夹一片辣椒放到嘴里，边嚼边回忆道：“我和李望在一个学校读书。我们小学毕业后，都要到春谷县城读初中，而且都转为非农业户口，分配粮食，毕业后愿意继续读高中就继续读，再升大学。不愿继续读，就安排到各个单位工作。可就在这一年，农村实行‘三自一包’，农民生产积极性和生产效率得到激发和提高，农民生活条件也得到改善。我和李望都放弃读书，回家种田。可是不久，这一生产形式又被取消了。”

“是啊，把你们害苦了。穿破一点，住茅屋雨漏一点还能熬着，可这吃的不够，无法熬啊。”

“李望的父亲有眼光，从小就给他和花妮定了娃娃亲。花妮的父亲仁义厚道，等花妮长大了不嫌穷不反悔，仍然把姑娘嫁了过来。一眨眼，为我添了三个孙子。现在我最担心的，是一家六张嘴都向李望要饭吃，急得李望晚上睡不着觉，半夜背着锄头，到人家山上开荒。”鲁珍说到这里，忍不住眼泪汪汪。

阿魏透过微弱的灯光，看见鲁珍秀气的脸上挂着泪珠，连忙起身拿来手巾帮她擦泪。鲁珍感动于阿魏这几天这么帮着她，心想：我要是有靠山，儿子也会少受些苦。

李望十九岁结了婚，为鲁珍添了三个孙子，可鲁珍也刚刚三十六岁，风韵丝毫未减。儿媳妇花妮和她站在一起，不熟悉的人分不清谁是婆婆谁是儿媳妇。

二十岁出头的阿魏，虽然把李望母亲看成自己的母亲，但经过这几天的相处，越发觉得眼前的人可爱又可怜。两人无声对望，心中眼中皆是爱意。

“花妮嫁到我家来真的受苦了。就拿一天三餐说吧，她先让自己的丈夫吃饱，再给孩子和我吃，她总是吃剩的。剩的多就多吃，剩的少就少吃。我看在眼里痛在心里。”鲁珍觉得气氛有些微妙，才打破了尴尬。

鲁珍接着哽噎着说：“我已是‘红瘦荒山老了’，要多留一口给我的花妮。”鲁珍的眼泪止不住又哗哗流着。

阿魏心生恻隐，坐到鲁珍旁边，一边帮她擦眼泪，一边安慰道：“你是词中写的‘一枝芳草’，‘还窈窕’，不会老，更不会死。如果你再嫁一次，还能和儿媳妇花妮比赛生呢。你再生的儿子和你的孙子将来一样大，到一起还称兄道弟呢。”阿魏的话把鲁珍逗乐了，破涕为笑，举着拳头锤着阿魏。十年来，她没有在男人面前撒过娇，这次完全是情不自禁。

鲁珍冷静下来，觉得自己有点可笑，怎么在“儿子”面前撒娇呢，赶忙把阿魏推到原来他自己的位子上。

“我真的就这么离开这个家，找个老头子嫁了，李望要背骂名，村前邻里都要指他的脊梁骨，说他不孝，讨了老婆忘了娘。花妮也会遭猜忌。”

鲁珍心想：我要跨出一步，怕会给儿子媳妇留下骂名。

鲁珍含着泪又说：“我二十七岁时，李北就英年早逝。我想带着儿子一起再嫁出去，或是招一个男人进门，可是一想起李北临死时的交代，就不敢‘跨这一步’。怕招进来的继父不能善待李望，我如果再生，让‘小的’先吃饱，李望没的吃会饿着”。

“这只是李北叔的担心。你的顾虑太多了。”阿魏安慰说。

“李北还说，李家就这么一根独苗，拜托我把他带大，把花妮娶回来，给他传递‘香火’”。鲁珍说完泪流满面。

“你现在已完成了他的交代，娶回了花妮，还为他生了两个孙子，一个孙女开苹。我看这个小丫头长大不‘简单’。这个‘香火’像早晨的霞光一样‘旺’着呢。你现在可以‘欲问归谁好’，向前‘跨一步’了。”阿魏又坐到鲁珍的身边，边帮她擦着泪水，边宽慰着。

“我已经错过时光了，就是想跨出这个门，也没有另一扇门向我开啊。可是我为你着急，李望和你同年，他已是三个孩子的父亲了，你到现在还‘虾不动水不跳’。赶快找个合适的，魏家的‘香火’要延续啊。”鲁珍望着坐在自己身边的小伙子，是多么有情有义啊。

鲁珍的一句温情体贴的话，说得阿魏心里暖洋洋的，从来没有一个女人这样深情地对待过自己。

阿魏的父母是老实巴交的农民，两个姐姐已出嫁，还有一个老幺兄弟才十岁。阿魏已到成家的时候，父亲魏山急得团团转，母亲一见来人，就端茶倒水，还要打蛋泡炒米，请人帮忙介绍媳妇。

茨茅村边近的姑娘，一听说介绍自己到茨茅村做媳妇，头都摇得像拨浪鼓，原因只有一个——茨茅村穷。

两个姐姐逢年过节回娘家，一坐下来，老娘就絮叨："你们做姐姐的，一点都不关心大兄弟的婚事。等娘老了烧不动饭了，你们回娘家谁烧饭给你们吃？"

魏山看着两个女婿说："你们就一点门路都没有？你们舅舅家、姑姑家都没生女儿？一个表妹都没有？不管怎样要抓一个来做舅嫂。"

两个女婿都低头不语，心想：我们是有几个表妹，与阿魏年龄相当，但在舅舅、姑姑面前提都不敢提。

大女婿在自己舅舅面前提过，想大表妹不喊我表哥喊我姐夫。舅妈一听，把自己的内侄骂个狗血喷头："你的表妹什么时候得罪了你？碍你的眼睛？想把她嫁到茨茅村饿死。"从此以后谁都不敢再在姑娘面前提茨茅村。

还是李望的母亲鲁珍，把阿魏的婚事时刻挂在心上，心想：与阿魏同年的儿子李望都有三个小孩了，阿魏在我身边长大，还没有动静。她背着阿魏和他的家人，找到亲家任义帮阿魏说亲。

任义也了解阿魏与自己女婿李望的亲密关系，也同情茨茅村的小伙子找媳妇难。当年自己第一个把漂亮女儿花妮嫁过去，想打破茨茅村讨不到媳妇的局面，让其他姑娘也不嫌穷嫁过去。谁知道至今都没有向自己学习"仁义"的。亲家母关心阿魏，交代的事他一定得帮忙。

任义的一个老表姓陶，离茨茅村比较远，圩区的，基本上不了解茨茅村的情况。他家有一个女儿叫陶琴，比阿魏小三岁，希望他家能解决阿魏老大难的问题。

任义的老表听任义提过以后，答应过几天给答复。谁知这个老表做事非常把稳，他边走边问来到茨茅村，把这个村绕了个遍，看到塘如碗口，田陡干涸，禾苗萎缩，山瘦草枯，又远远看到阿魏家的茅草屋像个鸭棚趴在地上便回家把自己看到的向老婆和女儿陶琴仔细地叙述了一遍。

通过对茨茅村的“考察”，任义的老表和表嫂的态度也明确了。这一天，鲁珍来到亲家为阿魏讨要回话。任义不愿传信，要老表亲自来和亲家母说。老表和表嫂也要来任义家走动走动，顺便把自己的姑娘陶琴也带来了，让陶琴把父亲的“想法”说说。

任义的亲家母鲁珍端着茶，早已坐在客厅里等候阿魏的“佳音”。客人进了客厅，一见鲁珍非常惊讶。眼前的女人非常年轻，脸色红润，姑娘陶琴与她相比，也只有“姑娘”二字能胜过她。

“亲家母是个热心人，为本村的大龄小伙子着急。你托任义到我家提亲，可我家姑娘陶琴有点挑剔，说要找门口有很大的荷塘，水满清澈，荷叶密布，荷花鲜红的人家。人还要是‘非农业’。”任义老表指着女儿陶琴说。

陶琴只是含羞地搜寻着为自己介绍的对象阿魏。听说阿魏正在帮李望犁田，没来相亲，陶琴脸色一沉转身便要回家，被任义老婆勉强留住。

“现在的姑娘爱什么‘荷塘月色’，便请他阿爸到你们茨茅村看了一下。她向往的，茨茅村没有，只有碗大水凼，三天不下雨，底‘开口’要吞天。姑娘嫁过来，不但挨饿，还要挨渴，‘非农业’就更谈不上。她说，等你们茨茅村有了‘荷塘’，或人转了‘非农业’，她才嫁过来。”陶琴的母亲说，这是她姑娘的心思。

姑娘陶琴，并不是她父母说的那样，最重要的是没有见到阿魏，感觉心灰意冷。

鲁珍听了心想，看这位姑娘脸色像是真的不愿意，阿魏的婚事又泡汤了。难道阿魏是“孤老头子”的命？没有子女，日后老了，生灾害病谁来照顾？

“阿魏生在茨茅村这个穷村子，姑娘们都不愿嫁过来。你们本村如果有独身二婚的，也可以介绍给阿魏，帮他生个一男半女，避免你们茨茅村‘断了根’。”陶琴的母亲说这话时看了看鲁珍。

“你尽瞎说，就是有独身二婚的，与阿魏的年龄相差也很大啊。”陶琴的父亲说。

“年龄大小不是过不去的河，只要两人有情有义。”陶琴的母亲说。

他们在客厅交谈时，任义有意避开，帮花妮的母亲准备饭菜去了。陶琴在灶间帮表妈捡菜。

晚上阿魏回来，听到鲁珍说起白天的事，再也忍不住向鲁珍表明了心意。鲁珍听了心里久久不能平静，脸上泛起一阵阵红晕。

阿魏和鲁珍那天第一次单独吃饭交谈，感伤颇多，情感也渐进渐深。

第三章　小开苹送奶奶出嫁

茨茅村的冬天，下着雪，部分村民围在阿魏家烤火取暖。一棵大树疙瘩放在堂屋中间，边上围着干树枝，把稻草点燃，再引燃树枝，烧着大树疙瘩。

开始一缕缕浓烟呛得满屋人咳嗽，妇女小孩不断地抹着眼泪。等大树疙瘩烧着以后，浓烟逐渐减少。小孩抹干眼泪，在火旁寻找稻粒被烧后炸开的米泡。

阿魏的父亲魏山，戴着黑色马虎帽，捧着泥茶壶，坐在汪瀛身旁的板凳上，边烤火边说："汪先生，你是我们茨茅村最有文化的人，这么多年了，茨茅村的温饱问题还不能解决。我儿子阿魏，还有他们这些茨茅村的小伙子，姑娘的手都牵不到。你认为怎样才能把茨茅村的'贫穷'踢到长江？"

汪瀛高中毕业。在刚恢复高考时，高校招生实行推荐制。汪瀛所在的"跃进"公社，原名叫"马桥"公社。这个公社里上海的下放知青较多，公社领导号召大学招生、工厂招工、入伍参军、公社企业用人，下放知青优先。而农村的高中毕业生要响应伟大领袖毛主席的号召回到农村“广阔天地”，汪濊也就这样回到了农村。

为了多分“口粮”而多生的孩子都已到了入学年龄。李望的大儿子来富正需要上学读书，遇上了“教育整顿”，要振兴教育。原来一个公社一所学校，发展到一个生产大队一所学校，有的生产小队还设教学点。

学校多了，教师队伍就要扩大。推荐到师范读书的人数远远不够学校的需求，怎么办？公社领导决定，先安排下放知青当民办教师。民办教师工资低，每月十二元五角。教师在所有行业中的地位排行第九，社会上戏称“臭老九”，很多人不愿意干。

学校教师还是紧缺，公社领导再次决定，在回乡的知识青年中招聘民办教师。汪濊正好高中毕业回到茨茅村务农，脸朝黄土背朝天，最后还缺过年米。他来到公社教育办公室应聘，填表登记后，就在茨茅村教学点任教。所以，魏山向他请教茨茅村贫穷的解决办法。

汪濊略加思索，回答道：“茨茅村的贫穷，除了生产力水平有限，不能征服自然环境外，人的思想还紧紧锁在‘集体’这个怪圈里。当下的农村体制，要让时间来认识它改变它。除集体劳动所得外，应当有其他补充。”

“拿什么补充？”魏山身子向汪濊身边挪了挪，很感兴趣地问。

“比如说，我们的饭桌上有集体分得的菜，有辣椒、豆角。能不能到河里捉几条野生的鱼，再增加一道菜？”汪濊提示道。

“汪老师是想说，允许我们把茨茅村的荒山坡开过来作为自留地，多种山芋补充粮食的不足？”吴浅惊奇地问道。

吴浅是茨茅村人，二十岁出头了和父母生活在一起。

魏山摇摇头说：“不可能，李望在开裂的塘底下种几颗菜，还被公社‘专政队’带走了。”

“这就是因为人们的思想紧紧锁在这狭隘的‘集体’怪圈里，自己开一点荒山，自己栽几垄山芋，代替主粮，这就是茨茅村不挨饿的其中一个办法。可惜……”汪澨老师无奈地说。

“汪老师说的意思是允许搞一点自留地，补充集体的不足，可惜这种做法拖着资本主义尾巴。”这是吴浅从茨茅村的大喇叭里听到的。

“就是允许搞一点自留地，茨茅村还是不能保证不饿肚子。最好的办法，把田包给我们种，提高积极性多收多得，避免‘磨洋工’。”魏山说这话时，所有烤火的大人都看了看他。

烤火的听了魏山的“包田”说，都把头一缩，鸦雀无声了。

“阿魏呢？”还是汪澨打破了沉寂，心想：我们这么多人在他家烤火，这个家伙跑到哪儿去了？

吴浅趁魏山离开火堆倒茶的时候，用胳膊撸了撸汪澨，低声说：“你还记得，今年入秋以后，公社‘专政队’到李望家‘回头看’时，李望带着老婆孩子到丈母娘家去了。李望的母亲鲁珍把阿魏喊去了，目的是帮李望说话，什么思想端正了，‘尾巴’割了。可是那天晚上下雨，阿魏在李望家睡的。”

“晚上下雨，天又黑，阿魏在他家睡一晚上，有什么奇怪的？”汪澨边拨着火堆边不屑一顾地说。

“可你不知道，那天晚上李望没有回来，家里只有他年轻的妈和阿魏。我早上亲眼所见，阿魏低着头回家，还瞄了我一眼。他那眼神就告诉我，他昨天晚上和李望的妈肯定睡在一起。”吴浅神神秘秘地说。

忽然，魏山的门外“嘣——啪——”放起了双响炮，接着就是噼噼啪啪的鞭炮声。烤火的人都惊奇地跑出门外。

鲁珍梳着齐耳短发，脸色白皙，上身穿着崭新的水红色碎花棉袄，下身穿的蓝色新裤子，一手拎着包裹，一手抱着开苹站在阿魏家大门外的雪地里，犹如开放的雪莲花。

鲁珍见阿魏家里坐满了邻居，羞得满脸通红。阿魏扛着一只旧木箱子跟在鲁珍的后面。

魏山见状，疾跑几步，把阿魏拉到一边问怎么回事？

阿魏的娘也急匆匆跑来想弄个明白。

阿魏低声告诉父母："鲁珍怀了你的孙子，已经出怀了。"

阿魏的父母站到鲁珍身边，仔细打量着。阿魏母亲说："阿魏与她儿子同年，现在她要做阿魏妻子，这个年龄差距让我们做父母的抬不起头。"

阿魏的父亲魏山说："你看鲁珍还水汪汪的，阿魏又年轻，抓紧时间为我们再生几个孙子是板上钉钉的事。茨茅村又穷，阿魏想讨个年轻姑娘恐怕是没有希望了。到那时，我家虽然没断子，但绝了孙，不仅在邻居面前抬不起头，老祖宗也不会饶过我们的。"

阿魏的母亲听了，觉得老头子说的有理，忙露出笑脸，上前接过包裹，又摸摸鲁珍鼓起的肚子说："鲁珍啊，你虽然能做阿魏的娘，但今天做阿魏的妻子为我添孙子，我们高兴，不怕别人说闲话。"

魏山接过儿子手里的水果糖，散给烤火的邻居，笑着说："今天先请你们吃喜糖，过一段时间再请你们吃喜蛋。"

吴浅接下阿魏肩上的木箱子，笑着说："你这个家伙穷疯了，差了辈的你也下手。"

"我不管这些了，我与鲁珍是真心相爱的。"阿魏心里充满着幸福希望。

汪濊把阿魏拽到鲁珍身边站着，对大家说："他们是一对小夫大妻。有了他们的结合，茨茅村就有了繁衍。"有词曰：

相见欢·雪梅

雪输梅，满庭芳，月交光。但润枯枝开放映红阳。

白无主，艳如故，问苍茫。已是枝头同宿暗浮香。

这时，烤火的人们弄清了放"双响"的原因后，把目光都集中到鲁珍抱着的开苹身上。阿魏急忙上前抱起开苹说："李望的儿子来富、来贵、女儿开苹见奶奶收拾衣服要跟我走了，一个个抱着奶奶的腿不让走。五岁的小开苹哭得最凶，要奶奶抱着，两只胳膊紧箍着奶奶的脖子不放。最后还是开苹的外公外婆把来富、来贵哄下来，就让小开苹送奶奶到我家。”

大家听了，眼睛都湿润了。李望和花妮是开通人，妈妈年轻时为李望失去了幸福，今天应该让妈妈自己去追求幸福了。

夕阳照在雪地上，向东望白色的山坡远近铺叠着，向西望坡坡坎坎中散落着点点白雪。烤火的人们嘴里嚼着水果糖向自己的家走去。

吴浅在人群中大声喊道：“明年我们又要多一个人口分粮了，大家把裤腰带再紧一紧吧。”大家听了心情又沉重起来。

夕阳已被大山抱到怀里去了，茨茅村的炊烟纷纷飘入空中，好像在对雪说：“你从空中落到地上化为水流了，可我升入空中变为乌云了。”

可是没有看到李望家炊烟升起。汪濊从阿魏家烤火回来的路上，拉着吴浅一道去李望家看看。李望正拿着稻箩在称稻，见汪濊老师和吴浅来了，不好意思地低着头和他们打招呼。

汪濊和吴浅见花妮两眼挂着眼泪坐在房门槛上，七岁的来贵坐在妈妈的旁边，给妈妈拍着胸，学奶奶哄自己睡觉的样子哄着妈妈，八岁的来富学奶奶淘着米。

汪濊走到来富面前，摸摸他的小脸蛋，问：“奶奶走了，想不想？”一提起奶奶两个小孩都哇一声哭起来。

花妮边哄着来富和来贵边说：“他奶奶执意要走，我们留不住。三个小孙子一时都不愿离开她。她这一走，不但想坏了孩子，我这个做媳妇的还要被唾沫淹死。”

“今天我们半个茨茅村的人都在阿魏家烤火，亲眼看见了阿魏迎娶开苹的奶奶，我们都认为你们夫妻做得对，应该让你婆婆追求自己的幸福。”汪濊开导花妮说。

“我妈哪里是追求什么幸福，她和阿魏来往完全是为了我们。今天一早，我把阿魏找来，让他给个交代。阿魏虽然年轻，但诚实有担当，当面表态现在当妻子爱护，老了代替我当妈奉养。可是我妈还给阿魏提了条件，说什么以后生产队每年给自己分的口粮要留下给孙子吃，担心孩子大了饭量也大了，怕饿着我和花妮。”李望含着泪说。

“我婆婆为抚养李望到成家，耽误了自己的青春，吃了这么多苦，我们怎么报答她？你听，走了还要把自己的口粮留下，这口粮我们能要吗？怀身带肚的正需要吃饭，我和李望一商量，晚上把她的口粮送过去。”花妮愧疚地说。

吴浅听了，说：“你母亲的这一举动，惊动了全茨茅村的人。大家和我一样先‘惊动’，接着就是感动和尊敬。因为她胸中只装有一个字，‘爱’。”

“这个‘爱’既伟大又脱俗。我们知道对儿孙爱是伟大的。敢于冲破偏见去爱一个世俗认为不应该爱的人，这个‘爱’也没有违背传统的伦理道德，这是‘脱俗’的爱。”汪濊老师的一番话，顿时卸下了李望和花妮肩上的“包袱”。

李望晚上挑着妈的口粮和花妮一道来到阿魏家，看望母亲并要接回小开苹，可小开苹还不愿离开奶奶，晚上要跟奶奶睡一起。花妮哄她说：“外婆来看你，还带来了许多好吃的糖。如果你不回去，就要被两个哥哥吃光了。”这样花妮才从奶奶怀里抱走了小开苹，鲁珍的眼泪也簌簌地滚出眼眶。

第二年初夏，李望的母亲鲁珍为阿魏生了个大胖小子，取名魏荣。李望和花妮送来了红糖和鸡蛋，并告诉她，三个孙子女又长高了。

三年之后，阿魏又抱上了第二个儿子，取名魏华。

第四章　我去参加解放军

茨茅村另一户人家的青年谭九水，见李望遇到不嫌穷的漂亮姑娘花妮，娶进茨茅村为他生了三个孩子，紧跟后面的阿魏与姑娘无缘，但遇到真爱他的李望的母亲鲁珍，也为他生了儿子，心想自己也到娶妻生子的年龄了，怕遇不到这样的好事，但不管怎样找个女人为自己生孩子是件大事。有什么好办法，能让村内村外的姑娘，也像花妮一样不嫌穷，嫁给茨茅村的小伙子呢？

茨茅村东面相邻的上沟村的王有才家，有个大闺女，名叫王大妮，十七岁了，是周边几个村的一枝花，念过小学。大妮最爱穿女军装。她身材高挑，没有红星的军帽下，齐耳短发乌黑发亮，齐眉刘海下闪烁着明亮的大眼睛，回眸一笑，风云都追来了。有诗描述道：

如梦令·初开

茅草初开无色，但比蔷薇招惹。风驾鹤云来，谁妄想声声喏。耕者，耕者，痴恋冷香难舍。

村里农闲时，还排练黄梅戏《大别山》，王大妮扮演漂亮的女主角桂英，演得有声有色，倾倒半个公社的小伙子。夏季生产队一收工，边近村的小伙子们都洗得干干净净，梳着整齐的头发，油光发亮，手摇芭蕉扇来到王大妮家门口乘凉。

王有才也客气，见小伙子们都爱到自家来玩，端出板凳放在门前稻场上请大家坐。大妮洗漱后，穿着粉红色的确良短袖衫，下身穿着蓝色百褶短裙，一双红凉鞋走出大门，真是迷倒了“一大片”。

小伙子们的眼睛都集中到大妮身上，不知不觉地停下摇动芭蕉扇，都站起来让座，希望大妮坐在自己身边。大妮也大方坐在父亲的板凳上听小伙子们聊天。

平时这些小伙子都吊儿郎当，嬉皮笑脸，嘴里吐不出一句正经话，可在姑娘大妮面前一个个正儿八经起来。

“一打二挑三抵棍，生产队里没有人能比得过我。”剃着小平头的小伙子说。

“今天‘双抢’，一亩二分田五百斤稻，我一肩就‘刷’到生产队稻场上。”梳着“一边倒”的小伙子看大妮一脸惊讶，又补充道，“从村南挑到村北，两里路哎。”

一个身材瘦瘦的小伙子，听到这两个胖墩墩的小伙子在大妮面前说自己力大无比，也不示弱，说自己手灵快：“今年生产队为了赶在立秋前栽完双晚稻，让大家包田栽。我包了一亩田。太阳没有出山前，我已拔好秧，吃过早饭下田栽秧，吃了中饭还休息一会儿。太阳还剩丈把高，我就坐在田头等队长来验收。队长一量，说我栽的秧不但密植棵大，还‘横直斜对’，让全生产队的社员向我学习。”

大妮听了说：“我起早摸黑只能栽四分田秧，队长警告说，下次要栽密一点，否则不给工分。你‘手边活’真快。”小瘦子听了大妮的赞扬心里美滋滋的。

谭尢水心想：他们都有“本事”，在王大妮面前显摆，如果自己一点名堂都没有，不就“跌相”了吗？

这时王大妮正对着谭九水笑，那是一种蔑视的笑，意思是：你有啥本事？

“大妮，你家有扁担吗？”

“干什么？你要打架？”大妮好奇地问道。还没等大妮转身，谭九水就跑到大妮身后，拿起大门口架在稻箩上的扁担，一个箭步跨到稻场中间。扁担立地，他站了个马步，说：“小平头，你先来。”

“干什么？”小平头惊讶道。

“我们来个单挑‘抵棍’。”

在场的都鼓掌要“小平头”上，“小平头”还在犹豫时，大妮端来一碗冷开水说：“喝了咱的‘酒’，一棍挑入沟。”

“小平头”见大妮在为自己鼓劲，说明大妮对自己有意思。自古以来都是“美女爱英雄”，这一棍“挑”赢了，说不定大妮就是自己老婆了。

“小平头”趁“酒劲”一个箭步跨到谭九水的面前，也以马步相迎。两人伸出右手将扁担的两端握住，先将扁担举平齐肩，左手叉腰，右脚前跨，左脚作为支撑点。

三个回合后，“小平头”支持不住败下阵来。大妮站到谭九水身边为他鼓起掌来。

“小平头”见状，为挽回面子赶忙说：“我最拿手的是‘一打’和‘二挑’，‘抵棍’还摆在第三呢。”

谭九水看着为自己鼓掌的大妮，兴奋地说：“‘抵棍’不算，我就跟你比一比‘一打’。”

“比就比。”“小平头”双手叉腰站到稻场中间要与谭九水比摔跤。

谭九水也不示弱，撸着袖子迎上来。大妮的母亲吓得跑到谭九水身边把大妮拉出稻场，躲到一边。

大妮的父亲王有才见这两个家伙还要真干，心想：如果真的打起来，其中一个被打伤了或打残了，讨不到老婆，岂不是要讹上我，非要大妮嫁给他不可。外人会说他们是为了娶到大妮才在我家门口“争斗”的。

王有才赶忙站到两人中间说：“好了、好了，今天就‘玩’到这里，都是‘英雄’，都是‘英雄’。如果有真本事就去当解放军，到战场上把敌人打趴下，戴上军功章来我家，大妮就盼望做解放军的家属呢。”

小伙子们一听大妮想嫁解放军，个个都到春谷县武装部，问什么时候能报名参军。武装部的领导说：“到冬季，你们来报名。”

小伙子们每天收工，照例来到大妮家聊天，聊的是自己报名参军，准备体检了。

王有才虽然有点烦，但都是门口的小青年，也不好说什么。再想一想，他们也没有什么恶意，都想讨我家大妮做老婆，也没有什么错，有的只是想看一看大妮，回家做个好梦睡个好觉。

这是一个暖冬，太阳早早地下了山。王有才像往常一样，在堂屋里摆好凳子，点上煤油灯，等小伙子们造访。可是这天只有谭尢水来了，其余的一个都没来。

王有才奇怪地问谭尢水：“经常和你一道的那几个怎么没来？”

“今天我们都去参加体检了，小平头经常和人比‘一打二挑三抵棍’，受了内伤闷咳。梳着‘一边倒’的挑担过重，肩胛骨也受了伤，天一阴就犯痛。‘小瘦子’弯腰事做多了，腰间骨弯曲变了形。他们都被医生查出来了。”

大妮听了兴奋地问：“你体检合格了？”

“前面的体检都过了，就是明天晚上最后一道关，验血。”

大妮移坐到谭尢水一条板凳上，挨得更近了。“验血，主要是验什么？”大妮柔声地问。

“听医生说，就是查肝功能有没有问题。”

“你肝功能有问题，平时能看出来吗？”大妮又问。

“能，脸色发黄，说明肝功能有问题。”谭九水说完，大妮把他的脸转到自己的眼前仔细看着，又端起煤油灯仔细在谭九水的脸上照了照。

“你看清楚了，我的脸泛红还是泛黄？”

“我看你的脸是红光满面，体检准能通过。”大妮红着脸说。

“你这小丫头，是你羞红的脸映红了人家的脸。”大妮的母亲取笑道。

果然，谭九水顺利通过体检，当上了解放军。他可高兴极了，心想：大妮最爱解放军，我是解放军她当然最爱我了。我是茨茅村第二个能讨大姑娘的小伙子。

谭九水入伍之前，最后一次晚上来到大妮家。大妮分外热情，迎出门外。谭九水在堂屋坐定，大妮就端来茶水。

“我到部队后就给你写信，你也给我写信。”谭九水话一出口，大妮的母亲说：“你俩是什么关系，把信往我家寄？”

“你要想大妮做老婆，等你在部队上立了功再说。”大妮的父亲王有才又提出了进一步要求。谭九水听后，深情地看了大妮一眼，暗下决心走了。

王大妮的一个表舅住在春谷城里，她十八岁那年，表舅受邻居之托来给大妮做媒。这是个茅草青郁的日子，表舅早早地来到上沟村，一坐定大妮就端来茶，喊了一声“表舅好”。

表舅仔细地端详着大妮，心里赞叹道，好一个美人胚子。

大妮母亲在菜园摘菜回来说：“老表真稀客，今天有空到乡下来看我们。”

“我今天是受人之托，来给大妮介绍婆家的。”

大妮一听脸一红，这种羞态是姑娘特有的美。她坐到母亲的旁边，边帮着捡菜，边听表舅为她介绍谁。

“你要为大妮介绍个什么样的婆家？”大妮母亲问道。

“事情是这样的，前不久大妮到城里去过我家，被隔壁邻居的儿子看见了，便吵死吵活地要我来介绍大妮做老婆。我也仔细地比较了一下，也般配。”

“这话怎么说？”大妮父亲问道。

“我这个邻居，虽然住在龙门桥北边的小巷里，只有两间五十平米不到的小木板瓦房，但他们一家都是非农业户口，吃国家分配的每百斤十三块五的粮食。尤其是邻居的儿子，国家正式工人，有固定的工资收入。”大妮的表舅一讲到“非农业”眉飞色舞。

“这个小伙子在做什么工作？人长得怎么样？这么好的条件，怎么不找一个‘非农业’姑娘？”大妮的母亲提出一连串的问题。

“这个小伙子是春谷城北门搬运公司的搬运工人，力气也最大，三百斤的稻包不费力就扛上船。人长得结实，背驼这是职业的需要，‘独眼龙’不能怪他，这是扛稻包时风大，一根稻芒扎进了小伙子的右眼里造成的。因公‘眼残’，每月还比别的工人多发两块钱工资。”

大妮听到这里，忽然想起那天在表舅家，这个驼背“独眼龙”始终跟着她，一只眼直勾勾地盯着她。

“这个小伙子要求高得很，城里不漂亮的‘非农业’姑娘，他还看不中。他还说，只要大妮愿意嫁给他，生了小孩，再托人把大妮转为‘非农业’，也吃国家分配的粮食，做个让人羡慕的城里人。”表舅带着赞赏的口气道。

大妮的父母听后，关上房门商量了一番。大妮的父亲说：“把大妮嫁到城里，是我们做父母的做梦都想的事。小伙子不但是‘非农业’，还有正式工作，将来还能把大妮转为‘非农业’，这么好的事不是有表舅，哪能挨到我家大妮？”

“我也认为是天大的好事，美中不足的就是小伙子驼……”大妮母亲的“驼背”“独眼龙”还没说出来，大妮的父亲打断话茬说：“人无完人，光有一幅漂亮的皮囊，不是‘非农业’又不是国家工人，又有什么出息？我们农村有句民谚：‘姑娘愿跟白发拎皮包，不愿跟小伙子扶犁稍’。晚上把灯一吹，谁也看不清谁，只要能生小孩就行。”

大妮听了父亲的话面红耳赤地躲到房间里。

表舅知道这个“媒”做得差不多了：“你们放心，大妮嫁到城里，与我又是邻居，我会照应好的。我们就趁这个机会定个日子，把你家亲戚请来，把亲定下来。”

“现在生产队正是春耕的时候，比较忙，请对方在端午节前看个日子，也好安排送节。”王有才想喝女儿的酒了。

中午，表舅喝得醉醺醺地回城里了。下午，大妮趁割牛草的机会来到谭九水家，故意装着笑脸，对谭九水的妈说：“谭老妈，我表舅在城里给我介绍了婆家，男的不但是‘非农业’，还是国家工人。”

“你同意了？”谭老妈焦急地问大妮道。

“我不同意他，谭老妈你要我同意谁？你的儿子谭九水，至今都没来一封信。当了解放军，表现好不好一点都不知道。你写信告诉他我要嫁给‘非农业’了，做街上人了。”

谭老妈看大妮的表情，再听大妮说的，知道这是话中有话。

她陪着大妮，帮她割满一篮子草，又一路赔笑帮拎着草篮，送大妮到家不远的小溪边，接着回头就往家赶，找出谭九水的来信，又找到汪濊老师，请他写信。

这一天，正好是星期天，汪濊老师正在生产队犁田挣工分。谭老妈来到田埂上，火急火燎地要汪老师上埂写信。

汪老师说：“还没到下工的时候，我不犁田是要扣工分的。你先请队长批准，我才能上埂，这才不扣工分。因为军属都是得到照顾的。”

正好方队长扛着锹来了，谭老妈说有急事要给部队儿子写信。方队长听了，下田接过汪老师手中的牛鞭，“撤”的一声，牛向前缓缓移动起来。

汪老师上了田埂，把队长的锹把一横，坐在上面，先问谭老妈写什么？

谭老妈把王大妮说自己要嫁给“非农业”的事说了一遍，要求儿子谭九水赶快请假回来一趟。

汪老师明白了谭老妈的意思，接过谭老妈手中的笔和纸一会儿便写好了。汪老师叠好信装入信封，又一想，光凭大妮要嫁给街上的工人，就让谭九水请假回家，部队首长恐怕不批。理由很简单，人家姑娘嫁人与你谭九水有什么关系？他在信封背面又写上一句：“大妮嫁人，母亲重病。”

谭九水的部队在上海。他入伍后被分配到后勤养猪，入伍时逮的一百头猪，一年不到长得滚肥。平时一手拿着葫芦瓢，舀猪食喂猪，一手捧着毛主席著作学习“为人民服务”。

部队年终评选优秀时，他被评为“学习毛主席著作积极分子”。谭老妈的这封信寄到部队时，谭九水正在北京参加全国解放军“学习毛主席著作积极分子”表彰大会。大会结束时，毛主席还到会场和他们合影，谭九水就站在毛主席的后边。

谭九水一回到部队，部队首长就批假让他回家探亲。他为大妮买了一块上海“蜂花檀”香皂，还为王有才买了一包“飞马”牌香烟。早上五点从上海长途汽车站出发，晚上六点才到春谷汽车站，下车到家已十点多了。一进门，妈还没有睡觉，正煎好荷包蛋在等他。

“妈，这是怎么回事？”谭九水放下行李问道。

“我身体好着呢，主要是大妮的事。吃了煎蛋面，明天快去大妮家。”谭老妈边烧洗脚水，边铺着被子说。

第二天吃过早饭，谭九水穿上军装扣上风领扣，两边红领章红艳艳的，但暂时还缺两个上衣口袋。他对着镜子戴上军帽，红五星闪闪发亮，立正、稍息、敬礼，部队的几个基本动作做得英姿飒爽。他一个向后转，迈着军人的步伐来到大妮家，进门就向大妮家的来客一一敬礼。当他敬到大妮时，发现有个“驼背”站在她身后。大妮发现谭九水眼光异样，回头一看，急忙让开身子，让他给“驼背”敬礼。

大妮的母亲忙走到“驼背”的身边对谭九水说：“这是我未来的女婿，‘非农业’，国家工人。”

谭九水礼毕，走到大妮父亲王有才身边，借与他握手的机会，把一包“飞马”牌香烟塞到他手里，又走到大妮身边大声说道：“今天我来把大妮接到上海我的部队去，让这个农村小姑娘见见世面。”趁着在场所有的客人只注意他说话的机会，把一块上海“蜂花檀”香皂塞到大妮的手里。大妮低头一看，是自己最喜欢的香皂，迅速揣到裤子口袋里。

“你是她什么人，把我未来的‘老婆’带出去？”“驼背”责问谭九水。

“大妮，我俩有约定，你怎么和他定亲了？”

“我们看好了日子，端午节前订婚，端午还要送节，日子快到了。”“驼背”抢先答道。

大妮就是等谭九水给个明确的说法，一听“我俩有约定”，心里有了数。

王有才坐在堂屋上，看着穿着军装的谭九水帅气可人，又懂礼数会做人，一来就送了一包上海香烟，再看看“驼背”，实在不忍心说是女婿，不由得沉默不语。顿时一片寂静。

还是大妮的母亲说话了：“我家大妮就想嫁个‘驼背’这样的‘非农业’工人，把户口迁到城里。你谭九水虽然穿一身绿军装，你是‘非农业’吗，你是城里工人吗？”

这时，茨茅村的方队长和“跃进”公社武装部的刘部长来到大妮家找谭九水。王有才认识方队长，连忙让座，叫大妮倒茶。

方队长见大妮家有许多客人，便说：“打扰了，公社接到谭九水部队寄来的‘学习毛主席著作积极分子’奖状和他在毛主席身后的集体照片。”

刘部长从公文包里拿出奖状和照片递给谭九水。谭九水递给大妮，让她打开给大家看。在场的人看了都惊呼起来。

大妮的母亲把方队长拽到旁边问道："谭九水的这个奖状和照片有用吗？"

"用处可能很大。就凭这个奖状在部队就能'提干'，到地方就能转'非农业'，安排工作的话，说不定还能当干部。"大妮的母亲听了方队长的话，又看看谭九水和大妮，露出了笑容。

第二天，大妮的母亲带着"驼背"买来的三个苹果到城里表舅家，说："这苹果请老表转给'驼背'，这个死丫头背着我们，和那个当解放军的谭九水私下定了终身。如果'驼背'再去找大妮，那就是破坏军婚。"

大妮母亲从城里回来后，大妮就和谭九水定了亲，请的媒人还是阿魏。这消息一传开，贫穷的茨茅村又兴奋了，这是继花妮姑娘后，第二个将要嫁到茨茅村的姑娘。

第五章　李望插锹拦路

茨茅村的早稻收完那天，大家晚上在阿魏家里召开社员会，讨论双晚稻栽插。李望首先提出，双晚稻我们分田“包干”。阿魏压低声音说：“‘老子’，分田包干是要坐牢的。”阿魏和李望平时见面不说话，但暗地里都互相关心。他怕李望的话传出去，“专政队”队长要来抓他。李望也点点头，示意自己心里有数。

“我认为李望说的‘包干’，不违背‘三级所有，队为基础’的原则，因为‘包干’的收入还要拿到生产队集体去分红。”阿魏为李望打掩护道。

生产队方队长颤抖着嘴唇说：“你为他打什么掩护，他说的是分田，谁敢开这个头？”

李望说：“凤阳县小岗村的老严，长期在我们这边讨饭，就住在我丈人家旁边的破庙里。他和我丈人的关系混得很熟。每年回家过完年，又来这里讨饭。可他今年来了，把破庙里用的东西都收拾收拾，不讨饭了。我丈人还留他住了一晚上。两人喝酒时，问他为什么不在这边‘干’了？他说，去年冬天，他们小岗村在自己本家严宏昌的带领下，十八位农民以‘托孤’的方式，冒险在土地承包责任书上按下鲜红手印，实施了‘大包干’。所以自己该回去了。”李望还说，他丈人的生产队这一季就要分田到户。

茨茅村的社员听了，惊得嘴都合不拢。“我们请汪溆老师，介绍一下当前的农村形势，因为他天天看报纸。”阿魏打破沉寂提议道。

“汪老师，我们推选你为‘师爷’，你说说。”方队长同意道。

“李望说的凤阳县小岗村，村民为了吃饱肚子不讨饭，按红手印，搞土地承包的事是真的。在我们这里讨饭的凤阳人都这么说。”汪老师证明李望说的是事实。

“报纸上登没登过？”方队长心有余悸地问。

“土地承包是小岗村偷着干的，报纸不知道，不过省里万里书记知道。他当时到小岗村视察，看到有这么多粮食，看到农民种地的积极性，感到很自豪。”汪老师把自己所知道的告诉大家。

“书记离开小岗村时，也没丢一句话？是赞成还是反对？”方队长着急地问。

“书记不丢一句话，就是力挺。”李望分析道。

“不过，前几个月我在《人民日报》的头版头条看到了一封来信，题目是《分田到户怎么搞农业现代化？》还加了编者按说，‘三级所有，队为基础’应该稳定。”汪溆老师又介绍了农村形势的急剧变化。

“难怪，我听到公路上的宣传车在来回跑，反复喊道：坚持生产队统一核算、统一分配，不能从‘队为基础’退回去，搞‘分田到组’‘包产到户’。这是告诉我们不准分田到组，更不准分田到户。”阿魏说。

“到底能不能再把田分到户，公社要开会明确要求。方队长，公社召开了‘双抢’动员大会了吗？这个问题讲了吗？”阿魏的父亲魏三有经验地问道。

“年年‘双抢’前，公社都要召开动员大会，要求提高全体社员的积极性，抢收抢种。唯独今年没有开这个会议。我到公社问公社严书记和革委会黄主任，今年‘双抢’能不能分田包干？他们都回答，‘怎样搞社员的积极性高，你就怎样搞’。我问他们，‘你们领导的话意义深刻，让我这个大老粗怎么能理解。社员分田的积极性最高，难道就搞分田？’两位公社领导听我这么一说，却没有明确表态。”方队长疑惑不解地说。

“你还不知道，我们公社严书记的老家，就是凤阳小岗村的。带头按红血印的是他本家。”李望听老丈人说小岗村来讨饭的老严提起过。

实际上“分田到户”是个敏感问题，严书记和黄主任难以明确回答方队长提出的问题。他们心里是想把田分到各家各户自种自收的，而且百分之百能解决饿肚子的问题，这是他们多年的农村工作经验。

“队长，我们劳累了一天，晚上还在开会打疲劳战。分田还是不分田，你拿主意，我要睡觉了。”阿魏耷拉着脑袋说。

“我还是请汪濊老师拿个主意，分田这个国家大事，他比我了解的多。我听他的。”方队长有推卸责任的嫌疑。

“分与不分，明天晚上做决定。请队长明天再去公社探一下‘风’。”汪濊老师建议道。

“明天我们干什么事？队长安排一下。”魏三最后说道。

“我们还是吹哨，集体到李望家门口的田里锁稻草。晚上继续在这里开会。”方队长分了工。

东边刚泛鱼肚白，李望就在自家门前田里锁草了。当红霞满天时，方队长的哨音响起，惊醒了正在荒山上啃着青草根的老水牛。它抬头竖起耳朵望着前方，仿佛在等着主人来牵它下田了。社员们都向李望家门口的田里聚来。

突然，李望两腿叉开，把锹插在路中间说：“田，我自己分了。秋收后，我请你们来挑公余粮。”有词曰：

好事近·幸草

野草乃春生，斜雨展开空翠。路踩鹧鸪逃避，劲风牵行袂。深湾不让卷三重，云低献妖媚，伏地火烧无畏，看菊花陶醉。

阿魏见李望自己分了田，心想：他还真妄想秋收了，就等“专政队长”来抓他了。于是躲到其他人后面，就是有话也不说。

有的社员性急了，说：“我也回去，把自家门口的田分给自己。”

“大家冷静一下，请李望说说这个田是怎么分的。”汪濊老师请社员先别急。

“我们茨茅村的田，可分放水田和车水田。放水田每人平均可分五分田，车水田每人可分八分田，合计每人一亩三分田。我门前的放水田只有二亩五分，车水田四亩，其中一亩是旱田，只能种一季早稻，共计六亩五分田，正好是我家五口人分得的田。我认吃亏少五分放水田。”社员们听了觉得也是，李望没有自私，反而还愿意吃亏。

阿魏看到李望吃了亏，不同意地说：“你亏吃大了，少五分放水田，也就是少一季五分田双晚收入。如果大家真的愿意分田，就在隔壁分五分放水田给你。”

“不用了，田就分在家门口，少跑路，勤管理，收成不会少。”李望站在路中间不让人下田。

清早，上沟村王有才到李望家隔壁的山上牵牛下田犁田，见李望拦着本村的社员，不让下田，又听李望说自己分了田。他回到村里告诉队长，也要分田，否则，自己也不干了。上沟村的全体社员听王有才这么一说，也都要分田，不分就罢工。

“跃进”公社的严书记和黄主任，已下队检查“双抢”的进度去了，只有一位副主任，听了上沟村队长的汇报，派“专政队”队长，带两个队员先去把李望抓到公社来，等严书记和黄主任回来处置。

方队长刚走到公社大门口，遇到“专政队”队长说：“快回去，李望自己把田分了，我现在去抓人。”

方队长惊疑地说：“不可能，昨晚我们集体决定的，今天来公社……”

“什么不可能，清早李望堵在路上，不让社员下自己家门口的田。上沟村来汇报的，他们家社员也吵着要分田，还要‘罢工’，严重影响了集体的双抢进度。”“专政队”队长拉着方队长回到茨茅村。

果然，李望站在路口，不让社员下田。不容分说，“专政队”上前要绑李望。阿魏站到他身前伸出双手说：“要绑就绑我吧，这田是我鼓动他带头分的。”

“一人做事一人担，我家门口的田，分给我种最合适。”李望面不改色心不跳地说。

“哪个政府部门下‘文件’让你分田的？你不但破坏了生产队的抢收抢种，还破坏了‘队为基础’的社会主义经济体制。”“专政队”队长想给李望扣个“大帽子”，让他老实一点。

“‘饿’就是文件，为分田砍了头，我也不怕，砍死比饿死爽快。”李望把阿魏拉到自己的身后伸出双手说。

方队长站到李望面前，对“专政队”队长说：“今天人暂时留下，晚上我们开个‘批斗大会’，让他做‘检讨’。大家先到阿魏门口田里铲田埂去。”

“专政队”队长借梯而下，说：“你们晚上开会，好好批判批判他，屁股后面的资本主义尾巴越长越粗。”

晚上，方队长把社员们都带到李望家开会。花妮忙烧开水，拿出自摘自烤的稀罕的高茶泡给大家喝，又拿出“大铁桥”香烟，敬给爱抽烟的社员。

方队长品了一口茶，又抽了一口烟，说：“本来我们是来开李望批判会的，可高茶这么清凉，烟又这么爽口，花妮又这么热情，谁还好意思批判李望？如果有就站出来批判吧。”

“我可以肯定，没有。”阿魏第一个站出来说话。他是怕万一有人不领情地真开口批判起来。

“在李望家有你往前一站，把腰一叉，就像那门神保护着，谁还敢说话?”吴浅冲着阿魏笑道。

方队长把眼光转向汪潋老师，说：“李望自己把田分了，他背后肯定有‘背景’。人家说分田，只是‘香香嘴’，他还真干。针对小岗村按血印分田到户的事，不知道万里书记是什么态度?”

万里在滁县调研时说：‘你们的办法。明年可以干，后年还可以干……’”汪老师把自己得到的信息，原原本本告诉方队长和大家。

“汪老师说的就是我的‘背景’，机遇来了，还不抓住，缩手缩脚，我可‘饿’不起。”李望说。

“‘明年可以干，后年还可以干……’指的就是小岗村的‘大包干’?”方队长问。

“应该是。”汪老师点点头。

“我提个建议。”阿魏站起来说，“李望已经自己分了田，看他的样子，是‘死猪’不怕开水烫了，不如‘就汤下面’，我们今晚神不知，鬼不觉把田分了，明天队长照常吹哨子上工，但我们下各自承包的田。”

“阿魏和李望是‘父子’，李望‘枪毙’，他挡着，还要把我们都拉去‘陪冲铳’。”吴浅告诉大家要警惕。

“不要那么‘过敏’，阿魏说的方法，可不可行，各自说说自己的想法。”方队长话音一落，花妮又忙着给大家倒茶，又拿起大铁桥香烟散了一圈。

在烟雾缭绕中，大家七嘴八舌一片哄哄哈哈，意思就一个——“干”。方队长还不放心，要听听汪老师的意见。

“我的意思和大家一样，不用‘千愁万斛’，撸起袖子干!”

“汪老师是我们的‘师爷’，他也说‘干’，那我们就顺水推舟，跟李望一道‘下水’干吧。不过，我们要向李望学习，为便于耕种，按人口就近自己分田，不斤斤计较，不贪便宜。每户自己分好田，再向大家汇报一下，作最后确定。”方队长同意大家的意见，并提出分田方案。

在李望家的煤油灯下，各家各户按人口分配放水田和车水田，然后一户户汇报登记。结果家家都坦荡无私，每户自己分得的田没有一个有争议的，都实事求是、合情合理。李望家的“批斗会”变成了“分田会”。

上沟村的田和李望家的田，就隔一条田埂。田埂东边的田里，上沟村的十几张耘耙一字排开，边讲着张家长李家短，边慢悠悠地耘着双晚稻。田埂西边的田里，只有李望带着还没有锹把子长的来富和来贵，弯腰撅屁股地推动着耘耙，开苹不会耘田，来回送着茶水。李望没有休息片刻和田东边人搭一句话。

王有才顿时产生疑问，难道他们还是“单干”了？这时，上沟村队长一声哨响，上午中间的休息时间到了，社员们就地把耘耙插稳，脚带烂泥走上来坐在田埂上，抽烟的抽烟，打扑克的打扑克。王有才带着疑问，来到李望的田边，故意套话说：“这个田分到手，干劲就是不一样，一分钟都不舍得浪费。”

“我们的‘师爷’，让我们不用‘千愁万斛’，撸起袖子干。”李望不假思索地回答道。

王有才听后，告诉他们的队长说：“茨茅村不但分了田，还有个‘师爷’鼓励他们干。”

王有才和队长撂下耘耙跑到公社，又是那个副主任听了他们的反映后说：“这个茨茅村的人，天天做梦。马上派‘专政队’队长，去把那个带头做梦的‘师爷’，抓到公社来，让他加油在小黑屋里‘干’吧。”

“那个‘师爷’还是教师。”王有才提醒道。

“不就是个民办教师嘛，等严书记和黄主任回来，把他民办教师撤了。”

王有才和队长听了，像泄了气的皮球，走出公社。

原来他们想到公社反映茨茅村分田包干了，想让公社领导同意他们也分田，可领导还要逮人，不小心自己做了打“小报告”的小人，两人心里内疚起来。

第六章　汪澉老师的婚姻要“扶贫”

公社严书记以探亲的名义，回到家乡小岗村，针对大包干想探个究竟。

原来在“跃进”公社讨过饭的本家老严，吃饭时指着饭桌说：“我们现在的桌子上，有了鸡鱼肉，饭都煮满满一锅，任吃饱。过去的讨饭篮子和碗，都挂到了山墙上，偶尔抬头回忆回忆。”

“你们的公社干部，真是领导有方，生产队的社员积极性这么高，生产队粮食收成一下打了翻身仗，家家都收起了讨饭篮。我回来要学习学习，回去争取让社员不指望救济粮。”严书记故作惊讶地说。

本家老严凑近严书记的耳朵低声说：“我们‘托孤’按红手印，分田到户搞了‘大包干’，小岗村才获得大丰收。一年的粮食产量，相当于以往五年的总和。”

“‘专政队’没来抓你们?”

“‘专政队’没来，县领导来了，只说小岗村粮食得到了大丰收，是你们的觉悟高，积极性高，只字不提‘大包干’。”严书记听了本家的话，心想，自己这一趟亲没有白探，家乡事的究竟，今已知晓。

严书记一回到“跃进”公社，就向黄主任介绍了自己家乡小岗村的“究竟”。两人正在商量，如何处理社员们的“大包干”要求时，“专政队”队长把绑着的汪濊老师带进办公室。“这是怎么回事?”严书记和黄主任同时问道。

“上沟村队长和社员王有才来举报，汪濊是茨茅村‘师爷’，鼓动分田，还说不用‘干愁万斛’，只管干。所以，副书记叫我们把他带来‘交代交代’。”“专政队”队长汇报说。

“胡闹。”黄主任连忙给汪濊老师松绑。

“以后，不管哪个社员来反映搞什么分田‘大包干’等敏感问题，你们回避，你们只负责治安。”严书记明确交代说。

“汪老师你也主张分田‘大包干’？你教书，分了田怎么种？你的教学水平，在我们公社名列前茅。我们还准备把你调到公社中心小学来任教，到时候离家又远。”黄主任关心地说。

“现在民办教师工资又低，他们的主要生活来源还是靠种田。我们公社也没有能力解决这类问题。”严书记紧锁眉头说。

“我今天给汪老师‘占个卦’，他要想把田种好，必然要落下教学；他要不落下教学，必然田里长草。这是摆在汪老师面前的矛盾，如何处理这个矛盾，就看汪老师胸中装的是‘大’还是‘小’。”黄主任以平等的身份和汪老师交流道。

“黄主任的‘大’与‘小’是什么意思?”汪濊老师不理解地问。

“黄主任的意思是说，你胸中装着教育这个‘大事’，舍去了家中种田这个‘小事’，到时候想跟姑娘谈恋爱，要钱没钱，要粮没粮，讨不到老婆。”严书记递给汪老师一杯茶，笑着解释道。

“两位领导，你们看我是什么人?”

“不管是什么人，吃饭是大事，但我们对你是了解的。今天还要感谢上沟村的队长和王有才，一个‘举报’把你带到这里来，让我们交流得很愉快。”黄主任毫无领导架子满脸笑容地说。

“我们今天就谈到这里，用你的话说，不用‘千愁万斛’，加油干。”严书记紧紧握着汪老师的手说。黄主任也握着汪老师的手，把他送出公社大门。

茨茅村的教学点撤并到原来“跃进”公社的“跃进小学”，恢复原先马桥乡马桥学区的名称。李望的儿子来富、来贵都念初中了，只有小开苹随汪濊老师来到乡学区上学。

新的学校里，汪老师更是一心扑在教学上，学生们知道了汪老师一直没有成家，纷纷要给他介绍对象，李开苹最积极，开玩笑说是给他“扶贫”。

“谢谢同学们的好意。”汪老师的话音刚落，下课的铃声响起了。

汪濊当的是民办教师，每月工资是公办教师的一半，这叫同工不同酬。汪老师为了全身心地投入教学工作，落下了自己的承包田，想找个姑娘谈恋爱，可要钱没钱，要粮没粮，一连几个姑娘都与他‘拜拜’了。焦愁情感，是不言而喻的。

马桥乡有个飞龙村，这个村的姑娘都窈窕漂亮，但她们的婚姻都在攀比，不是非农业户口不嫁。

每到春节时，嫁到城里的姑娘，都领着姑爷回到飞龙村拜年。大年初二，各家各户都到村口迎接自家的姑娘和“非农业”姑爷。

飞龙村的姑娘，有的搀扶拄拐杖的“非农业”丈夫，有的推着轮椅上坐着的“非农业”丈夫，有的牵着盲人“非农业”丈夫，一个接一个进了飞龙村。村外人都称赞飞龙村的先辈们村名起得好，“飞龙村”变成“非农村”。

飞龙村有个身材高挑匀称的姑娘叫彭珊妮，梳着马尾辫，瓜子脸，眉目清秀，读过初中，裁缝手艺远近闻名。她的姨娘要给她介绍个“非农业”，可惜城里剩下的“非农业”男子，都像那些进村拜年的。

珊妮想：我不能像村里其他姑娘见“非农业”就嫁，我要选个有文化的，将来有发展的人做丈夫。我不相信“城里一个瞎子，胜似农村一个辣子”。

汪濊老师要出席县里优秀教师表彰大会，想做一件蓝色涤卡中山装，穿得庄重一点参加会议。他买好了蓝色涤卡布，想送给飞龙村裁缝彭珊妮给做成衣裳。他早就听说过彭珊妮，不但人长得漂亮，还有很好的裁缝手艺。

这天放学，来自飞龙村的学生、班长王晓俊带着汪老师走进彭珊妮的家。汪濊从斑驳的黑皮革拎包里拿出布，说明了来由。

彭珊妮拿起皮尺站到汪濊面前，看他三十左右的年龄，一米七五的个头，身体匀称，头发微卷蓬松，三七分开，V形脸上一双明亮的丹凤眼，看起来十分睿智。

彭珊妮心里波动起来。她拉开皮尺，两手搭在汪濊的肩膀想要量肩宽时，与汪老师正好四目相对。彭珊妮脸一下红了，两人呼吸近距离地相互撞击，让她心跳突然快起来。彭珊妮迅速控制住自己，低下头量着汪濊的腰围。

她又量了量布，不好意思地抬头看着汪濊说：“汪老师，布料正好，但缺四个口袋。”

“那我马上去买。”

“也不用了，我这里有，就帮你凑一凑吧。”

“你放心，口袋布的钱和缝纫费一并付清。”汪濊老师赶紧说。

“你什么时候穿去相亲？如果明天就去相亲，我今天晚上给你加班。”彭珊妮试探汪老师。

“我既不是城里人，也不是‘非农业’，哪个姑娘愿跟我相亲？下个星期，我要去参加县里的优秀教师表彰大会，家里没有一件像样衣裳。把口袋掏个底朝天，才够买一件衣料，今天来找你做。”汪老师趁机把自己的贫穷家境抖搂出来，说明现在还没有“脱贫”。

“当老师的还这么穷？谁相信？恐怕是想存许多钱讨‘非农业’老婆吧？”

汪濊听了，笑着挠了挠后脑勺，拉着班长讪讪地离开了彭珊妮的家。

“晓俊，来来，我问你话。”这一天放学，晓俊路过珊妮家门口，听到珊妮阿姨叫他，就走进去。

彭珊妮又端板凳给他坐，又抓了一大把山芋水果糖塞在晓俊的口袋里，问道：“你们喜不喜欢汪老师？”

“我们班男女同学都喜欢他。”晓俊高兴地答道。

“他又凶又打你们，你说的‘喜欢’就是怕。”彭珊妮试探汪濊老师的脾气。

“你怎么知道我们老师又凶又打人？那是故意给我们老师脸上抹黑。他还是县里的优秀老师呢，以后不许你们瞎说。”王晓俊很生气。

珊妮看晓俊这么护着他的老师，吓得把舌头一伸，又试探道：“这是我在试探你，看汪老师好不好。看你们把老师护得这么紧，以后我再也不说你们汪老师的坏话了。不过，我想问你，你们汪老师的老婆是干什么的？”

“我们汪老师是个‘贫穷’户，还没有老婆。我们班的女同学李开苹，还发动全班同学‘扶贫’，谁家有姐姐就把姐姐嫁给汪老师，帮他‘脱贫’。”王晓俊说。

“没有老婆也是‘贫穷’户，那你彭阿姨没有男朋友，是不是也算‘贫穷’户？”

“老师说，‘贫穷’是相对的，你有，我没有，我就贫穷。我们汪老师没有老婆，你没有老公，你俩都是‘贫穷’户。如果我们汪老师讨你做老婆，你嫁给了我们汪老师，你俩都‘脱贫’了。”

“你在汪老师班上学了不少知识，小嘴一套一套的，还解释了什么是‘贫穷’。”

“阿姨，谢谢你的糖，我要回去做作业了。”

彭珊妮想，汪老师不但是个帅小伙子，还是县优秀教师，学生这么喜欢他，他将来一定是个好老师好丈夫。城里的“非农业”就一定比他优秀吗？于是，珊妮在裁汪老师的布料时特别上心，肩宽、腰围算了一遍又一遍，绝不出现一毫偏差。提前三天做好后，她把衣服挂在自己房间的床头上，睡觉前看一看，摸一摸。

这天，汪溅老师要来取衣服，珊妮这一天的心情，一时也没有平静过。想见汪老师，又一想，汪老师又不是自己的，怎样才能让他变成自己人？珊妮无心再为他人做衣服，想着怎么把汪老师变成自己人？

傍晚放学了，汪老师又在学生王晓俊的带领下，来到珊妮家取衣服。珊妮又抓来一把山芋糖塞在王晓俊的口袋里，说：“晓俊，你要先回去做作业了，汪老师衣服的纽扣还没有订好，还要很长时间。”晓俊听了便和老师告别，又谢了珊妮阿姨回去了。

这时，屋里只有珊妮和汪溅。汪溅望着珊妮，心想她怎么不把衣服拿出来给我？珊妮两只水汪汪的大眼睛望着汪溅，就像两道电光深情透亮。半晌，珊妮回到自己的房间，汪溅看到她从自己的床头衣架上，取下一件蓝色中山装走到他身边，示意他脱掉原来的外衣穿上试试。

汪溅穿上中山装，珊妮帮他扣上风领扣，又扣上五枚纽扣，牵牵衣角，又后退一步仔细打量一番，衣服贴身合体，再加上汪溅身材挺拔，穿上蓝色的中山装更显得庄重。珊妮越看越激动，实在控制不住自己，猛地上前拦腰一把抱住汪溅老师，紧紧贴在他的胸前。汪溅老师也轻轻地伸出双臂，紧紧地抱着珊妮。有词曰：

碧云深·莎草

波微微，小河莎草春芳菲。春芳菲，蝶传佳信，芦苇丰肥。 春风裁剪绿丝垂，穗花愿与柔枝偎。柔枝偎，风流摇曳，一地葳葳。

“莎草”不爱“芦苇”爱垂柳。彭珊妮心想：柳虽幽深映月，但暗藏春晖。忽然门外传来脚步声，两人松开双臂，珊妮围着汪溅佯装看自己做的衣服合不合身。原来是班长王晓俊，来求汪老师解决作业问题。他看到汪濊老师穿着蓝色中山装英俊极了，又看见珊妮阿姨脸泛红晕，心里想：珊妮阿姨要“扶贫”了，同学李开苹希望有人“扶贫”汪濊老师的婚姻，看来有望实现了。

第七章　结婚申请书上学生帮签名

汪濊老师穿着珊妮做好的蓝色中山装来到县里参加全县中小学优秀教师表彰大会。春谷县委范书记亲自参加了表彰会，还发表了讲话。范书记首先总结了春谷县改革开放取得的丰硕成果，以及教育战线取得的成绩，然后话锋一转说："民办教师忠诚于人民的教育事业，在基层尤其在乡村学校，作出了重要贡献。政府将通过由中等师范招收民办教师，考试转为公办教师等形式，解决你们的问题。当然也会坚决辞退不合格的民办教师。"范书记最后还补充一句说："'招''转'的民办教师户口都转为'非农业'。"

汪濊老师听了县委范书记的报告，受到了极大的鼓舞。他想走"招"这一条路，争取考入师范学校，再"充电"。所以，他回家借来所有的初中课本，开始从头复习。每天上班教学，下班复习，可把自己承包的天和地抛到九霄云外了。有诗曰：

雨　露

滴灌枯根近却无，泥融遥望绿横铺。

柔香一缕连天阔，花色如云任卷舒。

汪瀛老师把自己比喻成茅草得到了雨露，吐露芬芳，花开如云。

几个月过去了，珊妮可坐不住了，心想：汪瀛这个家伙“抱”了我，走了就把我忘记了，也不从这里路过来看我，也不让班长王晓俊带个纸条给我。他不写，我来写。

早上，珊妮端了个条板凳坐在门口的路边，一会儿，王晓俊背着书包一蹦一跳地去上学。珊妮拦住王晓俊问道：“汪老师还天天穿着我做的衣服上课吗?”

“他上课没穿过，我好奇地问过他，他说不舍得穿。”王晓俊答道。

“你到学校告诉他，把衣服送来。我要重新帮他洗一洗，再熨一次。”

“我把你的话传给汪老师，汪老师可能不相信，你还是写个纸条让我带给他。”班长王晓俊人小鬼大，怕话传不清楚，老师不来，珊妮阿姨会怪他。

珊妮认为也是，让王晓俊稍等片刻，回房间用记账纸和记账的笔，写了另外一个内容的纸条交给王晓俊。

早读下课时，王晓俊举着纸条喊：“汪老师，珊妮阿姨写给你的‘信’。”李开苹等同学都围过来，起哄要看“信”。王晓俊举着纸条说：“我知道，纸条上写的是要汪老师把衣服送给她再熨一次。”

“那我们也要看看。”李开苹来到王晓俊身边，一把夺过纸条。在其他同学的掩护下，李开苹打开纸条一看，羞红着小脸读起来：“汪老师，我要结婚了，写个结婚申请书吧。彭珊妮。”

同学们一听都鼓起掌来，我们老师要“脱贫”了。消息很快传开，学校的老师听了，都要随礼。汪瀛老师连忙给全校老师解释，这是裁缝彭珊妮要结婚了，请我帮她写结婚申请书。

李开苹起哄道：“大家相信吗?”

“不相信。”

“珊妮阿姨为了‘扶贫’汪老师，要打结婚证了。班长说写的是熨衣服，这下珊妮阿姨把你蒙了吧。”李开苹向王晓俊做了个鬼脸说。

“放学后，我和班长一道去飞龙村，珊妮阿姨和谁结婚，‘扶贫’谁，明天王晓俊会告诉你们。”汪澨老师想澄清事实。

放学后，李开苹也一道来了珊妮家，说要帮汪老师参谋参谋珊妮做师母好不好。

王晓俊一跨进珊妮家就说：“珊妮阿姨你骗我，你要和汪老师结婚，为什么骗我说是帮汪老师熨衣服？”

珊妮又抓来一大把山芋水果糖，塞进王晓俊的口袋里，又抓了一把塞到李开苹的口袋里，说：“你走了之后，我才发现，纸条拿错了。结婚申请书那张纸条，是送给城里瘸腿‘非农业’小老头的。他要和我结婚，结果送给了你们汪老师，我要道歉。”

“你要嫁给城里的‘非农业’？”汪澨问。

“是的，因为我们飞龙村的姑娘都是为‘非农业’生，为‘非农业’长，为‘非农业’嫁。现在城里的‘非农业’，都被我们村里姑娘挑选得差不多了，还有一个瘸腿小老头，四十多岁了，患过小儿麻痹症，家中又没钱。他把街上一条三尺宽的小走廊两边墙上打了几个洞，架上木料，晚上在人家屋顶上抽了几块瓦盖上，中间挂上布帘，就是前后两间房。我去看了，前面做客厅又做厨房，后面是结婚的‘房间’。你来了，帮我写一张结婚申请书，我再去打结婚证。”珊妮说完，用惆怅的眼神看着汪澨老师。

“你真的就要嫁给那个瘸腿‘非农业’？难道你是情愿的？”汪澨失望地望着面前漂亮的珊妮，不知所措。

“自从我为你做了中山装，我妈知道了，每天看我心神不定，以为我爱上你了。她看你是个好小伙子，可一打听你不是‘非农业’，不断地警告我，只有嫁给‘非农业’，做个城里人，他们做父母的才有面子。

所以，天天托人在街上找非农业。前几天，我爸挑着一担茅草柴到街上卖，因为太重，就放下担子歇一下脚。谁知这一担正好歇在瘸腿‘非农业’门口。瘸腿也客气，从走廊家里端出一条用三块一尺长的小木板钉成的小板凳，让我爸坐下，又倒来一杯开水递到我爸手里。瘸腿和我爸攀谈起来，说自己祖祖辈辈都是街上人，都是‘非农业’，有许多农村姑娘要嫁给他，他嫌人家不漂亮都一一谢绝了。他还告诉我爸，如果农村姑娘漂亮，又有裁缝手艺，他也愿意讨回来做老婆。我爸听了，不好意思说自己的女儿既漂亮又有裁缝手艺，谎说自己村里有个姑娘正合他的要求，如果想去看看自己可以带他去。瘸腿马上扶墙站起来说，我爸的那担柴他买了，一称还多付了两毛钱。我爸看他既是‘非农业’又这么爽快，就把我家地址告诉了他。瘸腿在家人搀扶下来到我家，一看到我两眼就发直，又看到我在踩着缝纫机，就问我爸说的姑娘是不是我，我爸点点头。他跟我爸说就娶我。我爸说自己做不了主，要问我妈。我妈问他是不是‘非农业’，他说自己不但是‘非农业’，他的祖祖辈辈都是‘非农业’。我妈听了说自己没意见，要他亲自问问我同意不同意。”彭珊妮介绍认识瘸腿的过程。

“你同意了？”汪濊急切地问珊妮。

“我只是冲瘸腿一笑。”

“你这一笑，不就是同意了？”汪濊老师又急切地问。

“他们也认为我‘这一笑’是同意了，瘸腿要我写份结婚申请书。这不，我就叫王晓俊带信给你，请你来帮我写份结婚申请书。”珊妮边说边从裁缝账本上撕下一张纸，转身又拿起记账笔递给汪濊老师。

一会儿，汪濊老师便写好了：“我（彭珊妮）自愿与（　　）结为夫妻，并符合《中华人民共和国婚姻法》关于结婚的规定，请准予登记，发给《结婚证》。”那个空括号由瘸腿“非农业”自己填。

“你真的要和那个瘸子‘非农业’结婚？”汪濊老师又问。

“我想和你结婚，你嫌我文化不深。”

“自从那以后，晚上我一闭上眼，你就在我眼前出现。可是我不是‘非农业’。”

学生王晓俊和李开苹在一旁静静地听着，原来自己的老师这么爱着珊妮阿姨。

李开苹说：“老师，那个括号里就写汪溅，你的名字。”

班长王晓俊见汪老师迟迟不动，上前抢来老师手中的笔。珊妮见状把刚写的结婚申请书递给他。

李开苹按着纸，王晓俊在括号里工工整整地写上“汪溅”。

李开苹说：“班长，汪老师和珊妮阿姨明天去乡政府，把两人的照片往结婚证上一贴，汪老师的婚姻就‘脱贫’了，我们的‘扶贫’就成功了。”

珊妮羞红着脸说：“两个怪小孩，管起你们老师讨老婆的事。”

“我的学生，见到自己的老师没有老婆，个个都着急，要自己的姐姐嫁给我。”

“我再不嫁给你，他们的姐姐要把你抢了。”

“他们都在家里动员姐姐嫁给自己老师。姐姐们一问，我不是‘非农业’，一个个都把眼睛横着自己的弟妹。”

珊妮问李开苹：“是不是这样？”

李开苹说：“我没有姐姐，只有两个哥哥。我到姨娘家动员表姐嫁给汪老师，她问汪老师吃什么粮？我说，他吃的是自己种的粮。她马上就赶我走，说她要耘田，没时间陪我。至今，我还不知道我哪里说错了。”

“小孬子，‘吃自己种的粮’，就是农村户口，说明你的表姐也要嫁给‘非农业’。”珊妮笑着解释道。

第二天，珊妮打扮得特别漂亮，说：“爸、妈，今天我和瘸腿‘非农业’去打结婚证。”

珊妮的爸妈高兴极了，终于有个“非农业”的女婿，有了“非农业”的亲戚了。珊妮来到早已约定的地点——汪濊老师学校的大门口。两人拦停了三轮车，来到马桥小镇上。珊妮和汪濊手挽手，肩并肩走进理发店，一个理了三七分，一个烫了发尾。两人又双双走进照相馆照了个亲密结婚照。他们到乡政府登记领了结婚证，各执一份揣在怀里。珊妮要求汪濊老师按农村习俗走程序，先找个媒人来提亲，然后再约定婚期。

汪濊老师回家后，请阿魏做媒人到珊妮家提亲，“你不是‘非农业’，工资养不活老母鸡，责任田养不活人，山芋地养不活一头猪。人家那么漂亮的姑娘嫁给你？你是不是癞蛤蟆想吃天鹅肉？”阿魏头摇像拨浪鼓，不愿做这个媒。

汪濊的老母亲打了五个溏心蛋，央求阿魏去帮儿子提亲。阿魏看到老人想儿媳妇心切，勉强同意去试探一下珊妮父母的态度。

汪濊将早已准备好的两包大江牌香烟，塞在阿魏的口袋里，陪他一道来到珊妮家。

珊妮的父母正在菜园里忙着，看到阿魏来了便放下手中的活，把阿魏引进屋倒水泡茶。

阿魏茶喝三口就直入主题说：“汪老师是我们茨茅村唯一一个‘秀才’，人也厚道，你家珊妮也是个好姑娘，他们结为……”

阿魏的‘夫妻’两字还没说出口，珊妮爸打断话头说：“不可能，不可能，我家珊妮已介绍到城里了。我那女婿虽然瘸腿，但他是‘非农业’。他们昨天就打了结婚证，不信，你叫我姑娘把结婚证给你看看。”

阿魏正在惊讶时，瘸腿“非农业”一跛一瘸地进门就喊：“珊妮，珊妮，我们昨天约定打结婚证，你怎么没去？我们今天去吧？”

“你要结婚证，我这里有了。”珊妮听到瘸腿“非农业”的喊声，连忙放下剪刀，出来把结婚证展开给他看。汪濊也从内衣口袋里掏出结婚证展开来。

瘸腿“非农业”看了并没有惊讶，也没有生气，说道：“珊妮，谢谢你，让我做了几天好梦。你们才是美好的一对，祝福你们。”他说完转身走出珊妮家的大门。

珊妮惊呆了，想不到瘸腿“非农业”有这样的风度，便拉拉汪瀛要他出去送一送。

“你这个丫头，放着‘非农业’不嫁，偏要跟着这个文不文，武不武的人，将来的苦你自己受。”珊妮的妈用手敲着珊妮的头。

“你看飞龙村的姑娘嫁的‘非农业’，虽然人残疾、丑一点，但她们都不用下田，个个都长得白生生的。汪老师家一贫如洗，你嫁给他，还有出头的好日子吗？”珊妮的爸又数落了女儿一番。

阿魏在一旁笑了，他俩的结婚证都打好了，这是让我做个现成媒，便说道：“老彭啊，你女儿珊妮和汪老师的‘生米’都下锅了，我们就定个日子，让你们来吃‘熟饭’吧。”

珊妮爸无奈地说：“珊妮自己偷着打了结婚证，我又奈何不得。但汪瀛必须满足我几个条件，珊妮才能嫁过去。”

“什么条件？汪瀛老师你听好。”阿魏叮嘱道。

“瓦房、电视、宁波床。”珊妮爸说。

“十套衣服、缝纫机，外加手表、羽绒袄。”珊妮妈补充道。

“妈，那十套衣服里不包括羽绒袄？”珊妮奇怪地问。

“那里面只包括棉袄。”

阿魏问汪瀛：“这些条件高不高？”汪瀛老师想，我刚刚借了一部分钱把瓦买回来盖房，只能满足瓦房的条件，其他条件要答应，又要借债。亲戚家都不富裕，哪有钱借呀。正在犹豫时，珊妮在一旁向他点头，暗示他先答应下来。

汪瀛老师心领神会，说：“条件不高，不高，这是珊妮爸妈原谅我。”

“我们今天就给他们定个日子吧。”媒人阿魏建议道。

珊妮爸从房里拿出老皇历，翻看了一遍，说：“还是腊月腊八的日子好。”

“珊妮和汪濊老师的喜事就定在这一天。”阿魏说。

阿魏第一次做媒获得成功，而且还是个“穷”媒。他跟汪濊老师回到茨茅村，把这个大喜事告诉了汪濊的娘。汪濊的娘又一碗打了五个溏心蛋，端到阿魏桌前。

第八章　珊妮是“肥水”不流外村田

汪溅想，自己又不是“非农业”，还能娶珊妮为妻，心里整天美滋滋的。他向学校请了几天假，回家盖瓦房。把毛竹破成篾，编起来做了房间的吊顶，再用石灰粉上，虽然不那么平整，但也洁白，让珊妮睡在床上看不到瓦缝。

珊妮的爸也赶时髦，要让女儿到婆家睡“宁波床”。本地的木匠师傅，还没有看过是什么样式，只好坐车到四百多公里远的宁波木匠店里看一看，量一量，回来照样子制作。

汪溅也想到，现有的几根好的木料，是从旧屋上拆下来的，如果都架到屋上去，就没有料打床了，还是留两根屋料，再用两根毛竹绑在一起算一根料，架到屋上。这不，“宁波床”正需要这样粗的料，如果不“留一手”，现在又从哪里弄钱买床料。

黑白电视是珊妮买的，十套衣服珊妮不愿做。每年都有新的款式流行，一年后都会淘汰的。只有一件羽绒服，是珊妮自己买的布料自己做的。

汪溅担心地说：“你妈要查看怎么办?”

彭珊妮说自己有办法。

一切准备就绪，媒人阿魏又到飞龙村和珊妮爸商量下日书的时间。

珊妮爸说：“在没有下日书之前，我要亲自过去看看。”这个“看看”就是“检查验收”。

这天，秋高气爽，珊妮的爸妈来汪濊家了，珊妮也来了。汪濊老师请来了媒人阿魏和舅舅、姑父陪同。

珊妮的爸妈来到汪濊的场基上，珊妮爸看着三间土墙瓦屋，高兴地对珊妮妈说：“比瘸腿‘非农业’家的房子要宽敞几十倍。”又进屋到女儿未来的婚房一看，也笑了：“这个‘宁波床’真新奇，床后还镶嵌了一块大水银镜子。”

珊妮妈打开羊角三开门大衣橱，整整齐齐一衣橱都是珊妮的衣服，回头问珊妮：“十套衣服和一件羽绒服都做齐了？”珊妮在旁边点点头。

实际上，橱子里都是珊妮给客户做的衣服，放在这里充数的。

珊妮爸看看自己提的条件汪濊都做到了，懊悔当时条件没往高处提，应该要求再买一台新的芜湖长江牌缝纫机，现在还得把珊妮在娘家用的缝纫机陪嫁过来。但他一看电视机来劲了，对汪濊说：“珊妮结婚的条件，你们好像都做到了。但我要的电视机是带‘彩’的，你买个黑白的想蒙混过关。”

汪濊老师在一旁惊呆了，说：“你当初只说电视机，没说黑的白的，什么是带‘彩’的？”

阿魏说：“老彭啊，你当时要的电视机，恐怕就是黑白的。带‘彩’的电视机只在北京、上海这些大城市的有钱人家里流行，一般人想买都买不到。”

“我爸又在‘磨牙’，想把我们‘磨死’呀。”珊妮在一旁不高兴了。

珊妮爸见女儿真的生气了，赶紧收回自己的话说：“既然买了黑白的，暂时用着，等彩色的普及到县城再换。”

珊妮爸走出房间，看到了堂屋上拐角处的‘稻仓’，缸里充其量只有六担稻。珊妮嫁过来，三口人，每月要吃八九十斤米，也只够吃五个月，还短缺七个月的口粮。珊妮爸盘算后，压住怒气，要阿魏带他到汪瀫的承包田里去看看晚稻长势。

阿魏的田和汪老师的田连在一起，他知道汪瀫老师一心放在教学上，田里管理不善，治虫过了期，晚稻全抽的是白穗，可以说是绝收。珊妮爸执意要看，阿魏只好带他到自己田里去看看，想蒙混过关。

珊妮爸走在田埂上，看到白穗田说："这肯定是汪瀫的田吧？"

阿魏不能说是汪老师的田，也不能说是别人家的田，怕被他问出来，只好说是自己家的田。

"你也是种田老手了，都不晓得什么时候治虫？"珊妮的爸疑惑地盯着阿魏，阿魏只是低头呵呵笑。

珊妮爸又向四处望望，晚稻的穗都青青的，有的微黄勾着头，只有这一块相当于两个人口的田白穗飘飘，心里也知道了几分。他心想：我女儿一嫁过来，年饭米都没有了，人家过年，她就要跟着汪瀫娘出去讨饭了。

中午吃饭时，阿魏要给珊妮爸斟酒，他摆摆手不喝。

珊妮妈说："你在家不就喜欢喝一杯吗？今天到女婿家来了，怎么不喝了？"

"把这酒钱省下来，买几斤米吧。"吃饭时，珊妮爸也只吃了小半碗就放下筷子，说早上在家吃饱了。

珊妮妈见状也草草吃了几口就放下碗筷。阿魏知道珊妮爸的心思，没喝酒也陪着吃了几口。他心想，帮汪瀫老师做媒还得饿肚子，下次帮他接新娘，自己还要买几个大馍带着。

汪瀫老师的舅舅和姑爷等陪客，见主客不喝酒，少吃饭，也都收起杯子划几口饭就离开了桌子。

饭后，汪瀫的姑姑和舅母要珊妮帮自己裁几件衣裳，珊妮爸和珊妮妈便先回家了。走在路上，珊妮妈问珊妮爸今天是怎么回事，珊妮爸把自己看到的情况说了一遍。

顿时，珊妮妈的眼泪哗哗流下来。“这个丫头不听话，自己要往空稻箩里跳，饿死活该。要是嫁给瘸腿‘非农业’，生了小孩就配粮食，也不至于饿肚子。”

“我可舍不得。”珊妮爸说。

“你有什么办法让她回头?”珊妮妈问道。

“那我们好好想个法子。”珊妮爸思索道。

飞龙村西边有一条小河，过桥可以上公路，东边有一条机耕路，通往茨茅村，南北都是羊肠小道。

珊妮的爸妈刚从东村口回家，就被王晓俊的大叔王近东，人称大王拦住，说：“彭叔彭婶，早知道你家珊妮不嫁‘非农业’，嫁给那个‘武不能当兵，文不能测字’的汪老师，不如嫁给我。你家田地的活我都能包了，让你二老享福不用下田。”

“你们都没出息，把村里大姑娘都放跑了，自己打光棍。既然知道人家不如你，你还让人家背着大姑娘从你家门口跑了。”

大王惊呆了，问彭叔说的是什么意思?

“他今天到汪濊老师家看了看，我们提的条件勉强都做到了，但都是借债换来的。最气人的是家里稻子没几粒，仅够吃到过年前，双晚稻在田里都养虫了。珊妮前脚进了他家门，后脚就要拔出来出去讨饭。不像你们田里稻子都勾着头，闲时你们拎着笼子，早上出去掏黄鳝，晚上回来，腰里鼓鼓的。珊妮不找‘非农业’婆家，就找像你们这样的婆家，也不愁没饭吃。”珊妮妈叹息道。

“听说珊妮和那个汪濊老师打了结婚证，不然，我今天就请媒人到你家，劝珊妮反悔。珊妮不反悔，我也不会让她嫁出这个飞龙村。”大王边说边观察珊妮爸妈的脸色。珊妮的爸妈听了没说话，眼神里好像露出一丝赞许，反正不是反对的意思。

西边小桥头住的是王晓俊的小叔王远东，人称小王。他与大王一样，不知道珊妮会嫁给一个农业户汪老师。他看到珊妮的爸妈从汪濊老师家“验收”回来，跑去气冲冲地说：“珊妮爸妈，你家珊妮嫁给‘非农业’我没意见，但她嫁给茨茅村农业户实在不如嫁在我们村，比如嫁给我。我每天用网在小河里拦鱼送给你们，保证你家餐餐有新鲜的鱼吃。不管怎样，珊妮走不出村。”

珊妮的爸听了就像没听到一样，珊妮妈把门打开，说：“小王，进屋坐一坐。”

小王说：“我要到小河里起网。如果网到鱼，送来给珊妮和你二老尝鲜。”

腊月腊八的前一天，汪濊老师布置了婚房，堂屋的条台上插着两支红彤彤的蜡烛。山墙的中间，还贴了一对胖娃娃的年画，希望珊妮进门就生个双胞胎。

同一天，住飞龙村东边的大王，住飞龙村西边小桥上的小王，也和汪濊老师一样，准备接亲。

如果珊妮出嫁，走东边出村，大王就“拦截”下来，背到自己的家拜堂成亲；如果走西边小桥出村，小王就“拦截”下来，背到自己家拜堂成亲。大王和小王都准备了酒席，请来了亲戚朋友喝喜酒，实际上是帮忙“拦截”，坚决不让珊妮这池“肥水”流到外村田。有词描写曰：

白蘋香·流恋

河引清清流水，风迎白净飞花。冰封留住岸居家，浇灌瘦苗无价。

骇浪追奔大海，鳞波别了鸥沙。春回芦苇吐新芽，必有航桥炫嫁。

腊月腊八这一天，大王和小王早早起来张望，看挑礼篮的走哪边进村，都想晚上抱着珊妮这个美人归。

清早，汪濊老师的老娘忙开了，烧开水煮茶叶蛋。按习俗，除了媒人阿魏，学生李开苹和学生王晓俊也被老师请来，一个做伴娘一个挑礼篮，三人从汪澉家出发，到飞龙村珊妮家接亲。

发嫁时，再增加新娘珊妮、珊妮娘家媒人、送亲的共六人，回到茨茅村汪澉老师家里。这叫“单数”出，“双数”进，预示着添人进口，添财添福。

在商议接亲路线时，媒人阿魏想得比较周到。他说：“我们接亲不能按汪老师平时到珊妮家西进东出的走法，为了防止一切变故的发生，尤其是飞龙村小伙的‘疯狂’行为，我们要做好回避的准备。”

“我家的大叔和小叔，见珊妮阿姨要出嫁了，脸上都瘦了许多。我昨天到他俩家玩，他们各自也布置了新房。我问他们明天也接新娘子？他俩都回答同样的话，要接珊妮阿姨。”王晓俊看出来自己两个叔叔的行为有点怪异。

“如果你两个叔叔要‘抢’珊妮阿姨做你婶子，你应该帮他们啊。”李开苹试探王晓俊能不能辨别是非。

“珊妮阿姨和汪老师已经打了结婚证，是受法律保护的。我要维护法律。”王晓俊观点非常明确地回答道。

“你说的对，我当年和开苹奶奶结婚时，人家瞎议论，说我和当妈的结婚，要遭雷怎么怎么样。我和开苹奶奶打了结婚证，受法律保护，谁也不敢说三道四。”阿魏赞扬王晓俊说得对。

“我建议你们不从东或西进入飞龙村，就从飞龙村北边的羊肠小道进村。出村时可以任意选择东或西出村。阿魏负责见机行事。”临行时，汪澉老师说。

迎着早晨八九点钟的太阳，阿魏一行三人，出现在飞龙村北边的羊肠小道上。大王和小王一看顿生喜悦，珊妮出嫁走东或走西出村口都有可能，“拦截”珊妮做自己新娘的机会来了。

这一天，大王和小王都请来亲戚，在自家门口“严防死守。”

大王老表叉腰站在村东路口，转脸望着大王说：“老表，自己村里的姑娘不让嫁出去，这是过去的土匪‘村霸’。”

“我们村里的姑娘嫁给‘非农业’，我没话说，因为我比不上人家。珊妮嫁给村外的农业户，就能嫁给本村的农业户。姑娘们都像珊妮一样嫁出去，我们村的小伙子都做光棍啊。从珊妮开始，我们要反对，要争取。”

大王的老表听了心中暗笑。

天渐渐黑下来了，媒人阿魏催着发嫁。

珊妮爸说：“姑娘嫁出门，虽然是泼出去的水收不回来，但我不能眼望着从我这泼出去的水，就这么干了。请你跑一趟，要那个汪老师写份保证书，保证珊妮在他家不饿死。等保证书送来了就发嫁。”

阿魏听了抓抓头，这黑咕隆咚的，跑一趟非摔断腿不可，现在只有“孙女”开苹和自己最亲近了，就问“孙女”开苹怎么办？

开苹人小思维敏捷，对阿魏低声耳语：“嫩爷爷，你把笔和纸找来。”

“这是在飞龙村，不是茨茅村你汪老师家里，谁给你纸和笔？”

阿魏为难的话被珊妮听见了，她说：“不用出去找，我这里有。”珊妮从身边皮革拎包里拿出记账本，翻开撕下一张，再拿出圆珠笔递给开苹。开苹关上珊妮出嫁的房门，写道：

“保证书：如果锅里只有一碗饭，我保证先让珊妮吃。保证人：汪濊。腊月腊八。”

开苹折起来递到阿魏手里说：“嫩爷爷，你出去转一趟，假装从茨茅村回来送给他们。”

阿魏最听“孙女”开苹的话。他在珊妮家屋后原地跑步，然后故意气喘吁吁地跑进屋，把“保证书”递给珊妮爸。

珊妮爸打开“保证书”在堂屋燃烧的蜡烛前眯起眼看，可是怎么也看不清楚。他把“保证书”递给挑礼篮的王晓俊，请他读一遍。

晓俊读完，珊妮爸说：“嗯，只要不让珊妮饿着就行。”

珊妮妈听出不对劲，说：“珊妮爸，只有一碗饭让珊妮吃了，汪濊饿了我不管，珊妮的老婆婆不就饿肚子了吗？珊妮的婆婆年纪大，如果饿死了，所有的罪名不都落在珊妮身上吗？这个不孝的罪名，珊妮能承担得起吗？就你出什么馊主意写‘保证书’，赶快把它烧掉，向阿魏声明，我们没有向汪濊要‘保证书’。马上对珊妮打招呼，到婆家如果发现锅里只有一碗饭，不要吃，赶紧回娘家，我们还能养活她。”

珊妮爸听了，觉得有道理，当着阿魏的面烧掉了开苹帮汪老师写的“保证书”，转身喊道：“发嫁。”

话音一落，珊妮披上红盖头被背出房门，放在堂屋地上的蔑扁里站着，面朝大门外黑漆漆的天，将手中的筷子和木碗向身后抛去，让兄弟牵着围腰兜着。

阿魏在前领路，开苹搀着新娘珊妮，还有挑礼篮的、送亲的、女方的媒人，依次走东边出村。

一来到村口，大王的老表拦在路中间，大声喊道：“前面是新娘彭珊妮吧？你能嫁给村外的农业户汪濊，不如就嫁给本村的农业户大王。我老表大王早就爱上了你，他也为你准备好了喜酒，请我在这里接你入他的洞房。放鞭炮，接表嫂彭珊妮……”

趁着放鞭炮起的烟雾，阿魏转身带着接亲队伍向西边小桥上走去，想通过小桥上公路，多转一点路回到茨茅村。

当接亲队伍一到桥头，万头鞭炮和十六响又响彻云天。小王的老表直接喊道：“我的‘表嫂’彭珊妮接回来了，快送入洞房。”小王的表嫂表妹们一拥而上，要从李开苹身边“接”走新娘彭珊妮。

李开苹紧紧挽着珊妮不放手，小王的老表拦在珊妮面前说：“珊妮‘表嫂’，你是飞龙村最漂亮最有同情心的姑娘，不嫁‘非农业’，做好事嫁给农业户。你这个‘好事’应当做在本村，怎么做到茨茅村去了？难道我的小王老表，不如那个茨茅村的汪濊？说起来好听当老师，一个月的工资，还没有我老表在这小河里牵网拦一天鱼卖的钱多。我老表住在你门口，你不能看着他打光棍。”

珊妮看这阵势是不可能过桥了，赔着笑说："那是，那是，我不嫁给大王，就应该嫁给小王。我同情了外村的光棍，却不同情自己村的光棍。你的话，使我幡然醒悟。你看我现在穿的是汪濊的衣服，披的是汪濊的红盖头，怀里揣的是汪濊的怀镜。能不能……"

小王的老表有点兴奋，难道这一拦，还拦成了？

"珊妮想回家，脱下汪濊做的新娘服，换上你家老表的。"阿魏站到珊妮前面替她圆场，又用手碰碰开苹，示意他们赶快离开，回珊妮爸家。珊妮也挽着开苹，趁阿魏和小王老表说话的机会，转身回家，让自己的爸想办法送他们出村。

珊妮出嫁不一会儿，珊妮的爸妈就听到村东头一阵啪啪鞭炮响，知道珊妮被大王"拦截"了，停了一会儿，村西头小桥上又是一阵鞭炮震天响，知道珊妮被小王"拦截"了。

珊妮发嫁出不了村，又回到家敲响爸妈的门。

珊妮爸打开门，佯装问是怎么回事？阿魏说了缘由，请珊妮爸做做大王和小王的工作，承诺珊妮嫁到茨茅村后，把茨茅村的姑娘介绍过来，保证他们不打光棍。

珊妮爸说："嫁出去的姑娘，泼出去的水。你们事与我无关。"

珊妮妈对珊妮说："万一出不了村，你就在大王和小王中选一个嫁了。你明天再和汪濊去镇里把离婚纸裁了。"

珊妮的爸妈不愿做大王和小王的工作。珊妮没有嫁给他们，就已经得罪了他们。能不能走出这个村，就看汪濊的造化了。

珊妮爸关门后又突然拉开，把头伸出门缝说："阿魏，你再跑一趟茨茅村，让汪濊再写一份保证书，保证过年后就能转'非农业'。这样大王和小王望'非'兴叹，没法比也就死了心。"

珊妮听了转身离开，大家也跟着离开。

怎么出村？在阿魏一筹莫展时，挑礼篮的王晓俊说："我有一条路能出村，请跟着我。"

王晓俊挑着礼篮来到自家门口，从厨房角拐入屋后的菜园，再进入一片竹林，向南翻过板茅埂，进入油菜地走了一里，再向东翻过四个板茅埂，走一里地拐入向北的机耕路。这样就避开了大王设的路卡，一路到达茨茅村汪濊老师家。飞龙村离茨茅村只有五里路，珊妮他们走了四个小时。

珊妮进入洞房后，在灯光映照下才发现自己的新衣新鞋都被板茅划破，小开苹的红色线织外套也被板茅划破，留下几个洞，小手也被划破流血了。

珊妮看了，心疼地摸着她的小手说："线衣我帮你织件新的，再买糖把小手上流的血补起来。"

"不用了阿姨，回家让我妈再钩织一下。但我疑惑，王晓俊的大叔和小叔，为什么阻挡你出嫁？"小伴娘李开苹问。

"城乡有差别，农村小伙子对自己的婚姻有危机感。你要多读书，长大了你就明白了。"

第九章　我的儿子我做主

农村联产承包制的实行，让李望“一夜跨过温饱线”，感到非常满足。大儿子来富初中毕业了，成绩优秀，考取了高中。但李望不让儿子读了，让他回家帮着种田栽山芋。

李望给自己按照每五年的时间表订了一个计划。李望的第一个“五年计划”是先给大儿子来富盖三间瓦房，娶回媳妇；第二个“五年计划”是给二儿子来贵盖三间瓦房，娶回媳妇；女儿开苹没有“计划”，长大是人家人，读完小学就让她出去打工，早日挣钱帮自己两个哥哥盖房成家，再挣几年钱给自己养老。所以要在她不超过三十岁时，把她嫁出去。

这年八月底，来富捧着入学通知书，央求父亲李望让自己到学校报名上高中。

李望接过来富的入学通知书，揉成一团，丢到灶屋门前的阳沟里，说：“来富，你在家是老大，应当为我担一点担子，你们都去念书，我一个人种这么多田和地，忙不过来呀。再说，你们兄妹三个都要念书，我一年的收入都给你们交学费了。如果你考不上大学，这学费钱就等于甩水里，打了水漂。你回来了，我又没钱给你盖瓦房讨老婆了。”李望说这话时，眼睛里满是眼泪。

来富从阳沟里捡起入学通知书，让太阳晒干臭水，重新叠起来。李望说：“要这张破纸干什么？”

“将来我有了儿子，给儿子看，告诉我的儿子，你的孙子，我的父亲，他的爷爷是头……”“蠢猪”两字李望没听到，追问是头什么？“牛！”来富改口道。

“你们知道我是头老黄牛，起早摸黑地累着，你们还要念什么书？”

九月一号开学了，来富眼望着同学都背着书包上学，他又把带有水迹的高中入学通知书拿出来，央求母亲花妮在父亲面前求求情，让自己读完高中。

花妮晚上特意做了几个好菜，来富连忙拿来酒和杯子，为父亲斟满。三杯之后，李望正在兴头上，花妮说：“这酒香吧，要想有好酒喝，让来富读高中上大学，转了‘非农业’，做了‘公家’的人，拿工资，他餐餐买好酒给你喝。”

“狗屁‘非农业’，分给的米不够吃，回家一袋一袋往城里背。这些个粮食酿成酒，还是正宗粮食酒，够老子餐餐满杯的。读什么狗屁书，书中能长稻子山芋？开苹的老师汪濊，读过高中，工资养不活自己，还是以种田为生。我的儿子我做主。”李望的几句话把花妮噎得透不过气来。

花妮还是咬着牙，为儿子辩解道：“开苹的老师汪濊，当年上学时，学校没人上课，他自己到处找学校念书。不管怎样，他认的字比你多，虽然工资不高，总算是老师。”

“你希望儿子像他一样，一身书生气，不伦不类？我最看不惯这种人。我的儿子我做主不会错。”李望喝够了酒，连扒两大碗饭，就去洗脸倒在床上呼呼大睡了。

花妮看着儿子眼眶里的泪水在灯光下打圈，安慰道：“你父亲说的也有几分道理，如果继续读书，又考不上大学，不但学费钱打了水漂，人也像汪瀛老师一样，养了一身书生气，却做不了田，反而害了你。跟你父亲好好干，把‘家底’量量，明年能为你做三间砖墙瓦房，后年为你讨个漂亮老婆，让我早日抱孙子。”

来富的最后一线希望被打破了，也不知道肚子是饱是饿，扒了几口饭，回到自己的房间蒙头大睡。

李望给大儿子来富的三间砖墙瓦房刚刚做好，花妮娘家的表叔就托老表，来富的外公任义来做媒，要把自己的孙女嫁给李望做儿媳妇。

花妮想，当年父亲做媒，要把表叔的女儿介绍给阿魏，结果被表叔嫌弃茨茅村如何如何的穷。婆婆眼看阿魏要做光棍，只好把自己嫁给了阿魏。今天表叔还主动要把孙女嫁到茨茅村，太阳从西边出来了。

李望按结亲风俗，先安排女方来看自己家。

这一天暖阳高照，女方家来了三桌人，其中有个穿红羽绒服的姑娘，身高一般，浓眉大眼，但目光浑浊迟疑。有个穿着绿羽绒服的年轻女子，始终挽着红衣姑娘的胳膊。她们进门后，坐到摆满糕点水果的桌旁，红衣姑娘手指着桌子上要吃什么，绿衣女子就给她拿什么。后来红衣姑娘忍不住了，自己伸手把桌子上的梨子糕点都抓过来，揣在羽绒服口袋里，里外口袋都装满了。

李望看在眼里，一边热情地招待客人吃水果糕点，一边介绍着自己身边的儿子来富："他初中文化，中考成绩优异，想上高中上大学，被我说服了，还是种田好。能吃苦耐劳。"

客人一看来富，身高结实，目光炯炯有神，心里都很满意，却又忐忑不安起来。

花妮的表叔站起来，吐掉嘴里的瓜子壳，喝了口茶指着绿衣女子说："这是我侄孙女，这个穿红色羽绒服的姑娘是我孙女，她俩像亲姐妹形影不离。我孙女的父亲，我的儿子在外地打工，离不开。她的母亲也来了，但不善言语，委托我来介绍。我孙女也念过书，三年念一本书，‘吃’字认得最清楚。媒人先后有十来个，介绍了十来个婆家，看了人家吃了酒，拿了喜钱，她就不愿意嫁了。今天，我说要把她嫁到最‘富’的茨茅村，她从羽绒服口袋里掏出前天在另外一家相亲时揣的梨子，对我笑着啃起来。意思是，‘只要嫁到你家来有梨吃就行’。”

李望听了，这不是傻子吗？再回头看看红衣姑娘，还在把桌子上盘子里的梨往口袋里揣。绿衣姑娘不断地拦着她，可是怎么也拦不住。

李望眉头一锁，转身叹了口气，走进灶屋把情况告诉了花妮。花妮放下锅铲，来到堂屋仔细观察了下“未来媳妇”红衣姑娘，摇摇头，回到灶屋问李望怎么办？

这时来富翘着嘴，也来到灶屋说：“你们让我讨个傻子老婆，是为了少用钱吧？”

“我们也才发现的。为了省钱讨个傻子媳妇，再生个傻孙子，你这一房不就完蛋了。”李望失望道。

“讨媳妇，不会烧饭洗衣，我还要起早贪黑地为你们烧饭洗衣，我和你父亲不也傻了。”花妮皱着眉说。

来富转身扛着锄头到山那边的地里去了，后来听说到天黑来富才回来。有词曰：

调笑令·茅草

茅浅，茅浅，绿如玉幽幽怨。白根穿地无堪，邻有花难恋攀。攀恋，攀恋，风折香遥远看。

“上菜，让她们早吃早离开。老母鸡汤就不要上了。”李望说完离开灶屋，还是满脸堆笑地招待客人。

李开苹知道今天哥哥来富相亲，来贵上学去了，她没有上学，请了一天假，在家扫地、抹桌子、洗茶杯忙个不停。她看出来其中一个穿红色羽绒服的姑娘，可能就是未来的“嫂子”，又听来人介绍“三年念一本书”，便拉了拉红衣姑娘的手，吟起小学一年级课本上李白的《静夜思》：“床前明月光，疑是地上霜。”可是红衣姑娘没有反应，开苹又用力拉她到自己的房间，想跟未来的“嫂子”，建立起良好的姑嫂关系。“嫂子”一进门，就目不转睛地盯着桌子上的水果瓜子。开苹先拿起一个大梨，在未来“嫂子”面前一晃，“嫂子”伸手来夺。这时四目相对，开苹看到“嫂子”呆滞的目光吓了一大跳，难怪她一年级的诗都不会。开苹赶紧把“嫂子”送出自己房间，关上门看书，再也没有出来。

菜都上齐了，没有炖老母鸡。李望早就买了两瓶好酒，也没有拿出来，而是把自己原先喝的用酱油瓶和香油瓶装的“八毛烧”放到桌子上，让客人喝个够。

陪伴相亲的客人酒足饭饱之后，都抹抹嘴离开了桌子，花妮的表叔在来富外公的耳边低语了几句。

任义听了，把李望和花妮拽到一边说：“你们要包喜钱。今天相亲来了未结婚的和小孩共十五个，都要包喜钱。对方要求每人包个双数二十。”

李望看看花妮，花妮把自己父亲拉到一边说：“你还好意思帮他们要什么喜钱？你把一个傻子姑娘，介绍给你的外孙来富。来富逢年过节，没买烟买酒送给你这个老外公？买了是嫌烟酒不高档，还是买少了？这三桌酒钱，我没问他们要就算便宜他们，还要什么喜钱？不然，你就出这个酒钱，留给来富下次相亲。”

“原来你想介绍这个表叔的女儿给阿魏做老婆，这个表叔背后说我们村是世界第一穷村，不嫁。我母亲同情阿魏把自己嫁给了阿魏。今天他主动要把孙女嫁到茨茅村，我和花妮心里堆了一大堆问号，现在终于有了答案。我茨茅村是捡垃圾的？”李望阴沉着脸对老丈人说。

花妮的父亲任义无奈地说：“我也不知道老表的孙女是个傻子，今天第一次到我家，我才发现人不对劲。但你这边的酒菜已准备好了，又不好中途推却，只好让他们过来了。”

"什么喜钱，委托你老人家去办吧。"李望说完也转身扛着锹到山那边的田里去了。

来富的外公要女儿花妮把准备的空红包给自己，又敲开外孙女开苹的房间，要开苹拿一本废书给他，还要开苹弄点糨糊来。

一会儿，他捧着一叠鼓鼓的红包出来，给没结婚的小伙子和姑娘以及小孩每人发了一个封了口的红包，边发边说："回家拆开，大吉大利。"

来富和傻子姑娘相亲的事传扬出去，给来富再相亲造成了很大的影响。茨茅村的姑娘都知道来富念书聪明，人也厚道能干。但是茨茅村的田像梯子，大旱时水又紧张，尤其是秋季挖山芋时，家里的男人得早上星星牵着出门，晚上星星扶着进门。这么大的劳动量，嫁过去自己也跟着受累，都不愿嫁。

远村的姑娘，见媒人要把自己介绍给茨茅村来富，没一个给媒人面子的，都说来富跟傻子姑娘相过亲。他自己不傻，也好不到哪里去。自己再去和来富相亲，传扬出去，本姑娘不是傻子也是傻子。

李望给来富做的砖瓦房已有一年多了，儿媳妇还不知道在哪家养着，心里十分着急。

辛未年的春节一过，上沟村王有才的大儿媳妇大香回贵州娘家拜年。回来时，把自己的表妹红香也带过来了，也想在这里找个婆家。

红香身材窈窕，瓜子脸，细眉大眼。王有才首先想到的就是邻村李望家的来富，小伙子有文化又精明。因为第一次与一个傻子姑娘相亲，后来不了解的姑娘也认为来富是傻子，坏了名声，都不愿与他结亲，耽误了来富。自己把儿媳妇的表妹介绍给他正合适。

王有才把自己的想法跟儿媳妇说了，儿媳妇非常赞成，因为她也了解来富。

晚上，王有才来到李望家，李望也非常客气地请坐。三口茶一品，王有才笑着对李望说："你家喜事来了。"

“什么喜事?”李望和花妮惊讶地问。

“我给你送媳妇来了。”王有才接着喊道，“进来。”这时王有才的儿媳妇大香带着她的表妹进来了。

李望、花妮、来富眼前一亮，多漂亮的一个姑娘啊。

王有才儿媳妇介绍说：“这是我的表妹，名叫红香，家住贵州铜安。我俩一个县，今年十八岁，初中毕业。”

“我是你大哥哥，也是初中毕业。”来富迫不及待地站到红香面前自我介绍起来。

花妮激动地推着来富说：“还不快去给姑娘泡茶。”又拉着红香坐在自己身边，左摸摸右瞧瞧，喜欢得合不拢嘴。李望在边上也越看越喜欢。

开苹写完作业，从房里走出来，拉开母亲花妮，自己坐到红香身边，歪着脸看着远方来的“嫂子”，乌黑的马尾辫，细眉大眼，一笑还有酒窝。“风雨送春归，飞雪迎春到。”开苹张口朗诵起刚刚学的诗词，是毛泽东的《卜算子·咏梅》。

“已是悬崖百丈冰，犹有花枝俏。”红香毫不迟疑地接了下句。开苹听了高兴地与红香，窃窃私语起来。

王有才说：“我为什么晚上带她到你家来？白天带她来，怕走在路上遇到多嘴的人，拦着红香，说来富和傻子姑娘相过亲，本地姑娘如何的不愿意。把红香的心说乱了，那就麻烦了。所以，我选择晚上来，让红香亲自见见来富是个什么样的小伙子。”

“真的太感谢你了，对来富这么信任，这么关心。”

来富拿着开水瓶不停地为他们杯里添水。花妮站起来，让儿子来富坐到红香身边，然后走到来富的对面，仔细看着来富和红香，心里叹道，真是天生的一对。她转身走到灶屋，一会儿就把三大碗溏心蛋端到桌子上。

王有才看着热气腾腾的溏心蛋说：“红香，我给你介绍的婆家满意吧。来富是我们这里的上等小伙子。这个溏心蛋要吃，吃了‘定心’‘甜心’。”

“我儿子我做主。从今天起，红香就是我家的儿媳妇了。二月二办喜事。”

第十章　写给老师的求救信

李望的第一个“五年计划”实现了。他把家里的“盐罐子”“油罐子”都用热水洗了又洗，倒到来富的“碗里”。树大分丫，子大分家。

李望把来富分开单门立户，让他走自己的发家之路，绑在一起，怕遏制了他们小两口发家致富的积极性。原来的六亩五分田，又分给来富夫妇二亩五，又让媳妇红香自己选了两块山芋地。红香心大，选了两块最大的，占一半。

李望只有靠四亩田，一半山芋地，来实行第二个“五年计划”。来贵成家立业，困难明显就大了。

来贵知道自己和哥哥一样，难逃失学的噩运，但他总怀有梦想，可能有一天晚上，父亲酒喝多了，梦中老祖宗会举着扁担站在他的面前，说自己是文曲星下凡，如果不让读书，就让扁担落下，让父亲小腿“分家”。父亲受到老祖宗的教训，会让他和开苹继续读书。

紧接着，来贵初三了，他没有放松学业，中考成为学校的第一名。晚上，父亲李望还真的做了个梦，北斗星中一颗星落到自家门前，老祖宗拿着扁担，站在稻场上告诉他，你的二儿子来贵是文曲星下凡，文章写得好，将来可能做大官，或者是大作家。

清晨，李望起床，昨晚的梦历历在目。他想：这梦不能说，说了出去，如果不让来贵读书，花妮就会抓住这个梦不放。

再一想，我们李家祖祖辈辈都是种田的，到来贵这一代还有做大官的？这是“晴天盼下雨——没指望”。还说来贵将来是什么大作家，李望知道作家是写书的，写那么老长的文章谁看？又看不饱肚子。

学生念课本做作业没时间，工人上班要加班没时间，我们农民种田栽山芋都是披星戴月，放下锄头喝口酒倒头就睡，养足了劲，让第二天的锄头举得更高，瞄一眼书皮的时间都没有。来贵成为大作家写许多书，没人买不都成为废纸？而且人也写废了，不会犁田栽山芋。不能相信这个梦，什么文曲星下凡，这是梦在骗我。李望越想这个梦越生气。

秋季即将开学，来贵拿着高中入学通知书给父亲，要去学校报名。

“儿子，念书认识几个挡眼字就行了，我们是做田的，当不了官，也当不了什么作家。老老实实地，在家做我们承包的几亩田，栽万把棵山芋。我家有四亩田能打三四十担稻，三十块钱一担，能卖一千多块钱。挖五十多担山芋，漏五担多粉丝，能卖两三千块钱，一年收入四千多块钱，也算是‘肥户’了。我帮你大干三年，跟你哥哥一样，给你盖新房讨老婆结婚。”李望安慰儿子说。

来贵心想：父亲的眼光太短浅了，家里一年的人均收入只有千余元，他就满足了。我要成个家，再添人进口，年平均收入就更少，又要回到土地承包前的生活水平。我不读书走出去，就又要贫困了。来贵收起入学通知单，拿着鱼竿走了。

花妮知道李望的秉性，不让大儿子来富读书，来贵想再上学，几乎是没有希望的，但不管怎么样还是要求求他。

晚上，她烧了小公鸡，又清炖了来贵钓的三条大鲫鱼。来贵把自己的零用钱都拿出来买了一瓶好酒。

李望一看，这一次比来富要读书的那一次丰富多了，心想：这不是免费的晚餐，为了达到读书的目的，又是来贵和他娘笼络我的，拍我的马屁。不管怎样先吃饱喝足之后再说。

来贵斟酒，花妮夹菜，开苹泡茶，李望真像是皇帝老儿过的日子。

花妮见李望酒喝得歪歪倒了，趁机说："来贵明天去学校报名，你也好好睡个好觉，明天迟一点起来。"

李望一听"来贵明天去学校报名"，顿时酒醒了一半，对花妮睁着眼说："我的儿子我做主。来富怎样，来贵就怎样。"然后倒到床上呼呼大睡了。

来贵知道今天这个鱼也是白钓了，酒也白买了，"马屁"拍到马蹄子上，母亲差一点还被"踢"了。他失望地问母亲怎么办？母亲说："你先回房间睡觉，明天再想办法。"

第二天吃早饭时，李望扛着锹，从田里回来吃早饭，走到门口只见花妮拉着脸，坐在门前小凳上生着气。李望走进灶屋，一揭开锅盖，锅还是冷的，什么也没有。

"你生哪门子气，怎么不烧早饭？"李望明知故问道。

"从今天开始，我出去讨饭，讨几个钱给来贵读书，一天三餐你自己烧吧。"

李望慌了神，自己从来都不会烧锅，拿锅铲子比拿钉耙还重，只好让步说："你去给来贵算个命，如果读书能做官发财，那我就让他再去学校。"

花妮一听连忙站起来，向开苹的"爷爷"家走去。

鲁珍一见媳妇花妮来了，出门就拉着花妮的手，进门就倒杯水递了过来。"早饭没吃吧？就在我这里吃，别饿着。"转身从房间里拿出一束挂面，又从鸡窝里拿来三个鸡蛋，把锅烧起来。

阿魏看着花妮笑着说："媳妇无事是不登"婆公公"这个三宝殿。快说，有什么要紧事，需要"婆公公"帮忙？"

婆婆鲁珍连忙插话道："让花妮吃饱了再说。"接着就把一碗盖着煎荷包蛋的挂面，端到花妮面前。

花妮早已饥肠辘辘，但害羞地不动筷子。婆婆鲁珍看在眼里，把阿魏推出门，又转身拿起筷子塞到花妮手里，说：“快吃吧。”

一会儿阿魏进门，花妮放下碗说：“李望让我来给来贵算命，如果命中注定是读书的料就让他继续读书。来富没算命就不让上学，已经吃了亏。”阿魏要花妮报上来贵的出生时辰，然后又翻书推算八字。

阿魏心想：预测命运，先知未来，本身就虚无缥缈，这是李望的借口。

一个小时过去了，阿魏说：“来贵出生时间没有报错的话，八字比来富还好，是官职文章压众之命。”阿魏还作了一首诗，夸张了一番：平生福禄自然来，名利兼全福寿皆。雁塔提名为贵客，紫袍穿身走金阶。

花妮问“雁塔提名”是什么意思？阿魏说：“就是金榜题名。来贵肯定能考取名牌大学，在过去就是能中头名状元。”花妮吓得舌头一伸，来贵还真是“达官贵人”。

花妮高兴地走了，婆婆鲁珍也笑得合不拢嘴，问阿魏：“我孙子来贵真有这样出息？”

“这是我故意往大里说的，也没有用，你那儿子不会给来贵读书的。”

花妮晚上兴奋地告诉李望：“阿魏说来贵是‘达官贵人’之命，比来富的命运还好。这个书，你要让他读了吧？”

李望听了想，来贵的八字这样好，让他念了书，真的当了大官，吃香的喝辣的，来富还不恨死我了。李望看着桌子上有几碗下酒菜，把一个茶盏斟上满满的“八毛烧”说：“你请阿魏算命，只要你往那里一站，婆婆倒茶、下面、打蛋，阿魏笑眯眯地推八字算命，就是乞丐的命也说成富贵命。我去帮来贵算，回来说给你听，你相信吗？再说算命本身就是迷信。”

花妮一听，气得收起桌上的菜对自己的子女说：“来贵、开苹，我们单独过，到灶上来吃，与他分家，我讨饭供你们读书，再也不能像你哥一样了。”

李望没菜，一人坐在桌子上喝酒。一茶盏酒下肚，忽然肚子隐隐痛起来。李望离开凳子去灶上想夹点菜压压酒，开苹故意把辫子一甩，李望夹起的菜被打落一地。李望气得回到原位上，又斟满一茶盏“八毛烧”，仰起头一饮而尽。片刻，李望肚子痛得厉害起来，先是大汗淋漓，接着倒地打起滚来。这下花妮吓得慌了手脚，来贵连忙抱起父亲，坐到凳子上，开苹吓得大哭起来。

“哭有什么用，快倒碗凉水来，给爸喝下去把酒冲淡，解解酒气。”来贵边说边让妈帮爸刮刮，看是不是发痧子。

他们折腾了半天，李望还是痛得直哼哼。花妮见没有止痛，就叫来贵快去找“嫩爷爷”阿魏和哥哥来富，把李望抬到医院去。如果李望真有个三长两短，孩子读书的希望真的没有了。

鲁珍听说儿子肚子痛得要死了，甩掉手中的饭碗，眼泪唰唰地掉下来，拔腿就向儿子李望家跑。

阿魏对十岁的儿子魏荣和八岁的儿子魏华说：“你俩在家好好看门，你大哥李望生病了，我们把他送到医院去。”

李望被抬到春谷医院，医生诊断为酒精中毒，可能胃穿孔了。花妮一听大哭起来：“胃有洞了，吃饭不就直接漏出来了，哪里有劲犁田拉山芋垄？”

李望住院打了两天吊针，病情好多了，花妮一直陪护在身边。学校开学在即，来贵急得团团转，来到医院要母亲再求父亲一次。

花妮一提来贵上学的事，李望就闭着眼哼声不止。花妮不好再说什么，怕加重李望的病情。

来贵告诉母亲说：“开苹要我向汪濊老师求救，我昨天晚上翻来覆去睡不着，就给汪濊老师写了封求救信。”

母亲花妮说：“趁你父亲还没有出院，把信送给汪老师，请他想个法子，做通你父亲的工作。”

“我把信给了妹妹开苹，让她带给汪老师了。”来贵说。

汪瀛老师接到李开苹送给他的信，拆开一看是李来贵写的求救信。汪瀛老师教过来贵，知道他和妹妹李开苹一样热爱读书。

来贵写了八张纸，字字真切，信的最后写道：“求救老师，我要读书。”还附了一首小诗：

草　芽

草需雨露人如草，万卷凝芽荒地生。

恳请寒霜拦在手，青春学满改刀耕。

汪瀛老师看了来贵的诗非常感动，这个孩子，就像一棵茅草，需要雨露滋润才能生长。于是，他向开苹了解了她父亲的近况，买了水果请阿魏陪着来到医院。

李望一看汪老师拎着水果来了，先是礼貌地点点头，然后示意让座。他心里明白汪老师来的意思，也不讲话，只是哼哼说肚子又痛。

汪老师询问了一下病情。花妮说：“听医生讲并无大碍。”

汪瀛老师一开口提到“学校开……，李望就越哼声音越大。汪老师只好看着李望停止了说话。

阿魏看不下去了，说：“汪老师是为你家来贵读书的事来的，不要老是哼哼。”

“肚子痛，还不许我哼？”李望苦着脸说。

花妮说：“你到底让不让来贵读书？他向汪老师写了求救信。”

李望一屁股坐起来说：“汪老师也帮我写封求救信，说我胃穿孔了，吃饭都漏了，失去了劳动能力。来贵要读书，求学校免去所有学费。农忙时节，求学校派学生来我家帮忙到结束。”

汪瀛老师一听，免学费就不可能，因为教师的工资，都由乡镇发放。马桥镇新建的十万吨规模的水泥厂，投资过大，建设中途资金链就断裂，无法生产。圩区年年水涝，山区年年旱灾，农业税征收困难重重，是个贫困镇。教师工资，已拖欠三年未发，就靠收学生的学费，每月给教师发一点生活费。李望要免来贵的学费，几乎不可能。李望要学生帮他家生产劳动，更是无稽之谈。

阿魏听了说：“就是万里长征下来的老红军，也没有你这样提要求的。让子女接受教育是做父母的义务。”

花妮见来贵写“求救信”无效，转身对李望说：“我要回家，你自己照顾自己吧。回家我也不为你烧饭了。”

李望一听，大声哼哼起来，说胃穿孔了，胃穿孔了，而且头上还直冒汗。

花妮一看，只好又回来，帮他擦汗叫医生。

汪瀛老师一看他是装的，摇摇头，转身向门外走去。

等汪瀛老师一走出病房门，李望一骨碌坐起来说：“表面上看是为来贵好，请求我让他读书，实际上是让我交学费养活他们这些老师。”

李望趁机在医院住了一个月，学校开学上课也有一个月了。李望想，来贵这回肯定打消了读书的念头，于是办理了出院手续。回到家一看，来贵傻了。

第十一章 “傻子”换亲

来贵由于读书的梦想破灭后，精神受到重创，真的傻了。母亲花妮抱着儿子，哭晕了好几次。

李望不知道来贵傻到什么程度，心里没底，会不会傻到饭不会吃，衣不会穿，田不能耕，讨老婆不会……李望不敢再想下去了。

几天下来，李望发现自己喝酒，来贵也要喝酒，自己吃饭，来贵也要吃饭，自己扛着钉耙挖地，来贵也扛着钉耙挖地。不过来贵嘴里嘟噜个不停。李望想仔细听听来贵嘟噜什么，花妮也想听听儿子在嘟噜什么，但都听不清，只好问开苹。

开苹认真听了后，说：“哥好像说什么‘君子读书，小人重利’。”

李望看口形，差不多是嘟噜这几个字，想不到，这个小东西天天在骂自己。想发火，但转念一想，还是算了吧，现在傻得还没有达到生活不能自理的程度，等给他讨个老婆，说不定还能恢复原样。如果再一骂，又受到刺激，彻底傻了，他不给我养老，我要养他老了。

李望带着来贵耕着承包的四亩田，又把长有荆棘和小竹子的土埂挖过来，增加了旱地面积，能栽四五千棵山芋。原先的地能栽四五千棵，一共能栽万把棵山芋秧。

李望掐指一算，四亩田种两季，早稻缴足公余粮，剩下的做口粮。双晚收成好，每亩能打十来担，有望能收四十来担，三十块钱一担，能卖一千二百块，除去农药化肥等成本二百块，还净赚一千块。一万棵山芋，雨水均匀的话，平均每棵能挖半斤，一共能挖五千斤山芋，洗五担粉，漏五担粉丝。自己用板车拉到繁昌能卖两千块，这样一年总收入能达到三千块。

四人年人均收入七百五十块，三年能存入银行九千元，再卖卖鸡蛋还能凑个整数一万块。李望想，到那时自己就是万元户了，来贵再傻，也不怕讨不到老婆。

李望规定，开苹读书的学费不在这些收入里开支。开苹急了，问母亲怎么办？

“‘老杀头的’，你让开苹晚上做贼，出去偷学费啊？还是让开苹到大街上去抢学费啊？”花妮骂着李望。

李望说：“开苹可以‘创收’，比如放鹅。早上上学前把鹅赶到地里放饱，下午放学回家再把鹅赶到地里放饱，长大了卖了做学费，鹅苗我出钱买。”

开苹想念书，噘着嘴也只好同意了。

转眼三年过去了，李望家的堂屋里，还真的挂上了“万元户”的奖牌。李望有了这么多积蓄，盘算着给来贵盖瓦房讨媳妇了。

给来富盖的三间砖瓦房，现在不时兴了，现在都讲究建三间水泥平顶的两层小楼房。李望仔细地算了算，建筑材料和瓦工等费用，要两万五才能建起来，资金短缺这么多怎么办？李望想，来贵反正是傻了，不一定能讨到老婆，先给他建三间一层平顶，留一个楼梯堡，如果哪个有模有样的姑娘看中来贵，再想办法加一层。

说干就干。李望先到马桥轮窑厂，找到曾经在一个亲戚的喜宴上一起喝过酒的马厂长，预交了买砖的定金。

他又到水泥厂，找到曾经在一个亲戚的送葬路上认识的牛厂长，预交了买水泥的定金。

买钢筋就麻烦了，市场上紧俏，没有“路子”。他满大街地跑，看都看不到，更谈不上买了。

李望忽然想起女儿开苹说过，她学校的教室不够，正在建一个三层楼的教室。这肯定要买钢筋。他想自己去学校问一问，可是汪濊老师在那个学校，自己不好意思去问。正在无计可施的时候，开苹放晚学回来了。

开苹背着书包还没进门，父亲就把开苹拦住，说：“听说你们学校建教室，买没买钢筋？”

开苹说：“买啦，我们操场上堆了许多，你想去偷啊？”

“你这小丫头，跟父亲是怎么说话的？父亲从来不偷人家东西，只想问问，是从哪里买的？”

“你要想知道学校钢筋是从哪里买的，就去问我们汪老师。”开苹说完，扭头就进屋放下书包。后院的鹅听见开苹说话，都嘎喔嘎喔地叫起来，要开苹放它们出去吃草了。

开苹从书包里拿出语文书，又从锅巴坛里抓了一把锅巴，赶着鹅边走边嚼着，到了地里锅巴嚼完了，就背起书来。

李望看着女儿开苹赶着鹅，心想这个小丫头跟我说话，像打火铳一样，长大了嫁了婆家，我到她家，一杯酒恐怕都没得喝。

为了买钢筋的事，李望决定晚上去找汪濊老师。他故意多喝了几杯酒，让脸发红，掩盖自己见到汪濊老师的难堪。

李望临走时，还叫开苹陪着他一道。开苹本来不愿意，说是到汪老师家，也就欣然走在父亲的前面。

汪濊老师一见开苹来了，后面跟着她的父亲李望，心里一怔，难道他又不让开苹读书了？

开苹一进门，就到阿姨彭珊妮身边看她裁剪衣服。

李望进门，汪濊老师边让坐边倒茶边说：“来贵的刺激平缓了吧?”

“他本身就很‘平缓’，不吵不闹的。我干什么他就干什么，就是整天嘟噜着骂我是‘小人重利’。这不，我正在筹备给他做平顶房，再找个姑娘结了婚，可能就不嘟噜骂我了。”

李望喝了口茶，接着又说：“我给来贵做房的砖和水泥都准备了，就是钢筋难买。听开苹说，你们学校建教室买了许多钢筋。我想问一下钢筋是从哪里买的?”

“我们学校老师的父亲在县物资局，钢筋都是找他买的。”

“我想请你找他帮我买三间房的钢筋。”李望终于说出来的目的。

汪濊老师本来不想帮忙，但看到来贵渴望读书的梦想破灭后的惨状，又看看活泼可爱的小开苹，又是本村乡邻，只好说：“我明天到学校问问那位老师能不能帮忙?”

三天过后，开苹从学校带回来好消息，汪濊老师找到那位老师，好说歹说人家才答应帮忙。

建筑材料都准备齐全，李望又跑了许多家参观，看哪家平顶房样式好看，又节省资金。最后他看中了上沟村王有才为儿子做的平顶房，三间一楼堡，也就是正两间，另一间分两半，前半间做楼梯堡，后半间做厨房。如果需要，还可以再加二层。当前这种楼形还比较流行，李望当机立断就依王有才家的建。

秋收之前动工，秋收之时竣工。李望的亲友，要放鞭炮吃贺屋酒。

李望想：前面我办了贺屋酒，接着又要办接媳妇酒，这不是让亲友们破费吗？他告诉亲友，贺屋酒免了，接媳妇时，再请大家喝喜酒。

李望“秋后算账”，一年的原计划基本完成，还了做房的钱，略有剩余，准备给来贵定个媳妇。

来贵为了读书，犯了傻病，远近姑娘都知道。李望委托的媒人都摇摇头，叹道：“你这红线难牵呀。”

李望忽然想起大媳妇红香，想让她回贵州自己娘家，帮来贵找个姑娘。

红香说："这么远的路，来回几百元的路费花了不说，找个姑娘带过来，人家是要几万块养母费的。"

"花多少钱我出，只要能带个姑娘过来。"李望爽快地说。

红香心里想：如果你们这里的"傻子""孬子"在本地讨不到老婆，都花钱到我家乡去讨姑娘，我娘家聪明帅气的兄弟们不都打光棍了？于是红香推诿道："我家乡的姑娘都到上海打工。你去上海火车站，看到从贵阳开来的火车，等在出站口，见到拖着行李箱的姑娘，你就喊：'我家服装厂招女员工。'你先看哪个漂亮，就开高工资，诱她上车带回来。"

李望一听，这不是害你公公吗？这属于拐骗人口，逮着是要戴手铐的。总之，李望求的事，红香不愿帮忙。

晚上，李望端着酒杯独自喝着闷酒，发愁来贵的婚事怎么办？三杯酒下肚，思绪飞转起来，先从贵州"转"回来，再从本村姑娘"转"到邻村姑娘，当思绪转到上沟村的王有才家时，突然定格下来。

王有才养有两对人，大女儿王大妮嫁给了解放军谭尢水，儿子王大福娶的是贵州姑娘，自己的儿媳妇红香是她带来的。小儿子王小福和来贵同庚，小学毕业就在家跟父亲种田拉山芋垄。小女儿王蓝花和开苹在一个学校读初三了，成绩与开苹比，有一段距离。如果王蓝花嫁给来贵，开苹嫁给王小福，我们两家换亲，这不是一件人人"称赞"的好事吗？来贵虽然傻，但我家女儿开苹，长得比王蓝花漂亮，人又比王蓝花聪明，可以扯平。李望的思绪转到这里，兴奋得连喝三茶盏酒，倒在床上做起好梦来。

李望把为来贵换亲的想法告诉了妻子花妮。

花妮听了头摇像拨浪鼓："来富和来贵是个读书的料，可惜，你把他们当茅草柴砍了烧了。现在自家的读书希望就落在开苹的身上。虽然是个女孩子，但她很有'脾气'和志气，你让她放鹅挣学费，她一声不吭地背着书包放鹅，书不离手。我怎么忍心再让她放下书包，为一个傻子哥哥换亲呢。”

“姑娘花再多的钱培养，也是人家的人，养大了出嫁了，帮人家生儿育女，挣再多的钱也是人家的。如果不拿开苹为来贵换个媳妇回来，来贵这条根就断了，我死了也不瞑目。”李望说着说着，还老泪纵横起来。

花妮掂量着儿子与女儿的轻重，想想也是，又看看李望，这个从来不轻易掉眼泪的人，为来贵的婚事掉起了眼泪，心也就软了下来。为了安慰李望，花妮说：“开苹还未成年，不管怎样，你要让她把初中读完，成了大姑娘了再说。”

李望又分析了换亲的“优势”说：“如果王蓝花和来贵结了婚，再想反悔离婚，我要开苹也和王小福离婚，王家是不舍得开苹的。换亲好，能互相控制，更重要的是省去了彩礼。”花妮听了只是苦笑地摇摇头。

转眼到了第二年，开苹十六岁，初中毕业了。双抢一开始，王小福就来李望家帮忙。开苹下田割稻，他紧跟在后面下田割稻，时不时还关心地说：“开苹你到田埂上喝茶歇会儿，我割快一点就把你割的带上了。”

栽秧时，李望让王小福和开苹两人栽一个田。

王小福先栽到头，开苹才栽到田中间，王小福从另一头帮开苹栽，一直栽到两人相遇。接着王小福又跑上田埂倒来茶送给开苹。

开苹接过茶缸喝茶，王小福笑眯眯地盯着开苹看。开苹羞得跑上田埂，远远地躲着王小福。

晚饭时，李望又故意拿两条凳子，自已和花妮坐一条，让开苹和王小福坐在自己对面的另一条凳子上。

王小福灵活，拿起酒瓶为李望斟酒，放下酒瓶又拿起筷子先给花妮夹菜，接着又为开苹夹菜，就像在自己家里一样。

李望端起酒杯喝了一大口，放下杯子，朝对面的王小福和开苹看了看，对花妮说："以开苹的聪明才智和漂亮的模样，配王小福是有点委屈。但我们都是种田的，只要会犁田操耙就行了，保证开苹有碗饭吃。"

花妮也盯着对面坐在一条板凳上的开苹和王小福，眼圈不知不觉地红了。为了傻子哥哥，拿妹妹换亲，太委屈女儿了。

开苹看在眼里，明白在心里：这可能是父亲演的是一出"换亲"戏，故意让王小福来自己家帮忙双抢，让自己和他建立感情。再让傻子哥哥来贵，到王蓝花家帮忙双抢，让他和王蓝花建立感情。开苹知道父亲的用意，不耍脾气，也不说不，但心里有着自己的主张。有词曰：

昭君怨·芳草

草长山窝沁绿，初露清香一缕。风卷唤来追，蝶为媒。

向日杜鹃高旋，一望鹧鸪惊叹。千里马缠蹄，愿相齐。

来贵虽然傻，但来到王蓝花家帮忙双抢时，一见到十六岁窈窕的蓝花，脸上露出在家从来没有过的笑容。

蓝花用竹篙子挑草还没上田埂，来贵挑的草已经送到山上。他又急忙跑回来，把蓝花肩上的草接到自己肩上，怕把蓝花压伤了。

栽秧时，他不让蓝花下田，让蓝花站在田埂上帮他抛秧。在田埂上休息时，来贵连忙倒来茶，让蓝花第一个喝。

晚上吃饭时，王有才也让蓝花和来贵坐一条板凳，来贵把好吃的菜往蓝花碗里夹，有礼有节地陪王有才喝酒。

王有才边喝着酒，边观察着来贵，没看出他有"傻"的迹象，也没看到李望说来贵嘴里不停地"嘟噜"着，再看看自己女儿蓝花，跟来贵真是般配的一对。

蓝花也觉得来贵不像是个"傻"人，把自己当他的老婆那样爱惜着。

蓝花母亲问蓝花："让你嫁给来贵，把开苹换过来嫁给你哥王小福，你同意不同意？"

蓝花说："我同意，只怕开苹不干。她的心大着呢，小哥配不上她。"

"我们换亲，她不来，你就不去。她的父亲会放过她吗？"

第十二章　开苹愿意“换亲”

“换亲”先“换工”，让开苹和王小福，蓝花和来贵，先在劳动中培养感情。李望的巧妙安排，得到了明显“效果”。

双抢一结束，李望迫不及待地找来王有才和他的儿子王小福、女儿王蓝花，商量两家“换亲”的事。

开苹见蓝花来了也非常高兴，热情地为客人泡茶。

王小福也灵活，接过开苹手中的水瓶，关心地说：“小心别烫着，我来。”

来贵首先端起一杯茶，笑嘻嘻地递到蓝花手里。

花妮准备饭菜，蓝花的母亲也来帮忙。

中午，李望和王有才对饮几杯后，李望说：“我两家换亲就成了亲家，两对青年人，你帮我，我帮你，双抢就不怕拉后了，彩礼都可以相互省了。”

王有才也高兴得合不拢嘴，抬眼看看未来的媳妇开苹，既漂亮又聪明，心里想，两年后为我添了孙子，肯定聪明得像诸葛亮。“你看我们现在能不能把他们的亲事定下来？”王有才也迫不及待了。

花妮说："你们先要问问两对小人有什么意见？"

李望点头同意，于是对来贵说："拿你妹妹换蓝花给你做老婆，你同意不同意？"来贵听了，头点得像小鸡吃米。

王有才问王小福："拿你妹妹换开苹给你做老婆，你同意不同意？"王小福听后，头上的长头毛甩得前后啪啪响。

花妮和蓝花的母亲，把开苹和蓝花分别叫到跟前。蓝花的母亲先问蓝花："拿你换开苹做嫂子，嫁给来贵你同意不同意？"

蓝花说："如果我考不上学校，我就同意。"

花妮问开苹："拿你换蓝花做嫂子，嫁给王小福你同意不同意？"

开苹说："我才十六岁，你们就拿我换亲嫁人，也不怕我告你们犯法坐牢。"

"乡里事乡里捂，姑娘长大了就出嫁，管它什么法不法。"李望想，那个写在纸上的什么婚姻法，能管到谁？

"'新婚姻法'规定，女子二十周岁结婚。我还有四年，现在谁敢要我嫁人，我就请他到法院走一趟。"开苹的一句话，让李望只是低头喝酒。

花妮解和道："现在只是把换亲的事定下来，又不是让你们马上结婚。"

"我家姑娘蓝花同意换亲了，开苹还没有同意怎么办？"王有才放下酒杯着急起来。

王小福不断地往开苹碗里夹菜，想着可爱的开苹没有同意换亲，心里也着急起来。

"同意不同意换亲，人家在等你的回话。"李望催促道。

"我和蓝花的想法是一样的，如果我考不上学校，我就同意。但必须等我达到法定年龄才出嫁。"

"你两个哥哥都考上高中，我都没有让他们上。你一个姑娘家，将来是人家的人，让我花钱为人家培养，这个蚀本的买卖我不干。就是考上高中，我也不会拿钱给你读书，不能让你两个哥哥说我偏心不公正。”

“女儿才十六岁，就让她边读书边长大。到了结婚的年龄，让她回来和王小福结婚。”花妮说。

“那也不行，我没有钱供她读书。”李望的态度很坚决。

“你不让我读书，我就不同意换亲，让你讨不到媳妇。”开苹也不屈服，敢上顶门火。

王小福急了，说：“开苹是没有达到结婚年龄，我们年轻人不能违法。她想念书就让她念吧，学费钱我家出。”

王有才听儿子说要拿钱供开苹读书，放下酒杯把王小福拉到门外说：“你比来贵还傻，开苹读书的学费你拿，她要读到了大学，还能看得上你这个‘小学生’吗？这不是拿钱打水漂吗？真傻，风险太大。”

“我的话已说出口，怎么能追回来？”王小福也懊悔自己的一时冲动。

王有才父子俩，从门外又回到饭桌上。李望端起酒杯，示意王有才同饮。

李望放下酒杯，又夹起辣椒炒干子放到嘴里，嚼碎吞下压住酒气，这才看着王有才说：“开苹是你家的人了，你家拿钱供她读书，将来工作拿工资都是你家的，这叫你投资你收益。”

“现在开苹还不能算是我家儿媳妇，只有‘过了门’才能算。开苹读书的学费暂时还是你家自己……”王有才的话还没说完，大门突然被推开，大家回头一看，汪濊老师和彭珊妮进来了。开苹一下子扑到珊妮怀里，眼泪哗哗地流下来，泣不成声。

汪濊老师问是怎么回事？没有一个人回答。

蓝花站起来，对汪老师说了他们换亲的经过，最后说：“我和开苹都同意换亲，但我们还小，达不到结婚的年龄。如果考上高中，我们要继续读书。可是开苹的父亲不愿拿学费。我哥想为开苹拿学费，我爸的意思也不……”

“换亲是你们的家事，希望你们做父母的，要尊重孩子的意愿。说来也巧，我今晚就是来送开苹高中入学通知书的。她今年以优异的成绩考入县一中。”汪濊老师边说便拿出开苹的通知书，递给李望。李望把手直摇，不接也不看。

花妮接过通知书，说：“谢谢老师。”转身把通知书递给伏在珊妮怀里的开苹。开苹也不接,说：“你叫爸把它撕掉，他见到这个东西酒都喝不下去。”

王有才见没有蓝花的通知书，问道：“汪老师，我家蓝花成绩怎么样?”

“蓝花也很努力，如果再复读一年，明年高中的大门在向她敞开着。”汪濊老师带着鼓励的语气对蓝花说。

王有才想想，像李望说的，姑娘是人家的人，再花钱复读，又花钱上高中，花钱为人家培养，这个蚀本的买卖不能做。他又坐到桌子上和李望继续喝酒。

“你们把换亲的事放下来，等开苹和蓝花到了结婚的年龄再说。现在她们还小，正是读书长知识的时候，应该把她们读书的事放在第一位。”汪老师为开苹和蓝花读书的事向李望他们建议道。

李望最瞧不起的就是汪濊老师，虽然上次找他帮忙买到了钢筋，但那是自己走投无路时，硬着头皮找他的。他心想：你汪老师读过高中，当年上大学没人推荐，后来开考了，又考不过人家。没人干的民办教师，你当着好像当了什么大干部，整天西装革履，人模人样。住的只有三间土瓦房，粮仓不够家人一年吃，钱袋子毛票只有几张，还人五人六地站在课堂上，教育开苹他们“好好学习，天天向上”，什么读书能改变命运。你自己读了许多书，命运还不如我，做了一座砖瓦房和一座平顶，讨了一个媳妇，孙子都满地跑了。你讨彭珊妮，还是你的学生开苹和王晓俊出的力。算你走运，彭珊妮嫁过来没有嫌你穷，靠她做缝纫，家里才有了起色。

所以，李望对汪濊老师的建议不置可否。

花妮见李望不理睬汪老师，急了："你不听汪老师的建议，不让开苹读书，开苹就不同意换亲，你就讨不到媳妇。来贵为这事再往前'傻一步'，什么事都不会做，饭不会吃，衣不会穿，你还要为他养老。"

"还像以前一样，放学回来放鹅，卖了交学费。"李望端着酒杯说。

"开苹到县城读书，离家这么远，放学回来把鹅赶到地里，鹅都看不见草了，怎么放鹅？再说开苹读高中了，作业又多，哪有时间回来放鹅？"

李望听了花妮的话沉默不语。

彭珊妮帮开苹擦着眼泪，看李望就是不松口拿学费给开苹读书，拉着开苹站到李望的面前说："你重利，不重视读书。只爱钱，不爱人。你就把开苹给我做女儿吧，我和她汪老师来培养她读书，你也甩掉了女儿这个赔钱货。"

"那不行，开苹给你们做了女儿，我拿谁去换亲？来贵真的再受刺激，像他妈说的，我老了不能死，还要养他老。只要开苹同意换亲，我就同意开苹做你女儿。"李望要珊妮答应自己提出的条件。

汪濊老师示意珊妮，珊妮心领神会在开苹耳边低语了几句。开苹自己又擦了擦眼泪说："我还是原来说的，只要你给我读书，我就同意换亲。"

"你不要搞错了，我要你同意换亲，书让汪老师他们给你读。"李望强调说。

"开苹的爸同意开苹做我们的女儿，开苹妈你有什么意见？"汪濊老师问道。花妮无奈地点点头。

珊妮牵着开苹的手说："在场的人都已见证了，李家已把开苹给我做女儿了。开苹既然是我的女儿，开苹的一切事情由我做主安排。县一中开学时间一到，我和汪老师就带足学费陪开苹去报道，谁也不得阻拦。"

蓝花在一边急了，见开苹站在珊妮的右边，她就站到珊妮的左边，拉着珊妮的手央求道："我也是汪老师的学生，你收开苹做女儿，也收我做你女儿吧。"

珊妮高兴极了："只要你父母没意见，我愿意收你做女儿。"

王有才夫妇听了，连忙同意。

"我还不同意呢，汪老师收我女儿拿钱供她读书，又收你女儿供她读书，他家是开银行的？"李望反对珊妮收蓝花做女儿。

"你们不用担心，只要开苹和蓝花都愿意读书，学费的问题，我还是有办法的。"汪濊老师信心十足地说。

这下王小福傻眼了。他心想：开苹要继续读书，她总有一天会变成小天鹅，我这只"麻雀"能"唤"回她吗？想着想着，心里难过极了。

说来贵傻，他还真傻，根本就没有王小福那种担忧。他很平静，认为蓝花就是自己的老婆。

已经很晚了，王有才醉醺醺的，带着一家人离开李望家，心里总存有一线希望，把开苹换亲换过来，为他添个像诸葛亮一样聪明的孙子。

蓝花想，我要是走了继续去读书，来贵想我还不想疯了。本来就有点傻，如果想我想得彻底傻了，那多可怜啊。他见到我一点儿看不出来傻。蓝花心里放不下来贵了。

开学这一天到了。在县一中读高中需要住校，母亲花妮为开苹准备好了被单等生活用品，又用化肥袋子装了一袋米带到学校交给食堂换饭票。

李望在一旁看着没有阻拦，因为开苹答应了，只要给她读书，就同意换亲。实际上，这是开苹的缓兵之计，不能跟父亲硬着来。读书的目的达到了，以后的变数自己就能掌控了。有诗曰：

愿　望

柳细蛾弯镜挂墙，枝横豆蔻懒梳妆。

云开月见窗含笔，读好诗书做栋梁。

“开苹读书的学费真的要她的老师拿？要是传出去，你的老脸往哪儿搁？远处的亲戚知道了，还以为我俩都死了，开苹成了孤儿。”花妮再次提醒，不拿学费就没脸见人。

“王有才一家人都能证明，我已把开苹送给她的老师做女儿了，他们拿学费也理所当然。”李望死活就是不拿学费。

花妮没有办法，又说：“开苹在学校的生活费你要拿吧？不能让她老师又拿学费又供应生活费。”开苹看看父亲没有吱声，表示默许了。

花妮和珊妮陪着开苹到县一中，珊妮替开苹交了学费报了名，送到女生寝室，还帮开苹铺好了床。

珊妮转身离开前交代开苹说：“一定要把学业抓好，你爸暂时还认识不到读书的重要性，你要证明给他看。学习上还需要什么费用跟我说，我和汪老师是你的‘挡风墙’。”

开苹听了，扑到珊妮的怀里，掉下的眼泪就是开苹的回答。开苹离开珊妮的怀抱，又转身抱了抱母亲花妮。

她们走出寝室门时，开苹喊道：“珊妮阿姨，你把交学费的收据给我保存起来。”

花妮听了说：“你应当称珊妮阿姨为妈妈了。”

“我不抢你妈妈这个头衔，喊我阿姨亲切。”珊妮把收据交给开苹，和花妮笑着下了楼。

蓝花知道开苹到县一中报道了，心里非常着急。她要父亲王有才陪她来找汪濊老师，说自己也是汪老师和珊妮阿姨的女儿了，请他们也给自己一个安排。

晚上，王有才陪着女儿蓝花来到茨茅村汪濊老师的家。珊妮一见蓝花“女儿”来了，非常高兴，又是泡茶又是拿水果。

蓝花亲热地围着珊妮说东问西。王有才接过珊妮泡的茶，坐下来直击主题，问汪老师女儿蓝花怎么办？

汪濊老师在马桥乡九年一贯制学校任教，开苹和蓝花都是他从小学一直带到初中毕业的，对两人的学习状况了如指掌。针对蓝花的学习情况，汪老师提出了自己的看法，认为蓝花是个勤奋的姑娘，读书的能力基本上都发挥出来了，比起复读，不如早一年学门技术，将来自己好创业。

“我在汪老师身边长大的，又是你的学生，你对我是最了解的。再复读我也不感兴趣，我就想跟珊妮阿姨，不，跟‘妈’学裁缝。”

“跟我学裁缝，你爸同意吗？我的裁缝活很多，正需要一个帮手。”

“我求之不得，有你这个既是‘妈’又是师父的教她学手艺。”王有才高兴之余，又担心地问珊妮：“你要多少学徒费？”

“蓝花给我做女儿了，在我这里学徒，我还能要学徒费？只要你们不问我要工钱就行啦。”珊妮的话打消了王有才的顾虑。蓝花初中毕业了，前路也明确了，暗下决心将来一定要做个裁缝大师，办个大服装厂。

第十三章　李望要开苹写学费欠条

阿魏听说李望不让开苹读书，要让她为傻了的来贵换亲，晚上回到家里把这事告诉了老婆鲁珍。

鲁珍听了火气一冒，顺手从门拐里拿出一根木棍要去教训这个“砍头刀的”儿子李望。

阿魏一把拉住劝道：“你已经跨出李家的门了，再也不是李家的人了，你去还没开口，李望先把你骂了。不要去管他家的那个闲事了。”。

“开苹年龄这么小，不让她读书，还拿她换亲，这是闲事吗？我大孙子来富，二孙子来贵那么聪明，都不让他们读书。来贵为读书还傻了，我都没去骂这个‘砍头刀的’。今天，我不但要去骂他，如果再不给开苹去读书，我就和那个‘砍头刀的’一命拼了。”鲁珍至今还念念不忘这个家和她的儿孙们。

“不要急嘛，你听我把话说完。开苹今年考上了县一中，你那个鼠目寸光的儿子李望，就是不愿拿学费。汪濊老师和彭珊妮夫妻俩，认开苹做女儿，他们为开苹报了名交了学费。开苹正在县一中教室里上课呢。”阿魏安慰道。

鲁珍这才松了一口气，把棍子靠回原处，问阿魏："那个'砍头刀的'给不给米，让开苹带到学校里换饭吃？"

"听说米给，就是不拿学费。"

鲁珍想，这个"砍头刀的"，肯定不舍得拿钱给开苹买菜吃，读书又累，吃不好怎么办？

清早，鲁珍起来从鸡笼里抓住一只小公鸡杀了，用板栗烧好装了一大茶缸，放在篮子里用手巾盖上，自己换好整洁的衣服，拎着篮子直往县一中。

鲁珍赶到县一中时，学生正好放学吃午饭，问了好几个学生，才知道开苹住的寝室。

开苹从食堂打了饭，刚回到寝室坐下吃饭，奶奶推门进来了。开苹高兴地放下碗筷，一把抱住奶奶，小眼圈又红了。

奶奶把篮子放在开苹得桌子上，把开苹的小脸蛋捧在手里左看看右瞧瞧，直嚷嚷瘦了瘦了，又看看开苹碗里只有青菜豆腐和几根咸萝卜条，心里难过极了。她让开苹坐下，揭开毛巾，端出茶缸打开盖子，一缕鲜香扑向开苹。开苹闻到小公鸡和板栗的鲜味，高兴地蹦起来。

奶奶看着孙女开苹吃的那么香，高兴地说："如果你喜欢奶奶，又喜欢奶奶烧的菜，奶奶就经常送好吃的来。"

"喜欢奶奶，奶奶是我最亲的人。"开苹也要奶奶和自己一道吃饭。

奶奶鲁珍说："我看到你吃饭，我高兴得也饱了。"鲁珍陪孙女开苹吃完饭，依依不舍地离开了开苹。有词曰：

长相思·小草

春雨淋，夏雨淋，淋绿新苗不在林。山坡遇冷森。留担心，走担心，怎忘亲情无限深。念孙常问邻。

到高三下学期时，学校开学上课那会儿，作为学校高考"种子选手”的李开苹，还没有报名。

班主任章老师急了，在学生王晓俊的带领下，亲自来到茨茅村开苹家进行家访，找到开苹的父亲李望。

李望说：“李开苹不在我这个家，在她另一个家里。”章老师听了一头雾水，问是哪个家？

“汪濊老师的家。”王晓俊听了说，“汪濊老师是我和李开苹小学到初中的老师，他家我认得。”

章老师和王晓俊到了汪濊老师的家门口，看见门是开着的，但没看到人。

“汪老师在家吗？”

开苹一听是王晓俊的喊声，连忙从房间里走出来，看到班主任来了，惊呆了，连忙把他们引进屋说：“章老师你好，汪老师骑车去县城给珊妮阿姨买药去了，快要到家了。”

珊妮听说开苹的高中老师来了，支撑着走出房间要开苹快泡茶。开苹见珊妮阿姨歪歪倒倒捂着痛处，连忙上前扶着珊妮。王晓俊帮开苹倒水泡茶。

正在这时，一阵自行车的铃声响起，汪濊老师到家了。

一进门，开苹就介绍到自己的班主任章老师。章老师连忙站起来和汪老师握了手，并说明了来意。

汪老师听了，连忙感谢班主任和学校的关心。汪濊老师坐下喝了口王晓俊泡来的茶，说：“开苹到现在没有到学校报名上课，主要原因是她珊妮阿姨患了风湿性关节炎，生病住院，比较严重。这是长期工作时不顾寒冷引起的。她刚刚出院，开苹有孝心，在陪着她。我是民办教师，收入又不高，全靠她阿姨做服装为开苹挣点学费。这不，住院用完了。我正在想办法为开苹筹措学费。所以，还没有上学，没想到你们比我还急，跑上门来催她上课了。”

章老师有点不理解地问：“你们本身经济就不宽裕，为什么还资助开苹上学呢？”

“你不知道，开苹父亲的思想还停留在那个旧时代，达到温饱了，他就满足了。两个儿子学习成绩非常好，他就是不让他们读书。开苹是我的学生，成绩非常优秀，他的父亲也不让她读书，要她换亲嫁人。我们觉得太可惜了，我和她阿姨商量自己苦一点，也要资助开苹读高中上大学。”

章老师听了汪瀛老师的介绍，非常感动，说：“李开苹的困难不能让你一个人承担，我们学校也有责任帮助她。我再问一句，李开苹父母的身体状况现在怎么样？每年收入如何？”

“我爸妈的身体好着呢。爸每晚还要喝一茶盏酒，大概有三四两。我家在前三年就做了平顶房，这几年的收入都存起来，准备拿我换嫂子。”开苹撅着小嘴倒出了家里的实情。

“李开苹今天跟我上学去，现在是你高考最后冲刺的100天，学费问题，我回去报告学校，会给你解决好，不能再给汪老师添负担了。”班主任马上就要带开苹走，可他又一想，开苹走了，她珊妮阿姨怎么办？

汪老师见章老师看看生病的彭珊妮，又看看开苹，面露难色，便说：“章老师不用担心开苹的阿姨，她还有一个‘女儿’蓝花，现在又是她的徒弟，马上会来照顾她。开苹要抓紧时间回到学校上课。学费等明天我送去。”开苹依依不舍地离开了珊妮，珊妮也鼓励她，铆足了劲冲过高考关。

章老师回到学校，把开苹学费的事简单地向学校领导作了汇报。学校领导催促班主任让李开苹立即回学校上课，学费的事放一放。

章老师说：“我和学校，先找李开苹的父亲谈话，做做思想工作。”

县一中的开学工作忙完之后，开苹的班主任把开苹的父亲李望请到学校。陈校长陪他参观学校的教学楼、科技馆、实验室，还向他介绍了学校历年高考成绩和高考录取率，并介绍了本校走出去的学生在全国各个岗位上作出的骄人成绩。

李望听着，只是敷衍地应和着，好像陈校长说的与自己不沾边。

这时，课间操开始了，随着音乐的响起，全校学生都集中到操场上。队形站好后，广播里开始播放第六套广播体操的音乐。升旗台上，开苹在领操，上千名学生都跟着她整齐划一地做操。

陈校长和班主任章老师，陪李望在学校行政办公楼的三楼上观看学生做操。

章老师指着领操的开苹说：“你的女儿李开苹，在学校不但学习成绩好，还是学校文体活动的积极分子。”

陈校长和章老师，看到操场上这些青少年的蓬勃生气，心里都十分欣慰。

可李望想：这些大姑娘、“小老板”，在家里正是父母种田的好帮手，跑到这里，不是在教室里咕噜着“之乎者也”，就是在操场上伸胳膊踢腿，一粒粮食也咕噜不来，一分钱也踢不到兜里。就像刚才陈校长说的，要是考上大学出来了，有了工作生活当然不愁了。但还有许多考不上大学的，还不是回家和他的父母一样种田。这些学生回到家里都变懒了，整天想入非非，哪有心思扛锄头把子？我家开苹上大学与不上大学，还是那句“老话”，姑娘到底是人家的人。

这时，课间操结束，男女学生们嬉笑着地走向教室。李望跟章老师走进校长的办公室。

陈校长倒来一杯茶递给李望说：“你请坐下，我真为你高兴，养了这么一个优秀的女儿。不过，我听说你家的每年收入，在当地不算低的，李开苹读书的学费你不愿……”

“谁说的？女儿开苹的学费我不愿交？她不是有‘父母’帮她交了吗？你们学校只要收到了学费，还管谁交的干什么？”李望还没有等陈校长说完，就抢着质疑学校管闲事。

“你不要认为我们学校在管闲事，子女的学费你应该承担的。”章老师有意引导李望要有责任心。

“校长、老师放心，我是老实本分的泥腿子，是讲道理的。”李望解释道。

“那好，今天请你来，是希望你把让李开苹继续读书的责任担当起来，以免影响李开苹的学习情绪。这是迎接高考的最后冲刺阶段，影响不起。”陈校长打开天窗说亮话了。

“汪瀛老师不是帮她交了吗?”李望眨巴着眼有点不解地问。

“汪瀛老师是民办教师，收入有限，爱人彭珊妮不久前又生病住院，李开苹的学费他一时交不上来。你的家庭不算贫困，你这个做父母的，怎么这样不为子女着想呢？怎么能把教育子女的责任推给别人呢?”章老师不留情面地指出李望的不妥之处。

陈校长说：“今天我们就谈到这里。”说完就去开会了。

一个月过去了，仍不见李望为女儿送学费来，还是彭珊妮带病缝纫才凑足了学费，汪瀛老师急忙送到学校。

县一中领导和班主任知道李望仍不愿给开苹交纳学费。王晓俊建议李开苹向自己有“威望”的亲戚求助，劝父亲李望交学费。李开苹想来想去，想到了“爷爷”阿魏。

阿魏对开苹的读书非常关心，听了“孙女”开苹的求助，心想：靠我一人劝说李望有难度。于是，他想到原来的“专政队长”，现在在马桥镇司法所当调解员，请他和自己一道劝说李望，可能有效果。

调解员听阿魏说了缘由，欣然同意帮忙，并建议劝说地点选在村部，环境严肃起来，还能起一点拘束作用。

这一天，调解员早早来到茨茅村部。因为还要调解另外一件纠纷，所以他穿着制服。

阿魏让调解员在村部等着，自己到开苹家里请李望。

阿魏一见李望，就故弄玄虚地说：“今天村部来了个穿着法院制服的人，叫我来请你去村部，好像为了开苹念书的事。”

李望一听，气得全身颤抖起来，骂道：“这个没良心的黄毛丫头，家里的农活一点都不指望她，还供她在学校吃饭。这么多年了，我养了个白眼狼。”

二儿子来贵听了一直傻笑，大儿子来富听了低头暗笑，说：“爸，你也该承担起开苹的学费了。”

“放屁，在家里老子教她怎样栽秧，怎样割稻，她不愿意学，非要去读这个书。她愿意读就让她那个爸去交学费。”

“爸，开苹读高中，你不交学费，就是不尽教育责任。”

花妮在一旁听大儿子这么一说，着急地问，“你爸爸会不会坐牢？”

“这就要看爸爸的态度了，先做思想工作，仍然不给开苹交学费，坐牢就不敢说了。”来富故意危言耸听。

来贵把两只手并起来伸到花妮面前，意思是爸爸要“戴手铐”了。

花妮生气地说：“把你爸逮走也好，生了养了，就是怕花钱给他们读书。什么时候逮走他？”

“如果爸的态度不好，坚持不为开苹交学费，你就回来为他准备被子和衣服。”来富故意逗娘说。

李望在花妮的陪伴下，来到村部，见有个穿着制服的调解员背对着门在倒开水。花妮跨进门问道：“你是法……？”

“我就是，你们是不是茨茅村李开苹的家长？”调解员背对着花妮，抢先回答道。

“我是李开苹的娘，还有她父亲。”

调解员转过身，花妮一望惊讶道：“你不是以前那个专……”

“我以前当过‘专政队长’，去过你家两次，对李望在干涸的塘里种菜一事，至今我都不好意思见你们两位。”

“过去的事，就让它过去吧。今天怎么处理我和开苹的父亲？”花妮说道。

阿魏把李望和花妮带到小会议室坐下。调解员为他们倒来了开水，开门见山地对李望说：“我听阿魏说了你女儿开苹读书的事，很是惊讶，不敢相信一个父亲，不愿为女儿交学费。你的家庭情况我也了解，经济条件算好的。”

“子女读书，父母交学费，这个道理，做父母的都懂，难道你不懂?”阿魏阴着脸说。

李望说：“我是存了几个钱，那是给她傻子二哥讨老婆的，没钱给她交学费。”

“听阿魏说，他的‘孙女’，你的女儿开苹非常优秀，花钱供她读书，将来桂圆荔枝任你们摸。”调解员笑着说。

“你先把来贵娶媳妇的钱给开苹读书，开苹读书出来工作了，有了工资，再支援来贵娶媳妇。”阿魏开导说。

李望心里想：这也是个办法。但到那时，开苹有了工资不舍得拿出来怎么办？

于是他说：“开苹有了工资，肯定是不舍得用来娶嫂子的。除非要开苹写个学费欠条，你们二位签字担保。”

花妮一听，低声又骂道：“‘老偏心的’，你不为女儿开苹交学费，还要留下见不得人的字据。不但现在丢骂名，子孙长大了都要指着你的鼻子骂。”

“只要你把开苹读高中的学费交了，包括汪溦老师帮助交的部分，我们可以签字担保，否则……”

李望看了看调解员，心里想:我要是不听他的，他也可能像以前我在塘里种菜一样，又要关我几天。真的关我几天，还没有人帮我说话，还有人赞扬他办得好。再说自己的老娘还靠阿魏，也得罪不起。眼看开苹这笔学费债躲不过去，他只好无奈答应回家“凑”钱，隔一天送到学校。最后，字据不但没写，还成了村里茶余饭后的笑柄。

开苹这才安下心来冲刺高考。

第十四章　定了亲无心服役

谭九水和上沟村王有才的漂亮女儿王大妮订婚以后，就没心思在部队安心服役了。本来是个养猪能手，可去年元旦购买的猪崽，喂到今年元旦，猪只有六七十斤，部队庆元旦没肉吃。

部队领导了解原因时，有的战士反映，自从谭九水回家探亲，回到部队以后，总是心不在焉。他上衣口袋里，揣着一个美丽姑娘的照片，晚上睡觉拿出来放在枕头上，早上起来洗过脸，从枕头上拿起来吻几下，又揣在上衣口袋里。喂猪时，他也要拿出来看几眼，经常把猪笼边上的细沙当猪糠喂猪。

部队首长知道了谭九水是因为想念未婚妻，无心在部队服役了，轮流来做工作，希望他安心在部队。大家多次做他思想工作，在部队喂好猪就是"为人民服务"。

他口头上答应，可是行动和以前一样没有改变。首长们没有办法，只好让谭九水退伍。

部队考虑到谭九水是"学习毛主席著作积极分子"，回到地方要优先安置，于是开了一张介绍信，让他交给地方政府。

谭九水接到退伍证以后，心情非常激动，迫不及待地要见未婚妻。晚上部队的送别宴，他也不参加了，午饭也不吃了，拎起自己的行李就往车站跑。上海到春谷县的车票已卖完，要到第二天才有车。谭九水思“妻”心切，只好在候车室里睡一晚。

第二天天黑才到家，一进门放下行李，也来不及和家里人打声招呼，就向王大妮家跑去。

谭九水一跨进王大妮家的门，全家人都惊呆了。刚才一家人都在议论着谭九水。王有才说：“我女婿在部队，是‘学习毛主席著作积极分子’，不但能入党转非农业户口，还要提干。大妮就要随军住大城市上海了，我们也能到大上海去看看了。”

妹妹王蓝花可高兴了，到那时，她也要随姐姐住大城市，做姐姐的保姆带孩子，晚上还能到南京路上逛逛。

弟弟王小福说：“我也去上海，到南京路去找南京路上好八连。将来姐夫当团长了，我也参军，请姐夫把我也调到南京路上站岗。”

王大妮也在想，我是军官的家属了，也要学习毛主席著作，做个积极分子，不拖军官谭九水的后腿，让他在战士面前也有面子。有诗曰：

美　梦

荒坡草长思微露，梦里欣迎一片云。
风卷天边珠错落，鹧鸪惊起日从新。

王大妮正沉浸在幸福的遐想中，忽然看见谭九水推门进来，绿军帽上的“红五星”没有了，衣领上的两面“红旗”也没有了。她知道是怎么回事了，扭头跑到自己的房间里哭起来。

“你刚刚回来探亲，还是‘一颗红星头上戴，革命的红旗挂两边’，转眼又回来了，红星呢？红旗呢？”王有才拉着脸问道。

一家人都呆若木鸡，没有一个人嘘寒问暖。大妮的母亲说：“我不管你今天回来，还是明天回来，你转了非农业户口，有国家给的工作，大妮才能结婚。茨茅村那么穷，大妮不能嫁过去。街上表舅介绍的那个‘非农业’还在等着呢。”

妹妹王蓝花指着谭九水的鼻子说：“你是个大骗子，带着红星和红旗回来骗我姐姐。姐姐和你定了亲，你就丢掉红星和红旗跑回来，太没理想。”

“我要是你，在部队不‘混个’一官半职，绝不回来和女人结婚。”王小福又戏弄道。

一天的旅途奔波，谭九水又渴又饿，一到家就跑来见“未婚妻”，谁知没有一个人为他倒茶问饭，还遭到了奚落。没办法，他只好自己走进王大妮的灶屋，揭开锅，里面还有热剩饭。他拿起碗盛满，从碗橱里端出他们吃剩的菜，狼吞虎咽起来。

王大妮的美好梦想破灭了，哭得最惨。谭九水见“未婚妻”如此伤心，悔恨自己真的“太没理想”了，应该在部队多“闯一闯”。可是他太想王大妮了，恨不得天天把她牵在手上。

忽然，他想起退伍时，部队首长给他带回一张介绍信，要他交给地方政府。他从怀里拿出来一看，高兴极了，连忙跑到大妮房间，拉着大妮还帮她擦了擦眼泪。王蓝花一把推开谭九水说：“不许碰我姐姐。”

“你跟我调皮，到你出嫁时，我不给你买嫁妆。”谭九水把眼一瞪，蓝花吓得跑出房门外。

“你在部队不好好干，这么急着跑回来干什么？我又跑不掉，就是想跑，别人也不敢要，因为我是军婚。”王大妮边流着泪边说。

“自从和你订了婚，回到部队，我一天也待不下去，满脑子都是你。退伍回来发展也一样。部队给我开了介绍信，刚才打开一看，是要地方政府优先给我安置。

“安置是什么意思？”王大妮含泪问道。

“也就是安排工作。”

王大妮破涕为笑说："你能跳出茨茅村，就等于跳出了穷窟窿，我就放心了。"

谭九水进门就得到奚落，这时反而得意扬扬地走出王家大门。

王有才有点莫名其妙，把王大妮叫出来说："明天去城里表舅那里，还是和那个'非农业'搬运工订婚吧。"

大妮妈说："年底就把她嫁到城里去，省得夜长梦多。"

王大妮听了沉默不语。

王蓝花听了说："你们得了'非农业'妄想症，让姐嫁给那个'非农业'，我也不同意。谭九水虽然跑回来，但他是'学习毛主席著作积极分子'，政府还给他安排工作。"

"真的吗？"王有才惊讶地问大妮。大妮还是不语，只是低头绣着鸳鸯枕头。

"姐姐绣枕头，都准备跟姐夫结婚了，表面上不高兴姐夫回来，心早已飞到姐夫的怀里了。"王大妮听弟弟在挖苦她，把手中的绣花枕头举起来狠狠地砸过去。

谭九水拿着介绍信，来到春谷县民政局。

李局长接待了他，看了介绍信后，连声说："你是我们的榜样，一定要好好学习毛主席著作，做个积极分子，把革命工作做好。"然后倒了一杯开水递给谭九水，皱着眉头说："本县的公安局、司法局等法律单位的岗位，都给先退伍的军人安排了，编制已满，你先等一等，我和省民政厅联系一下，看外地这些单位缺不缺岗。如果有空缺，立即通知你上班。"

谭九水晚上来到王大妮家，把这一情况告诉了她的父母。王有才听了非常高兴，对女婿谭九水说："你当了警察，以后家里养鹅、养鸭、种西瓜也不怕人偷了。"

王大妮听了乐开了花，自己的未婚夫这么有能耐，同村同龄的姑娘，嫁的人都没有谭九水有出息。

谭尢水见王大妮心花怒放，趁机提出结婚的事，理由是到了单位上班，公事繁忙，恐怕没有时间回来办喜事。

“你就怕大妮被老鼠偷了似的。等你到单位上班后，拿着工资来娶她。”大妮母亲说。

“大妮，你自己有什么打算？”王有才问女儿。

“我听妈的。”

站在大妮身后的妹妹蓝花，用手捅了捅姐姐低声说：“姐夫到了单位，那里有许多大姑娘，见姐夫是部队上‘学毛选’的积极分子，会跟姐夫套近乎。到时候天天晚上有姑娘请她吃饭，要是其中一个趁机把姐夫的手牵了，抱着孩子回到茨茅村，你哭都没有眼泪了。”

王大妮回头白了蓝花一眼，心里打起鼓来，妹妹说的不无道理。部队都是“小光棍”，如果有女兵，谭尢水还想我吗？还往家跑吗？等他转了“非农业”安排了工作，拿了工资，单位上的那些姑娘，还能放他回来和我结婚吗？如果单位上的姑娘不爱他，那些当领导的要是有妹妹在农村，要介绍给谭尢水，他敢不同意吗？王大妮越想越害怕。

正在这时，弟弟王小福喊道：“姐夫要马上结婚，姐姐求之不得，肯定同意。”

“同意就同意。”大妮趁机表达了意愿，扭头跑到房间关上房门。

大妮的母亲见女儿恨不得今晚就嫁到谭家去，也不好说什么，只是不放心谭尢水能不能安排工作。于是，她要王有才明天去找表舅，问问他在民政局当秘书的女儿是不是有这回事？

王有才跟着表舅来到民政局，民政局的领导正从会议室里走出来，表舅的女儿也跟着走出会议室。表舅把女儿拉到一边，了解谭尢水安置的事。

“我们开了一上午的会，就是讨论退伍军人的安置问题。全县的退伍军人基本上都得到了安置，包括谭尢水在内。”

“你知道谭尢水安置在什么地方，什么单位？”

“单位有纪律，现在我还不能告诉你们。”王有才听了，高兴地邀请表舅父女俩到茶馆里坐一坐，他们都说事忙婉言谢绝了。

王有才回到家，大妮的母亲忙问事情弄清楚了没有。

王有才坐下来，咕咚咕咚喝了一茶杯水，又点上一支大铁桥香烟，慢慢地朝屋梁上吐着烟雾，抽完再点上一支，烧了一半，他才说出一句话：“我们把大妮的嫁妆准备准备吧。”

大妮的母亲听出来了，谭尢水的安置有眉目了，说：“在谭尢水还没有上班前，把大妮给他接过去，如果怀孕了就更好。”

“你现在怎么这样急了？”王有才奇怪地问大妮的母亲。

“一个大男人，还不如我想得远。谭尢水如果安排到县黄梅戏院工作，那些化妆的女演员像天上的仙女一样。时间一长，谭尢水还能想着大妮？”

“母女连心。我昨天晚上，也是这么跟姐姐说的。其他单位也有漂亮的姑娘，只要她们的媚眼向姐夫一抛，姐夫就失忆了，茨茅村还有什么老婆王大妮，他是想不起来了。”蓝花应和着母亲说。

谭尢水提出结婚，但不知道王有才能否答应？大妮母亲还有什么要求？大妮还有什么想法？谭尢水母亲想到了阿魏，请他做媒人，去大妮家把婚期定下来，因为阿魏给汪濊老师做过媒人。

阿魏受请之后，心想：虽然做个现成的媒人，但这个媒人也不好做。汪濊老师和彭珊妮结婚时，也请他做媒人，让自己吃了不少苦头。出嫁前要陪珊妮父亲到汪濊家“检查验收”，他不满意不喝酒，连自己做媒的和所有的亲戚都没喝酒。出嫁时又让自己跑黑路，找汪濊老师写“保证书”。出嫁了，村东拦住不让珊妮走，回头走村西也不让过，只有翻板茅埂。做媒的十岁，添没添只有阎王知道，但自己的裤子是被板茅梭了几条口子。现在要到上沟村王有才家做媒，王大妮如果不像彭珊妮那样心地善良，不一心倾向于这个定了亲就放弃前程的谭尢水，这不是“做媒”是“倒霉”了。

阿魏越想，心里越忐忑不安。但他这天早上在谭九水家吃了五个溏心蛋，寓意做媒顺畅没有为难事。曾经有人家给媒人一碗打了六个溏心蛋，寓意做媒六六大顺，结果把媒人吃生了病，拿了许多医药费，反而不顺。如果打三个溏心蛋，寓意做媒如爬山；如果一碗打四个溏心蛋，寓意做媒无事生非。所以，做媒一碗打五个溏心蛋已形成常规。阿魏吃饱溏心蛋起身要走，谭九水又拿出一包大铁桥香烟揣在他兜里。

阿魏来到王有才家。王有才装作很惊奇，说："呦，是什么风把这位'嫩爷爷'吹到我家来了。""嫩爷爷"是王有才听女儿蓝花说的，因为蓝花上学时听开苹这么叫。昨晚谭九水就告诉了王有才，今天要请阿魏做媒人，商量接大妮过门的事。

阿魏进门要坐下，可八仙桌四周没有板凳。王有才要蓝花倒茶，蓝花端上来一杯茶，向阿魏面前一伸。阿魏伸出双手接茶时，蓝花迅速收回递给自己的父亲。

"小丫头，快把板凳搬出来给大媒人坐。"大妮母亲喊道。

蓝花从房里搬出一条板凳，放到阿魏的屁股下。阿魏刚要坐下，蓝花又迅速搬走，让自己的父亲坐下。

"蓝花，想让媒人'霉一霉'，等姐出嫁的那一天，让'嫩爷爷'霉个够。"王小福说。

大妮把蓝花藏到房间里的板凳都搬出来。阿魏坐下，开门见山地要王有才说说大妮结婚的条件。

"我们不像彭珊妮的父亲，女儿出嫁要什么'宁波床'、羽绒服，还要汪濊老师写保证书，保证自己女儿过了门不饿着。我只要谭九水有张床，她们两个人有地方睡觉就行，有衣服穿不光着身子就行。"阿魏听了王有才的话，惊得半天没有缓过神来。

第十五章　结了婚无心上岗

谭尢水终于和王大妮结婚了，白天牵着大妮，晚上抱着大妮，那种新婚的黏糊劲，让全村的小伙子嫉妒难忍。

尤其是吴浅，老大不小了，至今姑娘的衣角都没牵过。原先他认为，茨茅村是个贫困村，姑娘们都不愿嫁过来，可现在不一样，漂亮的大姑娘都陆陆续续地嫁进了茨茅村。

头一个是美丽的花妮，再是窈窕的珊妮，现在是靓丽的大妮。我吴浅没讨到老婆，不是茨茅村贫困的问题，是父母没把自己的婚姻大事放在心上。他在父母面前牢骚发的最多。

父母一再安慰他，说请瞎子算过命，他的婚姻还没动，一旦婚姻动了挡都挡不住，有大姑娘送上门来。

吴浅听了也没办法，只好认命等吧。他每天吃过晚饭，来到大妮家串门，没有什么不正当的目的，就是想看看大妮享享眼福。

谭尢水还沉浸在新婚的甜蜜中，就接到县民政局的通知，说工作已安排好，要他马上去报到上班。

“在哪里上班？”大妮靠在他怀里问道。

“明天去县民政局才晓得。”谭尢水搂着大妮，莫名的愁绪涌上心来。

第二天，谭尢水来到县民政局李局长的办公室。

李局长非常热情，迎出来又是握手又是请坐。接着从办公室抽屉里拿出已封了口的信封说：“我们局为了安置你，已惊动了省民政厅。厅长听了关于你是军队‘学毛选积极分子’的情况汇报后，非常重视，亲自打电话到有关单位，才落实好你的工作。”

“李局长，我具体被安排在哪个单位？干什么？”谭尢水急切地问道。

“省民政厅下达的文件是省一号监狱，具体干什么，你拿着这份文件去报道，监狱会有安排。你现在回去，到粮站把粮油关系办好，带过去报道。”

谭尢水回到家，王大妮问：“安置到什么地方工作？”

“省一号监狱。”

“这个监狱又在什么地方？”

谭尢水也蒙了，说：“不知道。”

于是，大妮陪他一道来找汪澸老师。

汪澸老师在地图上一查，发现省一号监狱在春谷县的北边，过长江一百公里处。谭尢水一看，眼前一黑，后退一步靠到墙上。

大妮见状安慰道：“远一点怕什么，到了那里又是‘非农业’，又有单位又有工作，吃国家配的粮，还发工资。茨茅村的人都得羡慕死了。你先去报道，等你一切安排妥当后，再回来接我过去。”

“好儿郎不怕艰难险阻闯四方，那儿可能是你最好发展的地方，最好生存的地方。茨茅村土地贫瘠，靠传统的耕作模式要想富裕起来，目前有难度。能走出去还是出去吧。”汪澸老师要谭尢水抓住机遇。

谭尢水依依不舍告别大妮，坐上了北上的客车。他想：这么远的路，想大妮的时候，一时赶不回来，那不把自己急疯了？他最不放心的就是吴浅，自己这样一走，多少天都不能回来，这个家伙不就有机可乘了？

为了防止这个家伙图谋不轨，谭九水临走前一天晚上，要大妮烧了几个好菜，请吴浅来喝酒，向他打感情牌。

谭九水站起来，举起酒杯与吴浅碰杯说："向上数五代，谭吴两家还是表亲，也就是说，我和你吴浅是第五代老表，大妮是你吴浅的'表嫂'。"

吴浅边喝酒边说："表哥，你放心出去上班，'表嫂'在家里我帮你护着，保证不被二流子们碰她一根汗毛。"

谭九水想，你不让二流子碰大妮的汗毛，可你天天想着"表嫂"怎么办？但又一想，我今天特意请他喝酒，看在这点情分上，吴浅应当不会对大妮干出格的事吧？

谭九水忧心忡忡地下了车，又转车来到省一号监狱总局报道。

总局领导看了谭九水的有关信件说："你已被安排在五分局第六监区，我叫司机把你送过去。"司机开了一个小时吉普车，跑了三十公里的石子路，才到分局。分局领导又叫来大卡车，把谭九水送到四十公里外的第七十关押点。谭九水回头一看，这离家离大妮不知有多远了。

罪犯关押点，相当于一个派出所单位，"点长"也相当于派出所所长。第七十关押点的"点长"姓邓，名字就叫邓点，大家都喊他邓点长。

谭九水是新来报道的，邓点长也很关心，说他跑了一天的路，让他先休息，明天再安排具体做什么。

谭九水从后勤处领来被子、热水瓶、脸盆等日用品，走进指定的职工宿舍。他看了看，住房都是砖瓦结构的平房，条件简陋，一室放四张上下铺的单人床，睡八个人。他不禁犯起愁来，大妮来了睡哪里？

邓点长来喊他吃晚饭了。他们吃的是八人一桌的集体饭菜，也就是一个寝室一桌饭，谭九水这餐饭吃得特别没有味。

第二天吃过早饭，邓点长把谭九水送到两公里外的一个养猪场。邓点长把哨子一吹，这个点的所有服刑人员都集中站队。他宣布道："新报道的谭九水，属于警察编制，在这里负责带领你们养猪，要接受他的教育好好改造。"

谭九水一看上千头猪，几百号服刑人员，只有"点长"他们十几个监管人员。一旦这些犯人不服从改造，打起架来不堪设想，不知道他们会想什么怪点子叫自己扫猪笼。

果然一个星期后，一个穿着囚服的家伙教训起谭九水来："这里人员分工杂乱，喂猪的饲料搭配不合理，猪圈卫生差，饲养效率低。像你这样饲养下去，这个饲养场非倒不可。"

谭九水惊讶地看了看这个囚犯，虽然穿着囚服，但掩盖不了年轻英俊的面貌，说话又果断。

他又对谭九水说："你来就是顶我这个岗的，也不怪你初来乍到，没有经验，不过你要多问问我。"

谭九水心想：自己是领导你的，让你改造的，怎么能请教你？这个囚犯思想复杂有企图，要报告邓点长。

邓点长说："你说的这个囚犯姓丘名林，原来也是我这个关押点的警察。丘林管理这个养猪场井井有条，每年出笼率达到百分之九十五以上。服刑人员在他的帮助下积极改造，一大批都立功提前释放。丘林自己每年都被评为先进个人。"

"那他怎么变成了囚犯？"谭九水疑惑地问。

邓点长惋惜道："因为丘林忘我地工作，很少回老家和妻子团聚。时间一长，年轻的妻子被城里开公司的一个中年经理诱惑了。他发现妻子和那个经理有染，一气之下伸出拳头打向他的脑门，谁知这一拳让那个经理再也没有起来。法院判他过失杀人，起先要把他送到另外一个监狱服刑。但我们这个关押点的干警们与他的战友情太深，不放心他到别的监狱服刑，集体向省里要求送回我们这个关押点。这不，他还关心着养猪场，看你管理不当，他就提意见了。如果没有丘林这一茬事，你还没有地方安置呢。”

谭尢水听邓点长这么一说，心里慌乱起来，大妮也年轻漂亮，我在这里长期不能回去，那个“小老板”吴浅……

正在他焦躁不安时，大妮来信了。

谭尢水一来到这个关押点，就给大妮写了信。大妮按照他的地址寄来了信：

“尢水：我在家里很好，家里的自留地，都是‘老表’吴浅帮忙种着。我可能怀孕了，总是想吃酸的，常伴有莫名其妙的呕吐。‘老表’发现了，经常帮我挑水劈柴。这几天生产队里晚上偷着开会，说要分田，听说李望已经不让生产队的社员到他家门前田里劳动了。我分了田不怕，有‘老表’吴浅帮着种呢。”

大妮上过村里的冬学，能写几个字。她告诉谭尢水，这封信是“老表”吴浅手把手教着写的。谭尢水看了信一晚上都没有睡觉。有词曰：

忆秦娥·别情

茅山草，凝眸远望长江小。长江小，帆难载满，此情多少。 风吹山矮询乡老，为何信启无言了？无言了，思心急切，待看明晓。

今年的国庆节，谭尢水领了工资要回家。他把养猪场的事情交给丘林，要他代管几天，向邓点长多请了两天假。

谭尢水早早来到车站，踏上回家的路。当他风尘仆仆回到家门口时，发现吴浅抱着大妮正往屋里走。

谭尢水的醋劲直冲拳头，跨进门举拳就要打下去，突然想起丘林的事，如果失手把吴浅打死了，自己就要落得和丘林一样坐牢的下场。

大妮的婆婆跟在大妮后面，突然发现儿子谭尢水回来了，举拳要打人，立即上前拦住了他。

吴浅把大妮放到床上，回头吓了一大跳，想说明原因，但谭尢水正在气头上，解释也没有用，就转身走出了房门。

谭尢水的娘告诉他说：“村里的社员开会，讨论分田的事。由于大妮怀孕反应比较强烈，头发晕站不住。当时她差点倒下，幸亏‘老表’吴浅上前一把抱住她，又把她送回来。如果不是他抱住大妮，你老婆不死也傻了。”

谭尢水听了，知道原来是这么回事，转身走出房门外，拿出大铁桥香烟递了一根给“老表”吴浅，表示歉意。

其实，吴浅确实动过歪心思。吴浅为达到这个目的，常常帮大妮挖菜园地、挑水、劈柴。有时，大妮看吴浅帮自己劳动很累了，便请他进屋休息喝口水。吴浅和大妮相对而坐，便趁机说自己怎样怎样有能耐，谭尢水不如他。吴浅说：“‘一打二挑三抵棍’，他哪一项都比不过我。‘小平头’和‘一边倒’那些小伙子在你家门口比这个，他还赢了。要是我在，他输得都没脸见你。”

大妮听了咯咯地笑，卷起衣袖露出白皙胳膊。吴浅正要伸手去拉时，忽听到大妮婆婆的咳嗽声，赶忙把手缩了回来。

“大妮，鸡进菜园吃菜了。”婆婆进门喊道。

久别胜新婚。晚上，谭尢水抱着大妮窃窃私语到天亮。眨眼，假期到了，谭尢水要回省一号监狱第七十关押点上班了。

又要和妻子长期分别了，母亲说：“能不能把媳妇大妮带走，她一人在家，你不放心，我也不放心。现在我还能帮你照顾着大妮，我要出远门了，几天不在家，大妮怎么办？大妮身边一时也不能离开人。”

谭尢水听母亲的话里有话，心想：关押点那个地方条件也简陋，集体睡一个宿舍，大妮过去没地方安身，怀孕了更不方便。家里又在搞联产承包责任制，如果我有了承包田，耕得细一点，肥多施一点，稻子多收一点，工资还能补回来，在家里还能照顾妻子，尤其是生了孩子，还能服侍月子。

谭九水把不回单位上班的想法告诉了大妮，大妮听了一惊，哭着说：“你好不容易转了‘非农业’，安排了工作，离开茨茅村这个茅草都长不长的瘦土地，怎么就随便丢了呢？你这样是要受到处罚的，我也没脸回娘家了，茨茅村的人又怎么看得起你？”

“我只要你在我身边，我什么都舍得丢。”

大妮的婆婆听了儿子的想法，也不好相劝。劝儿子去上班，大妮在家出了事怎么办？劝儿子不上班，丢掉了前程，受到了处罚怎么办？只有让儿子自己去抉择。

果然，假期过了好几天，邓点长还不见谭九水来上班，打电话到春谷县民政局，县民政局打电话到马桥乡民政办，一调查，谭九水在家承包了田不上班了。最后省一号监狱定性谭九水无故旷工，除名了。

第十六章　王蓝花与来贵动真情

李望提出和王有才家换亲，要拿女儿开苹换王有才家的女儿王蓝花，给“傻子”李来贵做老婆。

王有才特别喜爱开苹的聪明和美丽，欣然同意拿女儿换开苹给王小福做老婆。他们已实行了第一步：换亲先换工。

秋季时，开苹考上了县一中，坚持要继续上高中读大学。蓝花成绩虽然没有达线，但在汪濊老师的指导下，决定跟彭珊妮学缝纫，将来闯市场。换亲的事没有明确落实，没有互赠衣物和金银首饰，只是停留在口头上。

通过换工，“傻子”来贵对蓝花动了真情，蓝花对来贵也有好感，总觉得他一点也不傻。

开苹到县一中上学了。蓝花每天吃过早饭，从上沟村家里出发，到茨茅村珊妮家学徒，必须经过来贵家门口。

“傻子”来贵每天都出门迎接蓝花，送她到珊妮家。

蓝花跟珊妮学的第一课是量体打版，也就是量出身材尺寸画在纸上。珊妮还布置了作业，回去要找一个人量体。

蓝花一路走一路思考，谁给我量体打版呢？当她刚走到来贵的屋边时，来贵迎出来了。

蓝花灵机一动，他不就是我的模特吗？“‘傻子’，你怎么知道我来了，出来接我。”蓝花不喊他名字，就喊他“傻子”，觉得亲近。来贵听了也高兴，好像是老婆在亲切地唤他。

“我是你什么人？又是接又是送的。”蓝花问道。

“我是你的……”

“是我的模特。”来贵的“小丈夫”三个字还没说出来，蓝花知道他后面要说什么，就用“模特”两字把他堵回去了。

“珊妮阿姨带徒弟，像老师教学生一样，每天还布置家庭作业，量体打版。你做我的模特量体打版吧。”蓝花说着，把背包放在路边，从背包里拿出皮尺、打版纸和划粉，要量来贵。

“你到我家里去量，在这大路上，人家以为你在抢劫我。”来贵望望四周说。

“你家妈妈花妮是个精明的人，我刚学一点，她看了不也学会了。”蓝花心想，一个姑娘家不能随便进人家的门。

珊妮教蓝花的是学量裤子打版。所有的裁缝师父，教徒弟都是先教裁裤子，因为人的衣服中，就裤子简单。蓝花把皮尺往来贵的腰上一围，二十五公分，再向下往屁股上一围，二十七公分，再一量腿长九十公分。然后，蓝花把来贵腰围、臀围、裤长的数据记录到纸上，收起尺和打版纸，背起包就走。

她转头发现来贵仍然愣头愣脑地站在原地不动，看样子是被什么迷住了，表现出一种无比幸福的样子，于是喊道：“喂，你被什么东西迷住了，又‘傻’了？”

“你的马尾辫，在我面前甩过来甩过去，把我甩迷了。”来贵故作惊讶道。

“你真是‘傻子’，马尾辫就把你甩迷了。”蓝花说着蹦蹦跳跳走了。

她今天特别高兴，作业完成了。

蓝花学裁缝三年了，要出师了。

这年“双抢”过后，蓝花打着花布伞，穿着粉红色的确良短袖衫，下身穿着天蓝色的齐膝盖的裙子，白短袜红凉鞋，去珊妮家拜别师父。

来贵在家门口，看着蓝花一步步走近，把早已切好的西瓜捧出来，站在塘边的杨柳树下。蓝花一到，西瓜就递到嘴边。

蓝花看看四周没人，边吃边问：“你家人呢？”

“我不是人吗？”

“你父亲说你‘傻’，难道你是故意装的？”

来贵又“傻”笑道：“我爸妈去看我外公外婆去了。”说着又把蓝花送到珊妮家门口，对蓝花的问话避而不答。

珊妮见自己又有一个徒弟出师了，非常高兴，要留蓝花吃中饭。饭后，蓝花拜别了师父珊妮。

刚出门还没有走出一里路，天上乌云翻滚起来。蓝花一路小跑到来贵家后面时，风卷着雨向她袭来。花伞根本打不住，反而被卷翻了过去。

来贵还是有心人，当风卷雨泼时，他发现一把小花伞在雨中挣扎，知道蓝花来了，赶紧冲到蓝花面前，把她接回自己家。

看蓝花全身都湿透了，来贵拿出自己为蓝花做的绿色包裙和的确良红色短袖衫，让蓝花换上。

蓝花站起来，对着镜子一照，衣服正合身。她娇嗔地问：“这是你给我买的？非常合身。”

“这是我自己裁的。”

蓝花发现房间里有一台新缝纫机，还有皮尺、裁剪、划粉等缝纫用具,顿生奇怪，问道：“你什么时候把这些东西都买齐了，你也会做裁缝？”

“这些都是我抠黄鳝、扒泥鳅卖了以后买来的，为你买的，你不是出师了吗？马上就要用。裁缝手艺也是我为了你偷偷学的。”

蓝花感动地牵起来贵的手：“你父亲不是说你‘傻’了吗？拿你妹妹开苹换我，给你做老婆。我看你是装‘傻’欺骗人，‘欺骗’了我，让我‘可怜’你。真是个‘可耻’的家伙。”

“我那个父亲真是可恶，嗜钱如命，不让我读书。不读书不如做个傻子，世事不问，乐个清净。可是我第一次和你在一起栽秧时，我知道我不能做傻子了。如果真的傻了，我怎么和你相爱？怎么养你和你生的儿女？是你让我不能傻。”

蓝花被来贵的话又一次感动了，紧紧搂着来贵，依偎在他怀里。

西霞满天的时候，蓝花穿着来贵为她做的绿色包裙，的确良红色短袖衫回到家里。

母亲发现她换了新衣，显得特别漂亮，小脸蛋红润润的，眼含羞涩，也不打招呼，径直躲到房里。

吃晚饭了，母亲叫了几声，蓝花才慢腾腾地走出房门。“你身上的新衣是谁给你做的？”母亲追问道。

蓝花想：自己不能说是来贵做的，如果说是，他们就认为自己换给来贵的事成了，开苹就一定要换给小福了。开苹就要上大学了，不能让她放弃美好前程。“这是我自己买的布料，在珊妮阿姨家自裁自做的。”蓝花第一次说谎，话一出口满脸通红。

“你买布料的钱是从哪里来的？”父亲王有才看在眼里。

蓝花一惊，家里从来不给钱零花，一个鸡蛋钱都要存起来准备换亲用。蓝花很快冷静下来，灵机一动说：“我这衣服钱是珊妮阿姨给的奖励，因为我裁做的衣服，客户都很满意。”蓝花说完脸又红起来。蓝花的言行王有才看在眼里，心想：女儿跟自己要起了小花花肠子。

蓝花穿着来贵做的衣服，上沟村的大姑娘、小媳妇看了羡慕极了，尤其是看到包裙觉得特别洋气，纷纷向父母或是婆家要钱，上街买与蓝花同样的布料，送给蓝花裁缝。

蓝花一下子接了这么多衣料，自己学徒才出师，能不能做好，心里没底。但她不能推辞，只好一个个量体打版。

“爸，村上送来这么多衣料，我已量体打版了，现在裁好了却没有缝纫机缝，请你抓紧去买一台回来，我等着用。”蓝花请求道

“你学裁缝，不知道耽误了家里多少事，家里每年收入就比人家少三成。”王有才埋怨道。

“收入少三成，是什么意思？”蓝花问。

“我每年收入挣三成，你哥小福挣三成，你在家也挣三成，你妈挣一成。可是少了你这三成，怎么买得起缝纫机？你想要缝纫机，等你婆家买。”王有才少了女儿在家挣的这三成收入，已是后悔不及了。

蓝花想，家里没有缝纫机，自己还是到来贵家去，来贵裁剪，自己缝纫。蓝花把“打了版”的布料装进一个大包里，走出了门。

母亲问她到哪里去做？蓝花说到珊妮阿姨家去做。看到女儿天天这样早出晚归，王有才要蓝花母亲去珊妮家探听虚实。

蓝花母亲从马桥小镇上买了牙膏和盐绕道来到珊妮家。

“蓝花在我这里出师了，现在出去做衣服了，还是在家里帮人做衣？”珊妮一边给蓝花母亲倒茶，一边问。

“我要感谢你精心教你的‘女儿’蓝花。她学好了缝纫，家里没有缝纫机，等她嫁到婆家，让婆家给她买缝纫机帮人做衣。”蓝花母亲坐了一会就离开了，心想：这个丫头，天天朝着这个方向来的，没有到珊妮家，到谁家去了？

正纳闷时，她走到来贵家门口，忽然听到屋内有缝纫机嘟嘟的声音。从窗外向里一看，来贵在划线裁剪，蓝花脚踩缝纫机，两人还有说有笑，蓝花母亲忙转身离开了。

李望和花妮在屋后头菜园地低头种菜，没看见她。

王有才问蓝花母亲，蓝花母亲不敢说，如果告诉他事实，不让蓝花到来贵家，蓝花收的这么多衣服没办法完成，只能说蓝花天天在珊妮那

里忙着。

可蓝花和来贵两人已经动了真情，又怎么能瞒得住？过了些日子，蓝花怀孕了，王有才心想：可到了叫李开苹回家换亲的日子了。

第十七章　家里来信要李开苹回家结婚

茅草翠绿，孕育着花絮，有的露出白肚，有的撑破茅草肚皮，绽放着细长的白花。蓝花挺着大肚子，肩挎“打版”过的衣料，要到来贵家踩机缝纫，却被王有才拦在茅草路旁不让走。

“从今以后，不准到来贵家，除非开苹嫁到我家了。”王有才说着，便和蓝花母亲向大女儿大妮家走去，叫上谭尢水和大妮来助威。

他们一到李望家门口，王有才就气势汹汹地对着李望喊：“你这人不根本，我们两家换亲，应当是两对小人一天办喜事。你让‘傻子’儿子把我家蓝花先骗了。今天必须把开苹给我带回去，跟我儿子小福结婚。否则……”

李望迎出来，带着笑脸说：“别‘否则’了，这是好事，气坏了身子，来贵买酒，你不能喝，又让我多醉几回。”

花妮早就看出蓝花怀孕了，又问了儿子来贵，才告诉了李望她怀的就是老李家的血脉。

李望听了笑得合不拢嘴，说：“穷地方才换亲，想不到穷地方运气还不错，开苹没换到王有才家，蓝花先换过来了。我家开苹不愿换亲，王有才还真没辙了。她女儿蓝花要为我添孙子了，真是我李家祖上积了厚德。”

“你不要高兴得太早，王有才知道了肯定不会放过你的。”花妮担心地说。

“我抱孙子了，不放过我也得放过。”李望得意地说。

果然，花妮见蓝花的父母来了，客气地请坐请喝茶。李望满脸堆笑地坐在王有才对面说：“我拿开苹换你女儿，一百个高兴。可是开苹到省城大学读书去了，不在家。”

“听说，念书的大学生允许结婚，你们能不能去省城把开苹叫回来，让她和小福结了婚再回去读书？”蓝花的母亲建议道。

“那怎么行？开苹正在大学读书，叫她回来结婚，我不同意。”花妮坚决反对。

王有才从板凳上一下站起来，拉着蓝花的母亲说：“我们走，到派出所去，告他家儿子来贵强奸我家女儿。”

李望慌了神，急忙拦住说：“你们二位别急，我想办法让开苹回来，跟你儿子结婚，把蓝花换回来，毕竟她已怀了我的孙子。”

蓝花的姐夫谭尢水一听到老丈人王有才要告来贵强奸，感到事情很严重，就和大妮一起把来贵叫到僻静处。

大妮问来贵：“你和我妹妹蓝花是真的好上的，还是你强行的？”

“自从第一次换工栽秧时，我俩就好上了，不信你问问蓝花。”

谭尢水听了来贵的话，忙转身来到王有才身边说：“你们老王家和老李家将要成为亲家，先不要红脸，等大妮去问问蓝花，跟来贵怀孕是不是自已情愿的，知道原因后再说话。”

花妮骂道：“‘老杀头的’，你能想什么法子？喊来贵写封信告诉开苹他和蓝花的事。”

“来贵写的信要读给我们听，防止他不让他妹妹回来。还是打电话来得快，我要亲自问问开苹回不回来换亲？如果不回来，我就告来贵，然后再让蓝花流产。”王有才态度强硬地说。

大妮了解了蓝花怀孕的前因后果，知道二人确实是情投意合，回到李望家。她向父亲王有才耳语后，王有才突然改口说：“写信就写信吧，那就抓紧时间写。”

来贵在他们面前还装着傻呵呵的样子，拿出一张撕掉一个角的发黄的纸，铺在布满裂缝的八仙桌上，用一支没有笔套的钢笔在蓝墨水瓶中蘸了蘸写起来：

“妹妹开苹，你还记得换亲的事吧？蓝花已怀孕了。蓝花的父母也要你回来跟他儿子王小福结婚。如果你不回来换亲，他们就要告我强奸了蓝花。哥来贵。”

来贵写好后读了一遍。

王有才听了说：“信后面还要写上‘刻不容缓’。”

来贵不愿写，说：“我在信里夹根鸡毛就行了。”

“信里夹鸡毛，是暗示开苹飞走不回来？”王有才疑惑道。

“不懂回去问蓝花，她肚子里的儿子都知道这表示紧急，快回。”

王有才这才放心回去等开苹回信。

李开苹高考一结束，就估分填报志愿。班主任章老师，根据开苹历次高考模拟成绩，以及这次对照高考答案的估分，建议她填报国家重点高校。

李开苹看了看，这些学校的学费每年要交两百块，加上生活费和其他学杂费开支，平均每年要五百元。

开苹想：改革开放虽然十年了，我们农村人口的人均收入，比城市还差得远。比如自己父亲李望和母亲花妮、哥哥来贵，承包了包括自己的田在内的四亩八分田，都种早稻和双晚稻。但茨茅村的田是出了名的贫瘠，又容易受到旱灾，只要一个月不下雨就歉收。

按风调雨顺算，两季每亩可收一千八百斤稻，全年共收八千六百多斤稻。交二百四十斤公粮，交三百三十六斤余粮，每亩还要两担稻换取农药和化肥。每人每年要留十担稻口粮，共留四十担稻。剩余三十六担稻可以出售，市场最高价每担稻三十元，可卖一千零八十元。

另外种山芋能漏四五担粉丝，用板车拖到繁昌每担能卖四十五元，按五担计算，能卖二百二十五元。母亲花妮每年养两头猪出笼，每头猪可卖一百二十斤肉，每斤可卖一元二角，两头猪可卖二百八十八元，除去本钱八十八元，净收入二百元。

母亲养的鸡鸭下的蛋，平时卖了可维持家里的油盐等生活用费。全年的稻子、山芋粉丝、生猪三项共有收入一千五百零五元，年人均收入三百七十六元二角。

开苹通过计算，发现农村有几个能供得起自己子女上大学的？何况自己父亲又爱财如命，哥哥来贵又要成家。现在她上大学了，又要交学费，而且这项费用要占全家全年收入的三分之一。如果遇到旱年歉收了，这项费用占的比例更大。

所以，开苹考虑再三，还是填报了省内师范大学，因为师范大学免学费、免住宿费，另外还有伙食补助。课外辅导学生，还可以挣一点其他费用。读大学将近一年了，开苹没有问家里要一分钱。母亲花妮要寄钱给她，她说留着讨嫂子。

开苹正紧张复习，迎接大学第一年期末考试时，接到了哥来贵的信。她心想：父亲拿我换亲，显然是不可能的事，但我不能贸然写信不同意换亲。去年“换亲”的事还没平息，蓝花家还在“捉住”不放。

再说蓝花和自己哥的爱情，也是“换亲”牵的线搭的桥，自己在家就看出来了，他们实际是自由恋爱。

“哥，你的信已收到，惊悉蓝花怀孕了，我要抱侄儿了，高兴得让我今天晚上买了肉圆子加餐。蓝花的父母要我马上回去换亲，可是大学的期末考试非常重要，科目多，不能挂红灯。等我考试一结束，就赶回来办换亲的事。”

李望接到信，听来贵读了一遍，心里压着的一块“石头”终于掀掉了，换亲的事有望了。

来贵读完信转身就往蓝花家跑，又把信读给蓝花的父母听。

王有才听了，马上行动起来，要儿子王小福砍树，请木匠打床。打什么样式的床？王小福自己写了一封信“请示”开苹：

“开瓶（苹），你写信说，放置（暑）假回来唤（换）亲，我准备请木将（匠）打床了，不知道你喜欢什么样式的床？请回信。”

开苹接到王小福信一看，咯咯地笑个不停，短短几十个字的信，其中就有四个错别字。开苹针对王小福的来信，写了一首诗寄到上沟村：

婚　床

宁心窗下问兰花，波卷书香谁料家。

床架红灯思美梦，同眠应爱种桑麻。

王小福接到开苹的信，高兴得举在手上，在上沟村绕了一圈。上沟村的老小，都来到王小福家看信。有的赞扬王有才真有福气，用初中生的女儿换一个大学生的儿媳妇；有的赞扬王小福真有艳福，自己是个小学生，讨个大学生老婆。

王小福把信拆开来，信纸上只写了一首诗，左邻右舍问他写的什么意思？

王小福看了很长时间说：“前两句我不知道什么意思，但后两句的意思是：新床挂着红灯，我们做着美梦。她还说她最爱和种田的人睡在一起。”

王有才听了笑得嘴像开了的荷花，问道：“开苹要打什么样的床？”

邻居扁头看了诗说：“诗中说‘床架红灯’，可能就是灯挂床。”

“灯挂床是什么样子？”王小福问邻居。

蓝花母亲说：“大妮的床有架子，床面上镶嵌着龙凤戏珠三块水银镜子，左右两边，各镶嵌着胖娃抱鲤鱼的水银镜子。”

“开苹可能就爱这样的床。小福，你去姐姐大妮家，把床的尺寸量一量，回来放树。”王有才拿出锯子和斧子在磨刀石上细心地磨起来。

蓝花在家里挺着大肚子，即将要临盆。李望和花妮来了几次与王有才协商，要把蓝花先接回去，要精心照料好蓝花的月子。

王有才一口咬定，开苹换过来，才让蓝花换过去。

李望说：“开苹放假还有一个月，蓝花马上就要临产。到那时，我用一个人换你两个人回来，你的亲戚邻居怎么看你？再说开苹已写信给你儿子王小福了，还要求王小福打什么样的床，你还不放心？”

蓝花母亲说：“他是个放倒树捉麻雀的人，谁也说服不了。”

花妮听到蓝花在房间里呜呜地哭泣，心疼极了，连忙跑进去安慰着蓝花。

花妮在回来的路上对李望说：“我们找两个合适的人，出面做王有才的工作，让我们把蓝花先接回来。”

李望觉得也是，他想了想说：“我们请开苹的‘嫩爷爷’阿魏和女婿谭尢水，去做做王有才的工作，看能不能做得通？”

开苹的奶奶鲁珍，听说自己的二孙子来贵和王有才的小女儿蓝花怀孕了，王有才宣称开苹不嫁给他儿子王小福，就要告来贵强奸，心急如焚，忙跑到大妮家找大妮说情，让她劝劝自己的父亲网开一面。

谭尢水说：“开苹奶奶，我们是邻居，这个忙大妮一定会帮的。”

鲁珍又对阿魏交代说：“你到王有才家要好好说话，不能让他生气，要捧着点。”

大妮回到娘家摸摸妹妹的大肚子，取笑道：“羞不羞，没结婚就挺着大肚子，小宝宝在肚子里羞你丑呢。”蓝花红着脸拉着姐姐的手。

阿魏坐在八仙桌旁，喝着蓝花母亲泡来的茶，对王有才说：“有人说你是个老疙瘩挡人路，我不信。李望想把蓝花接回去，听说你不同意，难道在你家添了外孙，你拿外孙做人质，问李望要钱？”

“我家老丈人换亲的目的，就是为了节省彩礼，彩礼的多少两家互不要求。”谭九水的话音一落，王有才反驳道：“你尽说瞎话，大妮嫁到你家，我要了你多少彩礼？就抽了你几包飞马香烟。”

“你娶了大妮，还不走了大运？你是用什么‘积极分子’，安排工作，转‘非农业’骗来的。结果什么都不是，还跟我们一样卷泥腿子。”阿魏笑道。

“叫你们来说正经事的，你们在拉‘南瓜蔓’。”大妮责怪道。

“李望的儿子来贵，原来我们还以为是‘傻子’，拿蓝花换亲，你也同意。哪知道来贵装‘傻’，聪明着呢，算你走运。开苹读大学了，马上放假，回来就出嫁。你还难为人家干什么？”阿魏劝着王有才。

“爸，你现在不让李望把蓝花接过去，到时候在娘家生了小孩，要丢尽我们的脸。到那时我和蓝花都不回来认你。”大妮采用激将法，迫使父亲放弃自己的想法。

王有才想想也是，自己和李望将要成为亲家了，为何要做这恶人呢。其实他就是不放心开苹，虽然写了信同意换亲，还是怕她反悔。经过劝说，王有才勉强同意李望把儿媳妇蓝花接回去。

来贵的婚房和结婚家具用品早已准备就绪，顺便看好了一个双日子办喜事。

“蓝花未婚先孕，也是门风招，家里的传统。”大妮取笑阿魏道。

阿魏问谭九水什么意思？“来贵的奶奶当年不也是你让她先怀孕，后接回去的吗？”

“你这个小东西，也拿我开玩笑了。”他们三人一路走一路笑。

第十八章　放弃换亲另有追求

接近中午，蓝花正抱着满月的儿子喂奶，开苹拎着行李站到面前。一看到小侄儿，她把行李甩给站在一旁的哥哥来贵，从蓝花怀里抱起侄儿不停地吻着小脸蛋。

母亲花妮见开苹回来，高兴地煎了三个荷包蛋，先让女儿垫垫肚子。

开苹把目光从侄儿的脸上移向哥哥来贵和嫂子蓝花，说："你俩干了'好事'，拿我做'人质'，现在有了儿子，一天到晚嘴龇得像荷花。暑假要我回来跟王小福结婚，难道要我挺着大肚子，在大学教室里听老师上课吗？"

李望见女儿开苹回来也很高兴，要花妮杀鸡，因为开苹读书，没有向家里要学费和生活用费。他听开苹责怪来贵和蓝花，接过话茬说："我们老李家一贯讲信用，说好了换亲的事，我们不能反悔。你要什么嫁妆，我马上到街上去买。"

"放暑假，我还要参加社会实践，写调查报告。"开苹说放假期间学校有任务。

“女儿在学校刚考试结束，已经很累了，让她休息几天再说。”花妮说。

李望冲着花妮说：“暑假就这么几天，还能等吗？王有才那边的喜事都准备好了，听说请帖都下了。”

“‘老杀头的’净胡说，日书还没有送到我家来，他下什么请帖？不管怎么样，等女儿完成了学校交给的‘作业’后再说。”花妮生气道。

“只要王有才同意，我有什么话说。”

第二天，王有才听说开苹放假回来了，叫上蓝花的母亲，还有儿子王小福来到李望家，要接开苹过门。

蓝花的母亲一进门就抱起外孙看起来，边看外孙边指导女儿蓝花什么时候喂奶，什么时候换尿片，怎样给外孙洗澡。

李望见王有才要接开苹过门，指指花妮说：“她的女儿她做主。”

王有才心想：李望真滑头，我的女儿，他站在最前面呱啦呱啦地要。我现在要他的女儿，他往后站，把自家女人拉到前面挡着，不管怎样我要把开苹接过去。

“亲家不要急，放暑假，学校交给她的什么‘调查’任务完成了，你来接人。”花妮安慰王有才说。

“我要问问开苹怎么说。”

“她一回来，就到她珊妮阿姨家去了，看看老师。”

“小福，你去汪濊老师家，自己问开苹。自己老婆了，害怕什么？”王有才告诉儿子要有出息。

蓝花听了说：“哥去，我也去，珊妮阿姨就想看看我的宝宝。”

王小福抱着外甥和妹妹蓝花一道，来贵不放心也去了。

他们走后，王有才和蓝花母亲也要走。花妮执意要留他们吃中饭。

李望说：“亲家来了还能走吗？我俩必须喝几杯，不然传出去，亲家到我李望家酒都弄不到一口，我怎么做人？”

“客随主便。”王有才只好坐下来，蓝花母亲帮花妮捣锅洞。

汪灇老师，已是中等师范函授毕业，但还是民办教师身份，与公办教师同工不同酬，每月工资是公办教师的一半。如果要改变身份，必须再次参加中等师范的招生考试。在开苹考入大学时，汪灇老师也考入中等师范学校。师范学校放暑假，他也回到家里。

开苹一进门，见到汪灇老师和珊妮，就喊：“爸、妈。”

珊妮高兴地捧着开苹的小脸蛋，仔细端详着说：“虽然瘦了一点，但精气神饱满，这是知识酿造的。”

“我还是你汪老师，李望才是你永远的爸。”

开苹感动极了，紧紧地抱着珊妮说：“你们还是我的爸妈，如果没有你们，我可能跟王小福结婚生孩子了。”

这时，一个梳着马尾辫的姑娘捧着一杯茶走出来，递到开苹手里说：“开苹姐姐，请喝茶。”这个姑娘瓜子脸，大大的眼睛，乌黑的柳叶眉非常漂亮。

“这个姑娘是哪家的，姓什么?”开苹问珊妮。

“她叫王娜，今年十八岁，是我娘家村上的，也是你的同学王晓俊的妹妹。初中一毕业就到我这里学裁缝，你应当认识呀。”珊妮说。

开苹听了，把王娜拉到自己身边坐下，问道：“你哥哥王晓俊放假了在家干什么?”

王晓俊高考结束后，填报了本省的重点大学学经济管理。王娜说：“哥放假参加了农村社会实践，写调查报告。他说，今天也来王老师家看望他们。”

开苹想，大学都一样，放暑假也不让学生闲着。

“阿姨奶奶，宝宝来看你了。”蓝花抱着宝宝进门就喊。

珊妮迎上前，接过蓝花怀里的宝宝说：“长大了要向姑姑学习，考大学。”

“那当然，我们不能跟他爷爷学，不让读书。”来贵说。

“我爸叫我哥来问开苹，农村调查什么时候结束，要接她‘过门’。”

蓝花的口气好像很生硬。

开苹听出了蓝花对自己父亲和哥哥的情绪，面带微笑对王小福说："小福，我的信你收到了没有？"

"收到了，我还带来了呢。"王小福掏出信。

"你问我，要打什么样的婚床？我在信中告诉你了。"

"你在信中写了'床挂红灯思美梦'，所以，我打的是能挂灯笼的架子床，三面还镶嵌了水银镜面，上面画有龙凤呈祥等美丽图案。"王小福高兴地说。

"我请你把前三句的第一个字，连起来读一下。"开苹笑着说。

这时，王晓俊突然进门，接话道："宁波床。"

王小福重新看了诗，恍然大悟，难为情地红了脸问："你还没看信，怎么知道的？"

"星期天，我去开苹学校看她，发现她手里拿着信愁眉不展。我一看是她爸催她回去换亲与你结婚，我就以她的名义写了首诗寄给你。"王晓俊拍拍王小福的肩膀说。

汪濊老师接过王小福手中的信，笑着说："诗里写道：'同眠应爱种桑麻'，意思是，开苹将来不能帮你下田双抢，挖地栽山芋，希望你找个能帮你种田的姑娘。听你妹妹刚才说话的口气，她也不赞成拿自己换亲。我也认为开苹不适合你。"

王小福惊讶地望着汪老师，转头发现妹妹蓝花冷眼瞪着他，回头又看见开苹与王晓俊在窃窃私语，谈得甚欢，心凉了半截。他走出大门，回头又望望王娜，依依不舍地走了。汪老师夫妇怎么也留不住。

蓝花见哥哥走了，抱着宝宝也走出了门，来贵打声招呼紧跟其后。

李望和亲家王有才刚喝完一盏酒，王小福像霜打的茄子耷拉着脑袋进了门。

花妮忙拿来酒盏，王小福摆摆手。

王有才本来有点小醉，一看到儿子，酒兴皆无，问道："开苹反悔了。”

“开苹已有男朋友了，我今天，亲眼看到他俩卿卿我我。”王小福嫉妒道。

王有才听了王小福的话，把筷子往桌上一甩对李望怒道：“你不讲信用，说好换亲，把我女儿‘骗’到家，你女儿就另嫁别人，你要赔偿损失。”

李望放下酒盏，问儿媳妇蓝花是怎么回事？

蓝花为了不让父亲再闹什么换亲，故意添油加醋大声说：“开苹和王晓俊在初中时，就眉来眼去。从今天的样子看，他们一进大学就坠入爱河了。”

嫁出去的姑娘真是泼出去的水，蓝花站在公公李望一边说话了。

“我们两家换亲，都省了彩礼，省了定亲办酒席，也没做十套八套衣服，也没买金银首饰，赔什么损失？”李望得意地说。

王有才听了李望的话不高兴了，又把筷子一摔说：“虽然省了，但开苹写诗信要木匠打架子床，这个木料木工的钱你家要出。”

“你重新讨媳妇时，这张婚床不还能用吗？”李望说。

“这个灯挂床我不要了，我要重新打一张宁波床。我虽然娶不来开苹，但开苹的要求我要做到。”王小福拉着脸说。

“灯挂床你不要，开苹的爸兜着。”王有才沉着脸对李望说。

“灯挂床你们不要，就让你外孙兜着，用了多少钱记个账，等他长大结婚了还给外公。”王有才听女儿蓝花这么一说傻眼了。

李望在换亲上占了便宜，频频举盏请王有才喝酒。

王有才在儿子王小福的搀扶下，回到上沟村的家里，醉倒在床上，嘴里还不停地念叨着儿媳妇。

其实，要说王小福心里失落，却又燃起了一丝别的希望……

来贵知道他对王娜的心思后，告诉他：“要想追到王娜就向我学，你妹妹每天走我家门口过，我都送她到珊妮阿姨家，下午到时间我又去接她，久而久之，我和你妹妹就牵上了手。”

“王娜从家里到珊妮阿姨家，又不走我家门口过。”王小福为难地说。

“下晚，你在珊妮阿姨家门前的山头上接她，送到王娜家门前的山头上。早上，再从王娜家门前山头上，接她到珊妮阿姨家门前的山头上。每天如此，日久见人心，你就能牵到她的手了。”

王小福就按照妹婿来贵的经验做了。王娜从家里到师父珊妮家有一段山林路，没有人家，行人很少。在师父珊妮家，第一次见到王小福，她印象还不错，现在天天有他接送，感觉很安全。

这也是个夏天，王娜刚走到师父门前的山头上，刮风下起暴雨来。她又没带伞，正焦急无措时，王小福来到她身边撑起了伞。因为只有一把伞，王小福为了不让王娜淋雨，一手紧紧地搂着她，王娜怕淋雨也紧靠着他向前走。

一会儿雨停了，王娜挣脱王小福的手，独自走着。王小福想起妹婿的经验，伸出手要牵王娜的手，如果王娜不躲开，说明她愿意做自己的女朋友。谁知王小福一碰到王娜的手，王娜像触电一样躲开，沉着脸说：“你想图谋不轨。”

“不敢不敢，我想你做我的女朋友。”王小福傻乎乎地笑着说。

“茨茅村穷，你们上沟村也好不到哪里去，你说说怎么养活你的女朋友？”王娜故意逗笑道。

“我是板劳动力，会种田养活你呀！”王小福撸起袖子，弯着胳膊鼓起肌肉说。

“我哥和开苹姐分别做过调查，他俩都叹息说：‘我们农村人均收入还很低，只有三百余元，除去孩子读书，生病医疗，根本就没有结余。’”

“除了种田，我还能打夹夹网，夹泥鳅小鱼卖。马上我准备买个电瓶打鱼，只要两根电线往水里一捅，鱼虾都飘上来，任我用网兜。起早到春谷城里也能卖个五块十块。冬闲的时候我在山上放弓子夹黄鼠狼，一张皮也要卖好几块钱。”王小福说自己有“致富”路。

王娜想想也是，除了靠读书进城的人，其他人要想到城里做事，首先要有暂住证，进工厂做工，农业人口的收入比非农业人口的收入少，农村的人和城市的人，只能同工不能同酬。

王小福在农村也算是勤快人了，于是她说：“我可以做你的女朋友。不过也有条件，等你做好了砖瓦房，买齐了‘三转一金’，我才嫁过去。”

“我只听说过‘一响’，还没听说要‘一金’的。这‘一金’是什么？”王小福问。

“就是金戒指、金项链。”王娜提高嗓门说。

王小福听了一惊，又一想：她终于答应做我的女朋友了，先答应条件再说。于是兴奋地要牵王娜的手。

王娜道：“以后让你天天牵。”

从此以后，王小福吃过晚饭，先睡两个小时，然后就起床把电筒绑在头上，背着鱼笼扛起夹夹网，从上沟夹到下沟，泥鳅小虾胖胖屁夹上小半笼。天蒙蒙亮，王小福回到家叫醒娘，再让她拎到城里菜市场卖。有诗曰：

捕　虾

桥横小木撒开网，天下银河不见星。
浪水凌云须作杖，牵来仙女送前庭。

有段时间，王小福扛着夹夹网出去，天亮时却背着空笼子回来。他想：肯定是人家趁自己睡觉时先下网了。

天一黑，他就扛着网来到上沟，可是上沟早就有人在打鱼了。人家已经不用夹夹网了，而用电瓶。两根长竹竿，上头绑着绝缘电线的一端，接入背上的电瓶，另一端接入竿头上的铝线和网兜，手握开关，往水中一插，大小鱼顿时翻到水面，翻入网兜。

王小福心想：我也要买电瓶打鱼，可是夹夹网夹的鱼，卖的钱还远远不够买电瓶。现在夹夹网下水，根本就夹不到鱼了，怎么办？用夹夹网夹虾卖，取回王娜的计划不可行了。

他本来还能放弓子夹黄鼠狼，卖几张皮，可是黄鼠狼几乎绝迹。他又想起晚上捉青蛙，卖给小饭馆。于是手握电筒，腰挎笼子，走遍每条田埂。

天要亮时，他也没回家，直奔春谷菜市场。刚把笼子往菜市场一放，市场监管的来了，问："卖什么？"

"青蛙。"王小福答道。

市场监管人员拎起笼子说："请跟我到派出所去。"

"小学课本上就告诉你，青蛙吃庄稼上的害虫，是我们的朋友，你还捕杀它。你说是初犯，就相信你一回，放掉青蛙，罚款三十元。"所长说。

王小福夹网夹的鱼，娘帮着卖了，钱都给他揣着，这下全缴罚款了。王小福想着王娜美丽的笑和对他的希望，沮丧起来。从派出所出来，他没有回家，径直来到大姐大妮家，想借钱买电瓶。

王小福刚把想法说出口，大姐夫谭尢水说："买电瓶至少要百元以上，你能把电瓶钱搞回来吗？"

他听出姐夫的意思，只好又向妹妹蓝花家走去，说要借钱买电瓶。妹婿来贵听了说："电瓶打鱼会让鱼类绝种，如果都用电瓶打鱼，你的外甥长大，鱼长什么样子都不知道了。"

王小福失望地来到王娜家门前的山头上，可是怎么等，也没有等到王娜。

第十九章　来富站街望风

来富和贵州来的姑娘红香结婚以后，接连生了一女一男，可至今还没有银行账户。他决心要将一对儿女送入大学，不能像父亲那样不让自己和来贵读书，耽误了他们的前程。孩子读大学是要一大笔学费的，靠承包的人口田，只能吃饱肚子，没有结余，怎么办？

原来他也打夹夹网，夹点小鱼虾卖。现在电瓶代替了夹夹网，一到晚上，塘边、河边电灯闪闪，前头电了一遭，后头又来电一遭。泥鳅、小鱼、小虾都没办法活下去。

可笑的是，王小福还借钱买电瓶，正像他大姐夫谭九水说的，本钱都收不回来。来富想：要赶紧另寻“发展”。

来富的外公任义做七十大寿。酒桌上，来富和姨老表文革同坐一桌。老表问：“来富，想不想发财？”

来富说：“只有傻子不想发财，我现在正想发财，将来培养孩子读书，可是没有门路。”

老表文革说：“我去广州找事做，那里工厂也需要在外地招收工人，可是我没有暂住证，工厂不敢接收。但我在那里的桥洞里，睡了几个晚上，白天到城里逛悠，看看哪里能挣到钱。在车站，发现有人三五一伙打三张牌，只赢不输。我看的一会儿功夫里，几百块钱上了他们的腰包。通过仔细观察，玩牌的‘套路’我也略知一二，现在我也会玩了。我们神不知鬼不觉，把别人的钱掏进自己的腰包。”

“可惜，我又不会玩，只能望钱兴叹。”来富惋惜道。

“玩三张牌需要四个人，一个望风，一个玩牌，两个做媒子，为玩牌的捧场，引诱那些贪便宜的过路客。如果你愿意跟我玩牌，你就帮我望风，事后玩牌的钱我得四成，你们三人按二二二分成。”文革亮出分成的办法。

“望什么风?”来富不解地问。

“我们玩牌的时候，就怕有人报警说是骗子。你站在我的不远处，看到穿警服的，你就唱‘雄赳赳，气昂昂。’一听到你唱我就收摊子。”文革说。

来富心想：如有风险，我还能溜之大吉。

春节已到，春谷车站人头攒动，文革带着老表来富等四人来到车站，各自散开装作谁也不认识谁。

文革在候车室大门口的地上玩起三张牌，几个戴红袖章的来了，往大门口一站，文革只好收起牌，又来到车站外的出入口，找了一块干净的水泥地，甩起三张牌。

他右手握有两张黑桃A，左手握有一张大王，左右一甩，谁猜中大王谁就赢钱。

下车的旅客到站了轻松起来，驻足看热闹。眼看文革右手的大王甩在中间，忽然人群中，挤出一个人来，把两百元押在中间牌上，一翻是大王。文革从包中掏出两百赔上。

文革重新拾起三张牌又一甩，眼看大王甩在左边，前面的一个人，把脚一伸踩在大王上，从口袋里掏出三百元押上，一翻是大王，文革又从包里掏钱赔上。

文革再次将三张牌握在手中给大家看大王在哪只手上，然后往地上一甩，大家都看到大王在右边。

这时旅客熬不住了，纷纷从腰包中拿钱押上，其中一个旅客押了五百，于是由他翻牌，结果是黑桃A。这么多人都看到了右边是大王，怎么忽然变了？

文革又把牌握在手中说："刚才大家看得不够仔细，所以没有猜中。现在请各位看清了再下注，把刚才输掉的钱再赢回去。"

旅客们眼睛滴溜溜地，盯着文革手中的牌。这次清清楚楚看见大王甩在中间，其中一个用脚一踩说："不许动，我就押这张牌，把本钱扳回来。"他把口袋和包里的钱全都拿出来押上，其余的旅客也都跟着下注。

文革看下了这么多的注，故意吓得浑身抖起来，转身要跑，被身后的一位旅客抓住说："赔钱。"

"各位，我身上的钱和值钱的衣服都赔给你们。"文革故作惊吓地说。

"先翻牌，不够回家取，踩牌的人翻牌。"旁边下注的人说。

踩牌的人蹲下身子，挪开被钱盖住的脚，从脚底下抽出来牌举在手中，把牌面朝前转了一圈，发现下注的旅客脸都阴沉下来，低头一看，玩牌的人在往包里装钱。踩牌的人把牌转过来一看，顿时晕了，被后面的旅客扶住。

文革从包里抽出一百元，塞到踩牌人的口袋里，转身溜走了。

这一天，来富分了三百元望风费，等于卖了两头大肥猪。来富问文革明天还来吗？"干我们这一行的，打一枪换一个地方。明天上午，我们到十字街搞一把。"文革说。

第二天，文革和来富一行来到十字街，迅速分散开来。来富找了个能看清东南西北四条街的位子，警惕地扫视。

文革在十字街百货公司大门口的水泥地上铺上一张旧报纸，又甩起三张牌，嘴里不停地喊着：“瞧一瞧，看一看，猜中大王就赔钱，押多少赔多少。”两个媒子见文革前面聚集了许多人，开始登场了。

这时王有才也挤到人群里看热闹。他想开苹做儿媳妇没能实现，儿子王小福爱上了另一位姑娘王娜，听儿子说姑娘要“三转一金”。

今天，他腰揣二百块钱到十字街百货公司，想先把其中“一转”缝纫机买回去。他看到三张牌中的大王，明明白白放在中间，准确无误。如果自己把两百元下了注，眨眼就变成四百。王有才又看了两牌，都猜中了大王，可惜被刚挤进来的小伙子下注赢了。

文革第三把甩牌时，王有才熬不住了，眼盯住大王的位子，押了一百块，一翻牌果然是大王，赢了一百。王有才这才放下心，自己猜的没有错，大胆地又下注。

再甩牌时，王有才看准了大王的位子，把所带的两百元和刚才赢的一百元都下了注。他想，儿媳妇要“三转一金”，等翻牌就能买回“一转一金”了。

“翻牌!”随着众人一声喊，王有才从水泥地上抠起“大王”牌，举过头再朝地上一甩，一张黑桃A“仰脸”朝他望着。

文革迅速将地上的钱全装到包里，忽然有人唱起了“雄赳赳，气昂昂”。众人一转头，西门远处有穿警服的，正“雄赳赳，气昂昂”向这边走来。文革听了收起牌拎着包，向东门的一个小巷跑去，紧跟其后的还有两个媒子。

王有才向唱歌的方向一望，发现唱歌的好像是女婿来贵的哥哥来富，也跟着文革向小巷跑。

他很好奇，就偷偷地也跟着跑到小巷，发现来富和那个玩牌的在一起，躲在一个拐角里数钱。

“你们诈骗，还我的钱。”来富回头一看惊呆了，来人是兄弟的老丈人，他赶紧蒙着脸就跑，其余三人也分散逃离。王有才这下看清楚了，唱歌的就是来富。

下晚，王有才空手回到家里，王小福的娘问："空手去的，怎么空手回来了？百货公司不卖缝纫机?"

"钱被玩三张牌的骗光了。"王有才耷拉着脑袋说。

"哪个该死的做这缺德事?"王小福的娘骂道。

"你家小女婿的哥哥来富。我们晚上去找李望，怎么能让儿子干这种事？同时要教育女婿来贵不能跟哥哥学。"王有才责怪起李望来。

"你也是个贪便宜的家伙，还怪亲家李望。"

晚上八九点了，王有才带着王小福的娘，来到李望家敲门。王小福也要来，他娘不让来，怕他年轻气盛打架。

"这么晚了，我们都睡着了，谁在敲门?"李望睡意蒙眬地说。

"我，王有才。"

"亲家来啦，老头子快起来。"花妮喊道。

李望披衣下床拉灯开门。

"我来找你儿子来富。"

"这么晚了，你找他干什么?"李望惊讶地问。

"你养的儿子不好好教育，尽干坏事。"王有才气呼呼地说。

"他干了什么坏事了?"花妮赔着笑问。

"你问他自己就知道了。"王有才指着来富住的房子说。

李望陪着王有才来到来富家门口，花妮上前轻轻地敲了敲媳妇红香的窗户，小声说："来富来富，起来，有事说。"

"来富到现在还没回家。"媳妇红香说。

"他干什么去了?"花妮问。

"不知道。"红香答道。

王有才不相信，要亲家母花妮陪蓝花娘进门看看。

蓝花听到婆婆家门口有父亲说话的声音，同来贵一道过来看看。见父亲要找来富，说："来富哥晚上是没有回来，我在嫂子家刚刚玩回去，你们就来了。"

“我明天晚上再来找他。”王有才气呼呼地转身走了。

来富在街上跟文革玩三张牌，被兄弟老丈人发现，还骗了他买缝纫机的钱，晚上不敢回家，只有和文革住进了小旅店。

文革总结说：“我们不能在百货公司和菜市场这些熟人容易见到的地方玩牌了，我们‘玩’过路客能避免麻烦。”

来富忽然想到说：“南京总工会经常组织职工到黄山旅游，经过我们这里，刚好中午停在马桥叶家饭店吃饭，我们不妨到那里玩玩那些大城市的过路游客。”

来富向文革要今天的分成。文革说：“白天就讹了你认识的那个人三百块钱，其中一百块，还是我钓鱼的‘诱饵’。这些钱只够我们住店吃饭，等明天我们宰了南京来的过路游客再分吧。”

中午时分，南京开来两辆大巴，准时停靠在马桥叶家饭店门口。文革等游客吃过饭休息时，在他们的车头玩起牌来。

游客都围上来看热闹，但没有一个伸手的，因为这是他们看惯了的骗局。两个媒子见没有人下手翻牌，连忙登场。

果然身边有四个游客下手了，每人一千一千往牌上甩。文革带的大皮革包，钱都塞满了。

其中一个游客，拿着袖珍照相机不断地拍着，说是回家研究研究学一学，辞掉干部不当也甩三张牌。

导游的一声哨响，游客全部上车。文革背起包准备离开，可是被两个游客架住了，再抬头一看，自己带来的两个媒子也被游客架住了。唯有望风的来富，没有被游客发现他们是一伙的，侥幸逃脱了。

架住他们的游客分别掏出证件，文革他们一看，这几个游客是江苏省公安厅的警察，拍照的是新华社驻南京分社记者，因为休假就参与了工会组织的黄山旅游。

他们一个电话打到春谷县公安局，一会儿，两辆警车拉着警报呼啸而来，停靠在叶家饭店大巴车旁。记者把录像放给春谷县警察看了一遍。

来的警察把文革装钱的包打开来，问这钱是谁的？江苏省公安厅的警察说：“是我们的，共六千元。”

春谷县警察数了六千元还给他们，然后做了简单的交接，给文革他们三个人铐上手铐，带上警车走了。

一进公安局大门，警察说：“这几天我们一直在抓你们。你们前天在车站玩三张牌，把谁的钱玩进你们口袋里了？”

文革双手被铐在前，眨巴眼望着他们。

“他是我们局长的大舅，种田的，从上海儿子那里带回来两千元给我们局长大舅母看病的。”

文革他们三人听了，一个个把头低下来，知道这下栽了。

来富溜回来不敢回家，怕老表文革他们把自己供出来，派出所晚上来人捉他，又怕兄弟的老丈人王有才晚上到家里要钱，就躲在屋后松树山上的小沟里。有诗曰：

玩　牌

勤寻致富谁知道，结党连群诱惑人。

妄想倾财赢百万，囊空怼怼不怀仁。

半夜了，来富又饿又冷，心想现在没人来了，轻轻地摸到窗下，喊红香开门。

红香听出是来贵的声音，也没敢开灯，轻轻打开大门。来富一脚将要跨进门时，忽然有人从背后将他拦腰抱住。

原来王有才晚上蹲守在来富的家门口，现在终于抓住了来富。

李望、花妮、来贵、蓝花都听到来富门口的嘈杂声，起来想看个究竟。李望走近一看，是亲家王有才来向来富要钱。

蓝花上前叫爸放开来富，让嫂子拉开堂屋灯，坐下说清楚。

“他与几个同伙玩三张牌，骗了我三百块钱。”王有才说。

“没有三百，听文革说只有两百。”来富争辩道。

来贵说：“原来你和老表文革他们玩牌骗人。”

李望说：“你骗了蓝花爸的钱，赶快还给人家。”

“他的钱被文革住旅店吃饭用掉了。”来富不想把自己搅进去。

“我明天去找文革，让他把钱还给人家。”花妮说。

“文革昨天被公安局逮走了，我在望风，警察没发现。”来富说。

红香听了吓了一跳说：“你想蹲号子啊！我从贵州坐火车到这里来，在火车站就见过甩三张牌的，只要旅客一伸手有去无回，车站派出所抓到就坐牢。”

“今晚你不还我三百块钱，我马上就去公安局。”王有才吓唬道。

“你这‘砍头刀的’，还不赶快把钱还给人家。”花妮骂道。

来富没办法在内衣口袋里掏出第一次望风的三百块钱，递给王有才两百元。

“不行，少一百也不行。”

李望问：“他说是三百，你怎么就给两百？”

“那一百是文革故意让他赢的，后来他又输掉了。”来富说明原因。

红香听了，问来富：“你这三百元块钱是从哪里来的？”

“是我帮文革他们望风分的。”

红香从来富手心中抠出一百块钱，甩给了王有才，关上了大门。

第二十章　王小福误入“旁道”

王有才回到家，把三百块钱往桌上一甩，说：“我就被骗了两百，要回了三百，还赚了一百。但是，我就奇怪，亲眼看见大王甩在中间，怎么就变了呢？”

王小福听父亲说来富他们玩三张牌，比买电瓶打鱼挣钱来得容易，很快就能致富，也想学会玩三张牌。

一打听，广州会玩三张牌的人多，只要你说是长江、黄河边上的人，花两个钱就教你。他问父亲要了两百块钱，谎说跟王娜一道去买缝纫机。

王小福拿着钱买了张南下的汽车票，来到广州，跑遍商场车站码头找玩三张牌的，都没见着。

晚上他住到广州郊区的小旅馆里，因为那里不需要什么身份证明，给钱就住。他住的是一个三人房间，另外两张床，住的是两个一高一矮的小伙子，听口音好像跟嫂子红香的口音差不多。

王小福很友好地说：“两位兄弟好像是贵州那边来的，在广州做什么？”

他们说住好几天了，逛大街。

王小福问道：“你们在街上跑，知道哪里有玩三张牌的？”

“你找玩三张牌的，想赢钱发家致富吧？”矮子问。

“想拜个师父，学一学回去玩。”王小福说。

大个子说：“这里已禁止玩三张牌了。”

“你们在这里做什么？能不能让我跟你们一道干？”王小福失望地说。

矮个子和大个子嘀咕几句后问：“你会骑摩托车吗？”

王小福说不会。

“我就知道你不会，广州市里骑摩托车，就像我们县城里拿工资的人骑自行车一样平常。我俩到这里来不久，就买了一部二手摩托车。如果你愿意跟我们干，我们马上再买部新的。”矮个子说。

“不要再问我们干什么，你跟我们一道就知道了。”王小福又想问他们干什么，一张嘴就被大个子堵回去了。

晚上，王小福忐忑不安地睡了。

早上，太阳刚刚照进窗户，矮个子就把王小福叫醒，还在旅馆旁边的面馆里为他点了面，买了两个茶叶蛋。

三人吃过以后，大个子从后院开出一辆蓝色旧嘉陵125摩托车。大个子开车，矮个子坐中间，王小福坐后面。

开了一个小时，三人来到广州市中心广大商场门前的路上。那里人头攒动，不少摩托车在人群中来回穿梭。

忽然，一辆奥迪车靠边停下，从驾驶室里下来一位留着披肩卷发，身穿旗袍的妙龄女郎，左肩挎着棕色皮包，向广大商场走去。

大个子慢慢把摩托车开过去，矮个子一伸手，大个子一踩油门，“嗡”的一声，摩托车像一条蟒蛇飞快地窜出人群。那个女郎被自己身上的包拉倒在地，摔得满脸是血。摩托车冲出人群，左一拐又一拐，跑了一个多小时，远离那个广大商场了。有诗曰：

飞车抢夺

“绿林豪客”进城门，飞起双轮赛四轮。

肩挂坤包花月露，强占不问怎为君。

摩托车开到一个没人的拐角处，矮个子下车，把鼓鼓的女士包放到后备厢的蛇皮袋里。他们找了一个小餐馆，点了牛排、羊肉和杀猪汤，吃了个痛快。

大个子擦擦油嘴说：“下午再做‘一单’大的，晚上回家喝酒。”

原来，这两人来广州飞车抢夺，王小福吓了一身冷汗。

下午，矮个子开摩托车，大个子坐后面，让王小福坐中间。

矮个子说：“当我发现目标减速时，中间的下手，后面监督。”摩托车在广州城里转了一个小时，来到一个工商银行门前的大路上，来回穿梭。

一个衣衫褴褛，头发斑白的老头，拎着沉沉的化肥袋，从银行里出来。

“注意前方老者手中的化肥袋。”矮个子提醒王小福，并把摩托车靠上去。王小福手一伸抓住，又放开故作没抓住。

坐在后面的大个子见状，迅速伸手接住王小福手中的化肥袋不放。摩托车顿时加速，老者抓住化肥袋被拖了几十米，终因体力不支松了手。

晚上，回到小旅馆，矮个子从蛇皮袋中拿出女式棕色皮包，底朝天倒个干净，里面只有口红等化妆品。

大个子把包再翻开，拉开拉链锁着的夹层，一扎百元大钞，一对金耳环滚落床上。再打开化肥袋，一件破衬衫里面包了两扎百元大钞，大个子和矮个子五五分成。

大个子对王小福说：“钱到手，你还把它甩掉了。”

半夜，大个子和矮个子拿着两把尖刀，一个架在王小福的脖子上，一个顶住王小福的腹部。

矮个子说："今天白天，你已经跟我们一样做了'响马'，你必须跟我们做下去，明天你要亲自动手才能分成。现在请你把身上的钱全都交出来，如果想跑，这两把刀不同意。"

王小福把身上还剩的一百多块钱全交给了他们，说："我的住宿费，吃饭的钱，回家的路费都没有了。"

大个子说："没有钱，明天跟我们去'挣'。"

王小福被逼无奈地说："你们对开奥迪的富婆下手也就算了，那个像讨饭的人，你们也伸手？"

矮个子说："什么讨饭的，像这些人都是老板，装穷是为了掩盖事实。你说，今天这个拎蛇皮袋的是乞丐吗？他的破旧化肥袋里可是装了两万块钱。"

第二天，三人又骑着摩托车来到广州市区寻找目标。

谁知广州市区的大街小巷都贴了提醒告示："防范飞车抢夺的八大要诀。"其中建议不要挎单肩包，采取左肩右挎或右肩左挎；建议银行取款结伴行；建议走人行道，避开车行道。

大个子和矮个子傻眼了，眼看挎包鼓鼓的富婆都走人行道，没办法下手。

忽然，矮个子在前开车，发现人行道上一个穿着蓝底白花旗袍的女士看起来十分富贵，项上戴着耀眼的金项链。矮个子开车靠近人行道，假装问路。女士也靠近行车道回答他。大个子用手捅了捅坐在中间的王小福。

王小福的手故意向女子眼前一伸，女子本能地一让，一刹那间，大个子伸手把金项链拽下来。矮个子一踩油门，远离了案发地。摩托车在一个没人的拐角处停下来，大个子将抢来的金项链放到后备厢里。

大个子责怪王小福说："做'响马'，动作就要迅速响亮，你一伸手就把人家吓跑了。我们什么时候能靠你'创业'呢？"

矮个子说：“把你教会了，再找一个教会了，让你们干，得手了交给我们，让你们得提成。”

王小福听了点点头。

“现在广州市民提高了防范意识，不好下手。我用问路的方式接近目标，才不让我们空手。看来我们要采用新方式，到银行门口专寻拎包的。”

大个子还说：“我把摩托车开到一个小巷里等候。”

矮个子指了指王小福说：“你动手，我掩护。”

下午，大个子开着摩托车，在广州市里又转悠了一个多小时，来到一个商业银行右边的小巷里。

矮个子带着王小福走进银行踩点，可是银行内外都安了摄像头，矮个子在室内的屏幕上还能看到自己。他捅了捅王小福，接着两人走出了银行，回到大个子等待的地方，说银行门前不好下手了。

“那怎么办？”大个子问。

矮个子走出小巷，向四周看看，忽然发现商业银行前面大道上的红绿灯处，有许多骑着各种车辆的男女老少，都在等红灯。矮个子一拍大腿说：“有了。”

他让大个子坐后面，王小福仍然坐中间，自己开车。他把摩托车迅速开到红灯前一个少妇的小摩托车旁。她的挎包放在踏板上，自己抬头看着红灯。大个子又捅了捅王小福，示意他弯腰伸手拎包。

王小福一伸手碰到了少妇的胳膊上，大个子见状，低头伸手拎起包，矮个子一看，一踩油门闯过红灯，向左拐弯跑了。

少妇反应过来已经晚了。

晚上，在小旅馆里，他们先拿出金项链，矮个子左一掂量，右一掂量，发现是假的。大个子顺手把这条项链甩给了王小福，说：“这是你今天的劳务费。”

矮个子又把女式包拉开，倒出了两扎百元大钞，一个宝石戒指，两人二五分了成。

大个子离开老婆寂寞了，跟矮个子商量到外面找一个姑娘来“陪陪”。两人一拍即合，对王小福说：“陪了我俩再陪你。”说完，两人骑着摩托车出去了。

半夜，大个子背着一个姑娘进来了，对前台谎称是自己的女朋友，喝醉了酒。进了客房，放倒在床上。

这时，姑娘惊醒了，从床上坐起来，揉揉受伤的头说：“这是在哪里？快救救我。”

王小福一听这声音，不但是家乡话，声音还那么熟悉，回头一看，惊讶地扑上来，喊道：“王娜。”

“王小福。”王娜好像看到了救星也扑过来，但被大个子拦住。王小福一再解释王娜和自己是一个乡的人，还是自己的女朋友。

“你的女朋友更好，让她陪陪我俩，就算你交了学徒费。”矮个子说着就来解王娜的衣服。

大个子拿出刀，要王小福抱头面对墙壁蹲着。王小福怒目瞪着大个子试图夺刀，但无法下手。

这时，王娜抽出被矮个子压在身下的一只脚，向站在床边的大个子猛踹过去。大个子一闪一回头，王小福趁机夺过尖刀向大个子腹部刺过去，只听一声“哎呦”，大个子倒在一边。王小福抽回刀，又向压在王娜身上的矮个子的背部猛戳数刀，然后跑到前台打电话报警。

警察和120赶到，矮个子失血过多已死亡，大个子被送往医院。警察勘查现场后，将王小福、王娜带到公安局。警察给王娜做了口供笔录后，她要求见王小福。警察了解情况后，让他俩见了面。

王娜问：“你怎么来了广州？”

王小福说：“我来淘金，给你买‘三转一金’。”王娜听了很是感动。

“你是怎么来广州的？难怪每天到你家门前的山头上接不到你。”王小福问王娜。

王娜说："珊妮阿姨想办个服装厂，让我陪她来广州服装厂学习的。"

"你怎么遇到这两个歹徒的？"王小福又问。

"昨晚，我和珊妮阿姨加班结束，刚走出服装厂大门，珊妮阿姨发现包丢在厂里，就回头去取，我站在大门口等她。这两个歹徒骑着摩托车来到我身边。大个子下车就朝我后脑勺打了一拳，把我打晕了，然后把我抱上摩托车。谁知你和他们住一个房间。"王娜说了自己被抢的经过。

王小福说："我杀了人已经出不去了，你快回厂里去，以免珊妮阿姨着急。"

这时警察走进来说："你们三人飞车抢夺，不但抢人财物，还抢人家姑娘，正是我们追查的人。"

王娜听了吓了一跳问："你还和他俩飞车抢夺？"

王小福点点头。

王娜叹了口气，迈着沉重的脚步走出公安局大门。

法院开庭那天，王娜作为受害人来到法庭作证。

辩护人为王小福辩护道："王小福是在姑娘王娜受到不法侵害时，自己生命受到威胁时，才夺取犯罪嫌疑人手中的刀来正当防卫。受害人王娜在法庭也做了具体说明，法院已采纳。"

通过公安机关调取的摄像头可以清楚地看到，王小福参与的四宗飞车抢夺案中，他都没有实质性的抢夺行为，每次的动作反而像在提醒受害人，有人要抢夺。

辩护人还在法庭上出示了受伤犯罪嫌疑人的口供，证明王小福没有分得钱和赃物，只给了他一条抢来的假项链。

辩护人认为王小福是被逼参与抢夺，并没有犯罪的主观恶意。

法官宣布休庭，择日宣判。

王娜扑到珊妮怀里，泪水盈满眼眶说："都怪我要什么'三转一金’，他独自跑到广州来挣钱，为了救我又杀了人。”

“你感谢的机会有的是，他在这里关多久，我们在这里就等多久。”珊妮帮王娜擦着眼泪说。

第二十一章　王大妮消灾

谭九水放弃省一号监狱的狱警工作，回到茨茅村承包了三个人口田。王大妮生了第一个孩子，不久夭折了。一年之后，又生了第二个孩子，但又频频生病。承包的田越少，年收入也就越低。王大妮想建一座两层小楼房，至今都没钱建起来。她想多养鸡鸭，再养两头猪增加收入。

谭九水每隔一天会到几十里外的河里拉猪草，王大妮经常拎两只鸡或两只鸭去菜市场卖，有时还拎着鸡蛋和鸭蛋上街卖，饿了早点都不舍得买。

年终杀猪，肉卖了，猪血煮好了，也拎到街上来卖。几年来也攒了几千块钱，做小楼房差不离了。

中秋节到了，王大妮养的小公鸡正好两斤重了，早上她拎了两只来到街上，往菜市场门口一站，就有人买走了，价格比以前又贵了几毛钱。

正当她转身准备回家时，看见身边站着一个眉清目秀，披着乌黑长发的年轻女子。她穿着吊带红色长裙，脚穿黑色高跟鞋，肩挎长带白色长方形皮包，显得高挑优雅。

“大姐，你知道有个会算命的‘金瞎子’住哪里？我是芜城来算命的。”红裙女子问。

“我们茨茅村的阿魏也会算命，我带你去。”王大妮说。

“他会帮人消灾吗？”红裙女子问。王大妮摇摇头。

站在他俩不远处的一个买菜妇女说：“我知道，‘金瞎子’就住前面一个小巷里。他是我的邻居，这位红裙美女找对了，只要报上出生年月日时，你的前世后果，他都能清清楚楚地告诉你，有灾他能帮你消灾。”

红裙女子迈步就要跟着走，又回头拉着王大妮说：“大姐，你陪我一道，看她是不是骗子？”

王大妮心想，自己命里确实有灾，第一个男孩养了两岁夭折了，这个男孩又体弱多病。请阿魏算过，他总是含含糊糊不明说，又不会消灾，不如一道去听听。

她们两个在买菜邻居的带领下，来到一个幽深的小巷，在一个幽暗的小屋里见到了“金瞎子”。他带着黑色鸭舌帽，眼戴墨镜，端坐在小黑屋的上方，背有点驼。

王大妮也听说过，金瞎子算命都是排队叫号，算到中午十二点就结束，后面的就等第二天排队。但今天九点多，“金瞎子”小屋里只有王大妮和红裙女子两人算命。

“我今天感冒，已谢绝来客，可听邻居说，这位红裙美女从大老远的芜城来，所以带病接待。”

几番对话后，“金瞎子”给红衣女子排了八字说：“你儿子命中带凶，不死也病。”

红裙女子哭得更厉害了，王大妮见了也泪雨淋淋。

“先生，有没有什么神法，能为我儿子消灾？”红裙女子擦擦眼泪问。

“我有张天师祛病符法，用白钱五十张，可敕此符，普扫不详。”

“什么是白钱？”红衣女子不解地问。

“就是百元大钞。”买菜的邻居说。

“为了救儿子，我命都愿给，何况是钱。”红裙女子从方形白色皮包里数出五十张百元大钞，递到“金瞎子”手里。

他从桌上摸到一个红色纸袋，把钱装进去，请买菜的邻居帮他贴上早已画好的“敕”字符，又背对红裙女子封了口。

“金瞎子”说：“贿赂鬼怪，化为吉祥。”并交代回家放在儿子的枕头下，七天后方可拿出，将“敕”字符烧成灰，给儿子带水吞服。

红裙女子拿出一百元酬谢费，拉着王大妮向外走去。王大妮疑心纸符袋里钱的真假，红裙女子要王大妮打开数数，果然一张没少。

七天之后，王大妮刚好卖完鸡蛋，又遇到红裙女子。

她兴奋地告诉王大妮说：“‘金瞎子’真灵，命也算得准，灾也消得清。今天是来重谢他。”又拉着王大妮陪她去。

一进门，红裙女子从白色包里拿出五百元递到“金瞎子”手中说：“感谢先生救了我的儿子。他今天上学，不然我带来给你摸摸。”

红裙女子转身准备出门，王大妮忍不住拉着她轻声说：“我也想算一算。”

“先生，这位大姐也想请你算一算。”红裙女子喊道。

“金瞎子”让王大妮报上出生时辰，摆弄着手指，一番嘟哝后说：“你丈夫的命倒是天上掉下富贵。”

王大妮听了说：“我家那位，在家种田拉猪草，天上掉下富贵?”

“你命中有富贵的丈夫，但你嫌他有残疾放弃了。现在的丈夫有富贵，可他‘小心眼’放弃了。总归，你是茅草花的命，沃土难生根。”

王大妮听了，顿时惊得目瞪口呆，他怎么知道表舅为自己介绍的驼背独眼龙？又怎么知道谭尢水放弃狱警不干？她心里佩服起这位“金瞎子”了，同时又后悔没有跟“富贵”人驼背独眼龙结婚。

“你已克伤一子，现在一子也病入膏肓。”王大妮听到这里，“哇”一声倒在红裙女子的肩上，晕了过去。掐人中，喂开水，红裙女子忙了一阵，才让王大妮醒过来。

“先生，有消灾的办法吗？”红裙女子帮王大妮问道。

“张天师祛病符法是普扫不详的神法，每用一次都要增加白钱。再次启用要白钱六十张。”“金瞎子”张开狮子嘴道。

王大妮带着眼泪说：“我存折上只有二十七张，口袋里还有三张。”

红裙女子劝王大妮说：“到亲戚家再借三十张，凑齐了给‘张天师’看一眼，贴上符还给你。等七天后，儿子的病好了再还给亲戚。”

王大妮也就照办了，先去找街上的姨娘，说是借钱给儿子看病，姨娘也没多问就借了。她再到银行取出了钱，放在一起交给“金瞎子”。“金瞎子”也装进红纸袋贴上符，背对王大妮封好口，再转身交给王大妮，交代了与红裙女子的同样做法。

一个星期未到，孩子已病得奄奄一息，谭九水要送医院，王大妮拦住说：“我已给孩子算了命消了灾，再等两天就好了。”

谭九水看孩子确实等不下去了，抱起孩子向医院走去。医生诊断是先天性的疾病，没有良方。

第七天了，王大妮从孩子枕头底下拿出贴着符的红纸包，撕下符烧成灰和水喂给孩子，可是孩子已停止了呼吸。王大妮边哭边抽出红纸包里的钱，全是冥币。有词曰：

采桑子·秋愁

茅山放养鸡肥后，仰望中秋，月挂南楼，早市开笼笑点收。

村归忽遇知天命，望子占优，倾尽心愁，一阵风沙足陷沟。

人财两空的王大妮，又跌入贫困的旋涡，睡在床上三天，滴水未沾。

这天早上，谭九水挑着竹篮拉猪草去了，王大妮勉强喝了口锅里剩的粥，踉踉跄跄来到“金瞎子”算命的地方，那里早已不见了人影。

后来，看着王大妮长期生活在阴影里不能自拔，谭九水找到街上的姨娘，让她帮着想想办法。

姨娘看到侄女如此悲伤，又不好开口要她还债，必须想办法帮她走出阴影。姨娘在县城中学里当后勤主任，食堂里正好缺人手，就把侄女安排进来帮着烧菜。

王大妮本来就烧得一手好菜，在食堂里减轻了师傅们不少压力。

有个师傅问王大妮："帮我们烧菜，每月给你多少工资？"

"三十块。"

"唉，不如'金瞎子'算三支命。"

王大妮听了心情激动起来，问："'金瞎子'现在在什么地方算命？"

"他就在家里，住我的对门。"

第三天，王大妮早早地来到师傅的门前，找到金瞎子的家，门口早有一长队在等着算命。门里有个背对门口的男人，脚踏板凳正在弯腰系鞋带，王大妮一把拽住他的胳膊说："你还我六千块钱。"

"谁说我欠她的钱？"金瞎子听到喊声问道。

身边的小徒弟看了看门外说："是一个年轻女子。"

"姑娘，我不出门算命，也不缺钱。如果你有困难，我也可以帮你。"金瞎子关心地说。

王大妮哭着说："中秋节前，你在菜市场前的小巷里帮我算命，说我有灾，骗我交六千块钱替我消灾。"

"姑娘，仔细看看，我是骗你的那个人吗？"金瞎子坐直了身子说。

王大妮擦一擦眼泪，看了看眼前的人，白发苍苍，腰杆挺直，不戴墨镜，与之前那个算命的完全不一样。她赶紧道歉："先生，对不起，我恐怕认错了。"

小徒弟抓住王大妮不放，说是污蔑了他的师父，要买一万头鞭炮收名誉。

这时，食堂师傅出门上班，看见对门的小徒弟抓住王大妮，了解事由后说："她是我们学校食堂的员工，道歉就算了。"

金瞎子也挥挥手，示意王大妮回去吧。

回到食堂，师傅说："你是认错人了，金先生在家里都忙不过来，怎么有空出门骗人呢？"

城市非农业人口的优势在逐渐淡化，首先国家取消了每担十三块五的配给的口粮，城市非农业人口都要到市场上自己买粮。

尤其是王大妮的"前男友"驼背独眼龙，姓鲁名深，常在别人面前说自己是鲁智深的后代，所以取名鲁深。有时还说自己是鲁迅的后代，但读过书的人都笑了，说鲁迅姓周。久而久之，他的绰号"驼背独眼龙"代替了他的名字。

鲁深不但要买市场粮，所在的公司也"改制"了，要求他们自己创业。具体创什么业，也没什么规定。但鲁深的理解是，要能把人家腰包里的钱，掏到自己的腰包里，人家还弯腰感谢。

他起初想登记办个证，开个小卖部，可是自己的住房在后街，没有门面。现在常有善男信女们求子求平安，不如在家里请个"观音菩萨"，摆个香案，收几个香钱。

开始时，他还很虔诚，后来听说可以从街上专找那些生活不顺的老人妇女骗来"消灾"，一旦钱到手，就溜之大吉，这样来钱快，抓不着，他也动了歪心思。

这样的事，在家里不能做。驼背鲁深雇了小寡妇"红裙女子"和远房堂姐"买菜邻居"出外设局。一年下来，骗局的成功率还挺高，收入颇丰，所以他提前回来过中秋节。

鲁深在菜市场买菜，偶尔发现王大妮在卖鸡蛋，心里升起怨气：当年嫌我驼背独眼龙，不愿嫁给我。现在看来那个"学习毛主席著作积极分子"的解放军，也没有给你带来好运。从脸上和穿着上看，也饱经风霜，日子混到连鸡蛋都不舍得吃的境地。

以后，鲁深经常在菜市场看到王大妮，不是卖鸡蛋，就是卖老鸭和小公鸡。他要把心里的怨气给发泄出来。于是，他先带穿着红裙子的小寡妇，还有假装买菜的堂姐，到菜市场指给她们认识王大妮。然后在菜市场附近，临时租了间小屋，号称“金瞎子”，设了个局，王大妮全然不知钻了进来。

自从王大妮认错人以后，金瞎子并没有放过这件事，想着外面竟然有人假冒自己骗人骗钱。他发动所有的亲友，在春谷城的大街小巷探访假冒的人，尤其在王大妮提供的菜市场附近仔细打探。

有知情人说，中秋前是有这么一档子事。

这天，各地来算命的早早地在金瞎子门口排队了，小徒弟也早早开门，搬出板凳让那些老者坐着。有来人说，她家那边的城里也来个“金瞎子”，不但算命还消灾，但自己不信任他，所以来这里了。

金瞎子听了，问了具体地点，立即派侄儿陪小徒弟去探访。果然，在这个城中的菜市场被两个女子骗到附近的一个小巷里。

小徒弟假装要算命，“金瞎子”说他有血光之灾，需六千块钱装袋贴符消灾。小徒弟交钱后，再接过贴符的红纸袋站在门口，让同来的快去派出所。

一会儿，警察来了，小徒弟把贴符的纸袋递给警察说：“这个算命先生，要我交六千块消灾的钱，装在里面七天后才能拆看。现在请你拆开看看。”

警察拆开一看全是冥币，人赃俱获，冒充“金瞎子”的驼背鲁深被带到派出所。他如实供述了在各地的诈骗行为，尤其是诈骗自己前“女友”王大妮的原因和经过。

警察又来到春谷县中学食堂，找到受害人王大妮核实案情。

王大妮莫名其妙地问警察：“驼背鲁深是怎么知道自己家庭情况的？”

警察告诉王大妮：“你没有嫁给他，他早就想报复你，全是从你表舅那儿探听到的。”

第二十二章　远方姑娘来“结婚”

夏天，茨茅村的人一吃过晚饭就到吴浅家门口，边纳凉边听录音机。录音机放的是邓丽君的歌曲《路边的野花你不要采》。蓝花和红香听了，如喝了酒一样“醉”迷迷的。

王大妮的心情，一直被伤子和破财的阴影裹着。学校食堂放假回到家，一听到邓丽君的歌曲，她的心情也舒畅不少。

吴浅也只有父母和自己的承包田，双抢一结束就闲下来了。他想，父亲才五十出头，两个大劳动力，围着三四亩承包田转，浪费了人力资源。于是，他把田让给父亲打理，自己走出去想找个“副业”。他出去几个月回来，就把家里的房子翻盖一新，又拎回来一台双卡收录机。村里的这些小妇女，开始羡慕吴浅的能耐了。

吴浅还信心百倍地说：“明年这个时候，我还能给你们一个惊喜。”

这一年夏天，吴浅买回一台上海生产的金星牌十四英寸黑白电视机，让全村的人惊喜不小。电视上正在热播《射雕英雄传》，其中郭靖和黄蓉一波三折的爱情故事，让小妇女们看得心情起伏。

一直沉默不语的王大妮，低声跟红香说：“吴浅是个小孤老头子，我们不能白看人家电视。”

“难道你要以身相许?”

“红香，你想到哪里去了。我的意思是我们都来帮忙给他找个老婆，来看电视就心安理得了。”王大妮说。

王大妮又跟红香说：“边近村子里姑娘还是嫌茨茅村穷，不愿嫁过来。你在贵州娘家，帮他找个姑娘。”

红香觉得也是，乡里乡亲也应该帮忙。

电视剧《射雕英雄传》看完后，红香回到家，叫来富写封信寄给爸妈，请他们找一个姑娘嫁过来。

电视剧播放时间未到，吴浅家门口就来了许多人。他打开双卡收录机，播放邓丽君的歌曲：“甜蜜蜜，你笑得甜蜜蜜，好像花儿开在春风里。”

正当大家听得如醉如痴时，红香带着一个陌生姑娘走来了，后面还跟着一个年长一点的横眉男子。

“红香真是个热心人，把小孤老头子吴浅时刻挂在心上，还给他找个大姑娘。”王大妮笑了，边说边迎上去，把姑娘拉到吴浅面前。

吴浅呆呆地看着姑娘，收录机里唱着“梦里梦里见过你，甜蜜笑得多甜蜜，是你，是你，梦见的就是你”。

电视剧播完以后，来富和红香陪着远方的来客留下来，吴浅的爸妈给来客端上来溏心蛋。

吴浅问横眉男人：“你是什么地方人，与姑娘是什么关系?”

横眉男人用桌上的毛巾擦了擦嘴上沾的糖水说：“我和红香是一个镇的，一道来的是我外甥女，名叫茅玲，是红香大舅母堂弟的表侄女。我姐夫生病，我姐姐要照顾姐夫，所以叫我来看看。”

红香看着家乡来的姑娘，说是表妹，但绕了几道弯子，在家也没见过面。但如果不是亲戚，也不会找到这里，也叫不出自己的名字，肯定是爸妈介绍来的。

红香问茅玲，茅玲不说话，只是点头。问她同不同意嫁给吴浅，她也点头。

吴浅的妈看着茅玲，身材不像那边大山里的姑娘那样矮小，披肩长发椭圆脸，眉目清秀，但好像有什么心思。姑娘不说话，难道是哑巴？吴浅的妈拉着茅玲的手问："姑娘，你愿意嫁给我家儿子吴浅，有什么要求提出来。"

横眉男人，茅玲的"舅舅"抢先回答说："既然开亲就是一家，谈条件就淡薄了情分。不过，她的父亲重病缺医少药，亲戚邻居都借了钱，已债台高筑。现在在家等钱继续治疗。"

"她爸现在需要多少钱，才能上医院？"吴浅问。

"大约要五万。"茅玲"舅舅"伸出五个手指说。

"茅玲，你自己有什么要求？"吴浅问。

她"舅舅"又抢先回答说："房子衣服她没要求，但要'三金'，金项链、金耳环、金戒指不能少，每金要有二十克以上。"

吴浅的妈在一旁急了，皱起眉头说："这个媳妇我家要不起。"

吴浅爸说："花六万'买'个年轻媳妇，为我吴家传宗接代划得来。不过，吴浅与茅玲得先打结婚证，才交钱买'三金'。"

茅玲"舅舅"不同意了，说只要交了钱，买了"三金"，就把人留下，回去向姐夫姐姐交差。

吴浅心想，茅玲不说话，"舅舅"漫天要价，而且有点急切，这其中可能有什么隐情？

来富把红香拉到门外，轻声说："我看这两人有名堂，不如打个电话回去问一下你爸妈。"

红香回到屋里，吴浅看红香对他使了个眼色。

"不管你要什么条件，我要定了。你把茅玲的户口本放到桌上，马上把钱数给你，'三金'明天上街就买。"

吴浅的爽快让"舅舅"有些激动，但他又皱起眉头说："茅玲的户口本没有带。你先把钱给我，我回去取。”

“我把钱给你，茅玲你就留下吧。”吴浅说着，掏出银行存折递给“舅舅”。

第二天一大早，红香跑来告诉吴浅，茅玲和她“舅舅”不见了。

吴浅的妈大惊失色，说：“他们果然是骗子，把存折带跑了。”

吴浅安慰妈说：“茅玲是你的媳妇跑不掉的，他们肯定还要回来。”

红香上街来到公用电话亭，打了个长途电话到娘家，母亲接了电话。红香问道：“我前几天写了封信回家你收到没有？你是否介绍大舅母的一个远房侄女，到我这里来找婆家？”

“没有收到信，也没有介绍姑娘到你那儿去。”

红香走出电话亭，忽然发现银行前一个胖男子在拳打脚踢一个小女子，还隐约听到胖男子的骂声：“谁叫你在人家面前愁眉苦脸，人家疑心了，给我假存折。”

红香再走近一看，是“舅舅”在恶狠狠地打骂茅玲。茅玲蹲在水泥阶梯上捂着脸哭。

“舅舅”见围上来许多人，便拖着茅玲消失在人群中。

红香回到家，没过一会儿，“舅舅”带着茅玲进门就说：“今天一大早，我带茅玲到银行拿钱买‘三金’，可昨晚给茅玲的存折已作废了。”

红香陪着“舅舅”、茅玲一道又来找吴浅。

吴浅听说存折作废了，连忙解释昨晚灯光昏暗拿错了。今天自己去银行给茅玲办个存折，钱都存她的存折上面。

红香又对吴浅眨巴眼，吴浅心领神会。

吴浅问茅玲要身份证办存折，“舅舅”说没带。吴浅把自己三万块钱存折递给茅玲说：“你揣着，等你‘舅舅’回家把你的户口本送来，我俩打了结婚证，钱全部打给你们。”他又从房间里拿出一千块钱，往桌子上一甩说：“这钱给‘舅舅’跑一趟。如果不愿就拉倒。”

茅玲的“舅舅”看着茅玲手中的存折和桌上的一千块钱想：我开价

是五万，还有“三金”，如果能搞到一半也就足够了。他把钱抓到手上说：“我带茅玲回去取了再来。”

吴浅说：“如果茅玲不留下，你一分钱也别想拿走。”

红香说：“‘舅舅’，你先回去，茅玲住我家，你放心。”

“舅舅”转身出门，又回来交代茅玲说：“等把钱拿到手才能结婚。”

“你俩是什么关系？怎么认识我的？是不是来骗婚的？”红香连发“三炮”，轰开了茅玲的嘴巴。

“他不是我舅舅，是我男人。因为吸毒没钱，逼我出来骗婚，不愿就拳脚相加。他同意骗了钱就离婚。他在学校门口，捡起小学生掉的信拆开一看，知道你要帮人从家里介绍姑娘过来，就让我称他‘舅舅’，逼我来了。”茅玲倒出了前因后果。

“你们这个小伎俩，我早已看在眼里。你走吧，给你丈夫的路费就当我赌钱输了。”吴浅向茅玲摆摆手说。

“你真的要离婚？如果愿意就留下来。”红香说。

“我是你大舅母的远房侄女，受不了他的暴力，肯定要离婚。但现在的去留，我听红香姐你的。”茅玲坚定地说。

“离婚了，你能把她留下吗？”红香问吴浅。

“我建议上法院离婚，有关费用我承担。”吴浅对茅玲产生了怜悯之心。

后来，众人帮助茅玲起诉离婚。法院经调查认定茅玲丈夫吸毒，家庭暴力确实存在，判决离婚。

吴浅和茅玲举行婚礼这一天，红香和王大妮在邓丽君的歌声中忙着酒席。

正当宾客推杯换盏时，两个警察走进来站到吴浅身边，其中一个警察说：“你涉嫌诈骗，请到公安局接受调查。”有词曰：

垂杨碧·嗟怨

一曲起，甜蜜蜜柔如紫，歌是风流心廖寂，叹无佳偶忆。 谁向家乡信寄，凤有爱巢亲倚。妄想栖梧寻百里，可悲空幸喜。

新娘茅玲一听，瘫坐在地上哭诉道："我的命好苦，前任丈夫吸毒也被关起来了，现任丈夫还没入洞房，又被抓了。"

公安局的审讯室里，警官问："你知道为什么抓你吗？"

"知道，我帮人丢包诈骗。"吴浅坦白道。

"把你们作案的过程详细说一遍。"

吴浅说："农闲时，我想出去找点'外快'补贴家用。进城的路上偶尔遇见钱包，自己先是捡了，被跟在后面的瘦子看见了，拉着我躲到小巷里，说是见才有份。瘦子接过包，打开拿出两捆百元大钞，在我面前一晃，放进包里拉起拉链。这时，有个胖子找来，问我们捡了包没有？我和瘦子都说没有。他不信要搜身，搜到了我平时抠黄鳝卖了的一千块钱。胖子说这钱就是他的，夺了过去。瘦子把捡到的钱包偷偷塞给我轻声说，让他拿去。瘦子把自己身上的钱也拿出来交给了胖子。胖子转身就跑，瘦子紧跟后面喊道：'我没捡你包，还给我。'"

吴浅停了会说："我在小巷里等了好半天，不见瘦子回来，打开包一看，两捆全是冥币。我知道上当受骗了，到公安局报案。在公安局门口遇到瘦子，他说自己和胖子是一伙的，可胖子把钱独吞了，想来报案。但一想，报了也不知猴年马月才能抓到胖子，让我不如跟他合作把钱弄回来。于是，我们就用原来的伎俩骗钱，得手的也十之有半。"

"我们已抓获瘦子，丢包只是你们其中的一种诈骗手段，还利用了什么手段诈骗，自己交代。"警官锋利的目光直逼吴浅。

吴浅说："我和瘦子在地摊上买来仿制的古董，涂上新鲜泥巴，再戴上安全帽，穿上带有新鲜泥土的劳动服，冒充在工地上才挖出了古董，有钱的老头爱不释手。"

“你诈骗的赃款用在什么地方？”

吴浅回答警官说：“这些钱除买了双卡收录机和一台黑白电视机外，还想买一个老婆，不然就要断后了。”

警官带了几个警察来到吴浅家，把收录机和电视机都没收了。

第二十三章　风折了“茅草花”

秋季开学了，阿魏的两个儿子魏荣和魏华都在读书，可要一笔不小的学费。今年收缴的学费，比往年又有所提高。因为财政下放到乡里，本乡教师的吃饭问题本乡自己解决。马桥乡没有支柱产业，这些公职人员，全靠农业税的返还吃饭。乡财政反复核算，教师工资必须由学费解决。

阿魏承包的四口人田，交了公余粮，再留一点口粮，还掉生产成本，只能供一个孩子上学。

阿魏做大儿子魏荣的工作：“不念书了吧？你爷爷没念过书，不也活到老吗？”

“不行，我要向‘侄女’开苹学习考大学。”魏荣说着，就流下眼泪。

“我孙女开苹聪明勤奋，你能学得了吗？”母亲鲁珍一提到开苹，眼眶里湿润润的，嘴里还嘀咕道，“开苹上学很辛苦，她自己还要挣钱吃饭。”

“我上大学了，也不要你们的钱，自己争取奖学金。”魏荣坚决地说阿魏听了，心里不是滋味，责怪自己没本事。晚上，他来到在马桥乡圩埂九年制学校当校长的汪瀛老师家里。

彭珊妮到广州服装厂学习还没有回来，汪瀛老师在灯下给上小学的女儿汪珊辅导作业，见阿魏来了，请他坐下，又递上茶。

阿魏两手搓个不停，不好意思开口。

“你晚上来找我，肯定有什么难事？尽管说，能帮到的我不遗余力。”

阿魏听汪瀛校长这么热心，便说：“魏荣和魏华念书的学费一下交不齐，请你帮我担保一个。”

汪瀛校长听了，也皱起了眉头。

开学报名，老师和学生有亲戚关系的都担保了学费。和老师没有亲戚关系的许多家长纷纷跑到学校，唉声叹气。很多班主任看到自己的学生因为交不齐学费没来按时报名，都亲自担保。

学校也规定每个老师只能为五个学生担保，如果不交的就扣担保老师的工资。作为校长，他已超出名额了。

阿魏看汪瀛校长面带难色，不好为难人家，便准备离开。汪瀛校长向门外阿魏喊道：“你明天叫魏荣、魏华都来报名。”

年终，乡财政要学校上报学费，发教师工资。汪瀛校长急忙召开教师会议，要求大家星期天家访，把延缴的学费收上来。

汪瀛校长跑了两天，担保的八个学生的学费，只收回两个。晚上，汪瀛校长来到阿魏家，魏荣和魏华在做作业，便问他们爸妈怎么不在家？

魏华说：“妈胃痛，去芜城医院一检查，患的是肿瘤，要住院手术，爸在陪护。”魏荣说：“家里的双晚稻和粉丝都卖了，交给医院还不够。”

汪瀛校长迈着沉重的步子回到家。

汪瀛校长和教师们担保的学费，很多仍然没有收回来，有些家长确实遇到困难，比如魏荣的母亲生病，家庭收入还不够付医疗费，还有的缺少劳动力，生产歉收。

汪澨校长被马桥镇领导找去谈话。金镇长说：“全乡教师就靠这个学费发工资，你们教师，尤其是你，担保这么多人，学费收不上来，说明你工作不力，扣发你的工资，填补这个空缺应当不过分吧?”

汪澨校长每月五百块钱，担保了八个，六个收不回来学费，扣了近三个月工资。过年费都是彭珊妮在广州服装厂老板给的奖励。

春季开学上课了，汪澨校长发现魏荣没来，问班主任，说他还没有报道。他连忙召开教师会，统计未报道的学生，分头家访，如果是学费问题，叫他们先来上课。

晚上，汪澨校长来到阿魏家，阿魏和躺在病床的鲁珍见了，愧疚得无地自容。

鲁珍连声说：“对不起，我家还欠学费。”

阿魏两手搓个不停，也不敢正眼望来人。

魏荣说：“老师，我不念书了，到窑厂晒砖坯还你钱。”

魏华说：“我也不念了，和哥哥一道挣钱还你。”

汪澨校长临走时，说了一句话：“明天，我来接你们一道上课去。”

学期结束，乡财政发现圩埂学校的学费仍然不能如数上缴，一查还是上学期担保的那些学生，这学期担保了仍然未缴。

金乡长召集乡领导开会，研究认为，汪澨校长为学生担保学费，影响了全乡教师工资的发放，属于工作不力，扣除他的工资填补学费。同时就地免除他的校长职务。有诗曰：

惠　润

茅深偶遇风倾侧，花萼含枝谁起开。

一点露凝心惠润，似云白了带春来。

李开苹省重点师范大学本科毕业后，被分配到一个偏远的茅山初中任教。与此同时，春谷县一中校长，早就等她毕业回到母校。

原来，县一中师资力量严重不足，全日制师范大学毕业的本科生寥寥无几。有关领导提出，现在大学毕业生，必须到边远学校锻炼几年，再看教学能力是否能进入县一中。

李开苹非常努力，想尽各种办法提高教学质量，有望一天能调入县一中施展才能。在即将调任时，她听说了汪老师和圩埂学校的事，便主动要求去圩埂学校工作。因为她工作能力突出，领导决定由她担任校长。

李开苹上班的第一天，汪濊老师早早在学校大门口迎接她，皱着眉头说："这个校长不好当啊！"

李开苹了解学校情况后，认为汪濊老师给学生担保学费是迫不得已，汪濊老师也用工资帮学生补缴了学费，最重要的是没有让一个学生辍学。新学期，如何解决汪濊老师遇到的问题，李开苹做了认真思索。

秋季开学时，李开苹召开教师会，决定分组分片深入学生家庭，对收入低和有病灾家庭认真登记造册，研究解决办法。这次家访最重要的目的就是：学校的学生一个不能少。

学校上课后，李开苹根据圩埂学生家长的实际情况，写了一份报告递给镇政府，要求对困难学生的学费实行"缓、减、免"。

金镇长看了李开苹的报告，也很重视，认为"缓"能办到，但"减免"了的缺口，哪个来堵？谁主张，谁拿办法。于是金镇长要李开苹堵"减免"缺口。

市教科所下文件，征集"关于改革开放后农村教育现状及其对策"的论文。李开苹根据茅山和圩埂学校的现有的共同问题，写了篇论文《风折了茅草花——农村基础教育现状与对策》，一式两份，一份交到县教研室，一份交给乡政府。

金镇长看了论文标题，丢在案头的旧文件栏里，摇摇头说："文人都喜欢做些空头文章，它能变成钞票吗？"

这一天，市教科所徐所长，来到春谷县教育局问高局长：“教师李开苹在你们学校教学能力怎么样?”

高局长诧异道：“我不认识这位教师。”

又问教研室，也不认识。

徐所长又问：“她交给你们的论文，你们看过没有?”

“各校交来的论文，都集中送给你们市里了，我们还没时间看。”县教研室负责人说。

徐所长说：“你们教研室召开一个论文交流会，让全县上交论文的教师都来参加交流，你们局主要领导主持。”

交流会开始后，徐所长要求道：“所有提交论文的教师都脱稿交流，杜绝照本宣科。”

抄袭论文的教师傻眼了，一句话说不出来。

李开苹把提交的论文整齐叠好排在面前，对着在场的领导和教师动情地讲述了当前的教育现状和自己的想法。她认为农村基础教育是千斤担，不能让镇级政府这个“小孩”来挑，更不能让农民来承担全部。“庙宇辉煌，书读危房”，改善学生学习环境和教师教学环境，也迫在眉睫。

李开苹的最后结论是：“如不改变这一教育现状，农村的基础教育会越来越危险。”

“农村孩子是茅草花，经不起风折。”李开苹说这句话时，眼眶湿润了。

交流会一结束，徐所长握着高局长的手说：“谢谢你，组织了这次交流会。”

高局长诚惶诚恐，心想这个“家伙”肯定“居心不良”。

果然徐所长发话了：“我们市教科所正缺人才，想从你们的教师中选一个。”

高局长知道徐所长要选的人才就是李开苹，皱着眉头说：“徐所长要教师，可我做不了主，必须请示县主要领导。”

县委杨书记听了教育局高局长的汇报，大吃一惊，指示高局长：“我县人才必须为我县所用，暂不‘输出’。马上召开县常委会，研究人才任用问题。”

经县常委会研究决定，调李开苹到县团委，拟任县团委书记，等召开团委代表大会通过后再任命。

马桥镇金镇长看了县委下达的李开苹拟任文件，赶忙从旧文件栏里找出李开苹的论文，仔细阅读起来，想不到写文章也能得到重用。

李开苹未上任前，她回访圩埂学校的所有贫困学生，帮助解决困难。最后，她买了营养品来到“嫩爷爷”家看望奶奶。

鲁珍患的是良性瘤，手术后已恢复健康。见了孙女开苹来了，眼泪唰唰地流下来，拉着开苹的手说：“想死奶奶了，上大学了，奶奶想烧点好菜送给你，可是路远又在大城市，奶奶找不着。他‘嫩爷爷’快捕只小公鸡杀了，我要留开苹吃饭。”

饭桌上，奶奶尽挑好鸡肉，夹到开苹碗里。

开苹对魏荣和魏华说：“大叔、小叔你们也吃。”

奶奶放着筷子不动，看着开苹说：“要到县里当领导了，以后更烦神了。”

阿魏噘着嘴“骂”道：“李望就是头猪，我给开苹的两个哥哥算过命，来富是高官厚禄学业饱满之命，来贵是官职文章压众之命。可惜他不听我的，不让他们读书。如果听了我的话，来富和来贵现在可能都到省里当官了。你看开苹这么小小的年纪就到县里当官了。”

鲁珍也叹息道：“念书不想当什么官，能走出茨茅村，有饭吃就行了。魏荣、魏华，你们要向侄女学习。”

魏荣看着开苹说：“长辈学习晚辈，怀里揣勺子——诚心。”

魏华对开苹说：“小侄女，我哥俩到鲁班门前讨斧子，你要给哟。”

“两位叔叔，只要勤奋就有收获。”开苹从包里拿出八百块钱塞到奶奶手里说，“你把两位叔叔的一年学费交了吧。”

奶奶拉着孙女的手把钱揣回包里说：“不能收。”

“嫩爷爷”说：“开苹，我收了你这钱，春夏秋冬我都要戴着马虎帽了。”

“什么意思？”开苹问。

“不能见人。”阿魏不好意思地说。

“这钱是我劳动所得，又不是偷的抢的，更不是贪的。你们暂时有困难，我有责任帮助你们，别人我也帮助。”

开苹说着，又把钱塞到奶奶手里说：“先拿着交清了学费，让两位叔叔安心读书。”

镇领导来到学校，征求李开苹意见：“你走了之后，圩埂学校校长由谁来担任合适？”

“你我都是哑巴吃饺子——心里有数。我说过，农村孩子如茅草花，容易风折。谁能为他们竖起一道‘挡风墙’，让他们开放？这个学校原来就有，现在更坚实。”李开苹说。

第二十四章 “春天的故事”

“春雷啊唤醒了长城内外，春晖啊暖透了大江两岸……”一首《春天的故事》在中央电视台播出，蓝花放下手中的饭碗，对着黑白电视机，看着听着哼着，一缕缕春意在心头漾过。

马桥镇合并了羊桥乡，小镇建设规模扩大，人群向小镇集中。蓝花和来贵夫妻俩抓住机遇在镇上开了个裁缝铺。

来贵能抓住时尚，六十年代美国流行的喇叭裤，八十年代成为中国年轻人的时尚。一时间，裁缝喇叭裤的衣料，满满地堆在裁衣案板上，来贵的剪刀好像焊在手上，整天放不下来，小钱也装满了口袋。

随着时间的推移，穿喇叭裤的人越来越少。

来贵到市里，发现小青年都穿着西服搭配宽领衬衫，颠覆了传统。回来他试做了一套，自己穿着在马桥小镇上，走了几个来回。果然，镇上的小青年都围上来，问来贵从哪里买的？

来贵说：“本师傅亲手做的。”从此，来贵的剪刀又好像焊在手上，蓝花的缝纫机又整天“哒哒哒”地转着。

蓝花是个追星族，看见香港女明星王祖贤穿着白衬衫，搭配高腰裙或高腰牛仔裤，她也自己做自己穿起来，引得全镇的大姑娘小媳妇围上来，纷纷买布料送来照样子做。来贵看蓝花忙不过来，还招了几个女徒弟做助手。

来贵将要成为马桥小镇的“首富”，蓝花也像春天里的茅草花一样盛放，整天哼着《春天的故事》。

蓝花“哒哒哒”的缝纫机声，惊动了马桥小镇远近的裁缝，纷纷抬着缝纫机来分这杯“羹”。

姑娘小伙子，想及时穿到新衣，都来找门雀可罗的裁缝，因为第二天就能穿上新衣。在蓝花那里至少要等六七天。

屈指不到数月，蓝花的缝纫机只能“哒哒哒”半天了，然后就等着顾客上门来。来贵放下裁剪，坐在门口睁眼望着大街，“悠闲”地吐着烟圈。

这是个金秋时节，满山千层绿，一树万点黄。马桥小镇里的十六响，震得白云飘散，丹桂飞香。一天，蓝花和来贵来到街上，看到一座宽大的门面上挂着一块烫金招牌——“金香衣之缘”，门面两边挂着几十条祝贺开业的红绸带。

来贵一问，是金镇长的夫人桂香开的服装店。蓝花走进去一看，花眼了，店内宽大，装潢得富丽堂皇，店内分男装、女装、童装、老年男女装四个区域。

来贵再看看服装款式，样样齐全，如牛仔裤、蝙蝠衫，尤其是大红、粉红的女式服装更吸引眼球，短裙配皮靴，性感张扬。镇长夫人开的服装店，小镇和各个村的都来光顾，尤其是刚谈恋爱的小伙子们，挽着姑娘走进店里，任其选择试穿。一个“灰姑娘”走进店门，转身走出来的就是一个“小仙女”。

晚上，来贵边喝闷酒边说：“这个‘金香衣之缘’一开业，我们这些裁缝铺都要关门。”

蓝花说：“不一定，这个服装店里的衣服价格是我们缝制衣服的两倍，有些客户为了节省，还是需要我们裁缝做的。”

“你想错了，比如，我自己需要一套秋装，要到布店选料，送到裁缝铺量体裁衣，又要等好几天来取衣服，哪有直接到‘金香衣之缘’选一套方便。”来贵喝了一大口酒，重重地放下酒杯说。

果不出所料，三个月下来，只有几个老太太，在女儿的陪伴下，进了蓝花的裁缝铺。女儿们都埋怨自己的老娘，守旧不开放，“金香衣之缘”各种各样的大红老太服，款式新颖时髦不愿穿，非要买这“灰不溜秋”的布，做这“灰不溜秋”的衣。

蓝花说：“我们这个裁缝铺是开不下去了。等这些老太太思想开放了，也赶时髦了，连‘灰不溜秋’衣都没人做了。”

来贵说：“我早就要改行，你不信。”有诗曰：

潮　流

机缝牛仔小衫裙，窈窕裹缠惊了君。

超短春光城乍泄，潮流追赶闹纷纷。

晚上，蓝花和来贵又进了“金香衣之缘”，感觉各种服装都好像是艺术品。来贵不断地咂嘴，赞叹设计师的思维。蓝花看到许多女青年围着金镇长的夫人桂香，走近一听，都在打听县缫丝厂招工的事，有的想找金镇长帮忙进厂。

蓝花退出来，到隔壁商店买了两瓶柳浪春酒。等店里人都回家了，她让来贵拎着酒来找桂香说：“我想找金镇长帮忙进县缫丝厂。”

金镇长夫人桂香说：“县缫丝厂招收的都是城镇户口的女青年，如果你是非农业户口，我可以帮忙。”

蓝花说：“我家祖祖辈辈都是农民，如果不是来贵缠着，我嫁到城里，给瞎子瘸子做老婆，现在就是非农业户口了。”蓝花责怪来贵误了她的前途。

蓝花把酒递到桂香手里，回到家里缠着来贵想办法换户口。来贵架不住她软磨硬泡，答应了。

蓝花花了不少功夫，把原来农业户的“蓝本子”换成了非农业的“红本子”。她和来贵来到“金香衣之缘”，把“红本子”递给桂香。

桂香看了看说：“我把你的要求和金镇长说了，他同意帮你。你去镇政府报名吧，有什么问题再找镇长。”

蓝花跑到镇政府，填好表贴上照片后，缫丝厂的谭厂长看了看说：“缫丝厂马上要进口自动化缫丝机，我们将培养你当技术工人，操作缫丝机的自动系统。因为资金不足，需要集资三百万购买此项设备。从今天起，你就是我厂的正式职工，先交五千元集资款，解决燃眉之急，也是为建厂做贡献了。等生产有效益了，集资款再退还给你。”

蓝花听说要这么多钱，心里一颤，在一旁的来贵也傻眼了。

谭厂长看这对夫妻犹豫了，说：“回家考虑一下，这是个机遇。明天不交集资款，你这个名额就转让给我的亲戚。”

来贵找妹妹开苹商议，开苹建议说：“你和嫂子还是做裁缝好。”

蓝花不同意，一把鼻涕一把泪地说：“转‘非农业’当工人，是我从小的理想，现在有机会了，要我放弃，我就离婚。”

开苹见嫂子达不到目的不会善罢甘休，也只好沉默不语。

来贵见蓝花利用离婚来要挟，想想也是，蓝花的“身份”一变，追求的人围着她转，自己和孩子这两个农村户口的人，被抛弃是早晚的事。来贵又想，不让进缫丝厂她要离婚，花钱让她进了缫丝厂，追求的人多了，变了心也要离婚怎么办？

于是来贵对蓝花说：“你要写份保证书，保证不抛弃农业户口的丈夫和孩子。”

蓝花写好保证书签了名，开苹看了“保证书”摇摇头。

蓝花进了缫丝厂，参加了技术培训。培训班上的青年，看到蓝花面目清秀，身材还那么窈窕，都像“苍蝇”一样围着转。

尤其是驼背独眼龙鲁深，一见蓝花就笑眯眯迎上来甜言蜜语，说得蓝花心花怒放。接着他就偷偷送款式流行的女式皮包和流行的女式皮鞋。

鲁深因诈骗被判了刑，刚刚从监狱出来，找亲戚借了集资款，再找关系进了缫丝厂。他知道蓝花是王大妮的妹妹，得不到她姐姐王大妮，他想办法要把妹妹蓝花追到手，于是开始了他的攻势。

培训班一结束，鲁深就邀蓝花到自己家里做客。

蓝花想，自己接受了人家的礼物，不好推脱，只好前往。

鲁深在城里还没什么发展，仍然住着两间破旧的小瓦房，前间厨房兼客厅，后间是卧室。鲁深买了卤鸭、卤牛肉、卤鸡、卤干子，还有一件啤酒，要和蓝花谈心对饮。

三瓶啤酒下肚，鲁深眼前的蓝花仿佛变成了王大妮。他从房间拿出瑞士女式手表，握住蓝花的手帮她戴上，说："我太想念你了，所以诱你算命，现在送你皮包、皮鞋和手表，想弥补过去的过失。"

蓝花看着自己手上的瑞士手表陶醉了，也没听清楚其实鲁深把自己当成姐姐王大妮了。两人缠绵一番，从此在厂里也是形影不离。

原来有立缫机、复摇机八十四台，技术指标达到一千六百余绪的缫丝厂，升级投资三百余万元，再建技术指标更高的自动化缫丝厂。

谭厂长开职工大会说："我厂升级以后，像蓝花、鲁深这样的技术工人每月收入可达五千余元。"

蓝花和鲁深听了，合唱起《春天的故事》。

鲁深告诉蓝花："如果我们成了夫妻，工资有万余元，在城里建个小洋楼，买好彩电和嘉陵摩托车。缫丝厂放假时，我俩骑着摩托车去寻找'春天的故事'。"

蓝花顿时愁上心头说："我搞到非农业户口，又集资进了缫丝厂，来贵怕我变心，要我写了保证书，保证不变心不离婚。"

鲁深建议蓝花采取"冷战"法，让他自己提出离婚。

蓝花回家对来贵不冷不热，后来甚至一连好几天不回家，借口厂里已花三百万购回数台自动化缫丝机，正在安装调试，技术工人离不开。

花妮和李望带着孙子来到马桥小镇上儿子来贵家里。来贵抱着儿子，儿子要妈妈，说想妈妈，来贵听了泪水哗哗地流下来。

李望问儿子："你们怎么了？"

花妮又问来贵："这么长时间，蓝花都没来看自己的儿子，你俩赌气了？"

来贵紧紧搂着儿子不语，有时两眼发呆。

母亲花妮着急了，心想，上次没给他念书，已经"傻"了一回，是姑娘蓝花让他清醒，这回肯定又是蓝花做了什么事，让他伤心。

"'老杀头的'，你去城里老表家打听一下，是不是那个驼背独眼龙在'翻江倒海'作怪。他之前用算命骗大妮，听说现在也进了缫丝厂，可能又来诱骗蓝花。"花妮说道。

花妮留下来陪儿子和孙子，李望来到北门老表家。

一进门，老表就疑问道："蓝花怎么经常到鲁深家烧饭洗衣？难道是你们让她来做家政的？蓝花见我到鲁深家，就躲到他的房间里。"

李望听了，坐了一会儿喝口茶转身就走了。

晚上，鲁深和蓝花同回了鲁深家，鲁深摘菜，蓝花烧菜，俨然夫妻一对，有说有笑。

"妈妈。"蓝花见儿子突然来了，惊慌失措，想转身进房躲起来，可是被李望、来贵、花妮围住了。

王有才夫妻也站在女儿蓝花的面前。父亲骂道："你吃错了哪味药？让你迷上了这个长你十几岁的又驼又瞎的人？"

母亲说："你让我们把脸往哪儿藏？"

"当年，你们不也要姐姐嫁给他吗？是姐姐爱上了那个当解放军的姐夫，才让鲁深大哥落空的。姐姐现在有什么好？田里地里累死累活。鲁深大哥虽然有残疾，但他现在是'非农业'，住城里，又是缫丝厂技术工人，工资高。”蓝花亲切地称鲁深为“大哥”，让在场的人听了眉头都揪成一团。

“你现在回不回去？”父亲王有才问。

“我已是鲁深大哥的人了。我也是‘非农业’，缫丝厂技术工人，我俩才般配。”

来贵听了抱着儿子转身出了门。李望和花妮听了摇了摇头，也跟着离开了。

缫丝厂新购的全自动缫丝机全部安装完毕，经过反复调试，却一绪蚕丝都“缫”不出来。

请了外国专家来厂里查找原因，结论是：新购的这些“全自动缫丝机”都是废品，不法商贩喷了新油漆，“遮”住了购买者的眼睛，集资的三百万随河水漂了。

谭厂长又召开全厂职工大会，宣布缫丝厂倒闭。

鲁深问：“集资款还不还我们？”

没人回答。

蓝花见了，当场晕倒。第二天，蓝花睡在床上还没起来，就有人上门要债。

鲁深说：“蓝花，你把皮包、皮鞋和手表都还给他们吧，因为这些都是我借他们的钱买的。”

蓝花起床，走出鲁深的家，向大街上走去，嘴里还唱着……

第二十五章　世事难料

蓝花出轨，并疯疯癫癫地离家出走了。她的娘哭着要王有才带着蓝花的哥哥王大福和姐夫谭九水出去找人。

王大妮想，妹妹今天出这样的事，起因还是自己。如果当年就嫁给驼背独眼龙鲁深，也不会出现自己的钱被骗，妹妹人被辱的下场。她坐在谭九水借来的一辆旧自行车上，一路寻找蓝花。

众人把春谷城里大街小巷的每个角落都找遍了，也没见到蓝花的踪影。晚上，王大妮夫妇回到上沟村，向王有才汇报寻找经过。一家人都失望地坐在一起计划明天的寻找。

夏天的夜幕，天上布满了星星。谭九水扛着自行车，离开上沟村，走在回家的田埂上。王大妮紧跟其后。一丝丝凉风掠过田野，王大妮抬起头任凭夏夜凉风“亲昵”，忽然发现前面高坎上有个披头散发的黑影，吓得一声尖叫。

谭九水回头问道：“怎么回事？”

“你看前面高坎田埂上。”

谭九水抬头也看见一个人影一闪，连忙抓着王大妮的手来到高坎上，却什么也没发现。

王大妮说：“这是蓝花和来贵换亲时，两人第一次在一起栽秧的地方。”

李望家的灯火亮着，王大妮路过，要进去看看蓝花的儿子。谭亢水把自行车支撑好敲了敲门。

李望开了门，花妮给洗过澡的孙子穿好衣服。大妮抱起来，流着眼泪说：“你妈妈出走了，到现在我们都没有找到。”回头又问来贵怎么不在家？

李望说：“金镇长知道蓝花的事情后，很过意不去，说自己帮了来贵的倒忙，看开苹是挂职乡副书记的面子，把来贵安排在乡办挂桨机厂。现在又被派到上海，负责苏州河挂桨机配件销售部。”

这时，王大妮发现门外有个披发人影和高坎田埂上的人影一样，正看着自己抱着的侄儿。

“蓝花！”大妮突然反应过来喊道。

谭亢水迅速跑出门外，看见披发黑影向来贵门前的田埂上跑去。他紧追上去，眼看就要抓住黑影了，可脚下一滑，向左边摔倒，腰重重地摔在狭窄的田埂上，爬不起来了。

李望他们都追了过来，披发黑影已不见了，只看到谭亢水横躺在田埂上。

王大妮把怀里的侄儿递给花妮，弯腰来扶谭亢水，可谭亢水直喊腰痛不能动。

李望赤脚下田抱住谭亢水的头，大妮赤脚下田抱住丈夫的脚，同时慢慢移动，让谭亢水直躺在田埂上。

李望回家扛来凉床，又带来竹杠和绳子，叫来来富帮忙把谭亢水抬回家。

第二天，李望来到田埂上查看究竟，原来狭窄的鲫鱼背田埂漫了水，谭亢水的右脚踩偏了，滑向左边。李望还发现潮湿的田埂上还有高跟鞋印，这是前面披发黑影没有摔倒的原因。

谭九水被抬到医院，经拍片检查，诊断为腰脊骨骨裂，要住院。医生说伤好后，不能挑担负重，不能弯腰插秧，也就是残疾了。

王大妮陪在医院，心想，自己命中注定“另一半”就是残疾，早知现在，何必当初。让那个“残疾”报复了我，害了蓝花。

蓝花衣冠不整地来到大街上，引起阵阵尖叫。她看了看自己，惊醒了一半，迅速躲到一个无人的小巷，再偷偷回到鲁深家里穿上衣服，晚上来到与来贵初恋的地方，坐在田埂上，望着星空，回忆着当年少男少女的心跳。大姐的一声尖叫，让她迅速躲起来。来到来贵的家里想看看儿子，可是自己家门是关的，也没有灯火。婆婆家灯是开的，可是门也是关的。在门外，她听到婆婆给儿子洗澡的水声和说话声，却看不见儿子。正在这时，听见姐姐和姐夫的说话声越来越近，她又躲到墙角里。

姐夫敲开了门，姐姐抱着自己的儿子。蓝花又轻轻地摸到窗边，直愣愣地看着儿子，又被姐姐发现，让姐夫追了出来。

她转身逃走，跑了没多远又听到身后“哎呦”一声，回头一看，追他的姐夫谭九水横躺在田埂上。蓝花躲到不远处的田坎下，偷偷地看着姐姐和公公李望他们把姐夫抬走了。

蓝花没脸回家，晚上偷着看了一眼儿子后，又回到城里。她不愿回到鲁深的那个“阴暗”的屋子，便来到了春谷车站候车室。

第二天，她买了一张去上海的汽车票。她到了上海，想寻找来贵的苏州河挂桨机配件销售部，但不知地址，只好找了一个小旅馆住下来。她发现床头柜上有一张名片，是上海蓝梦制衣厂老总的。这人姓蓝，还是个女的。蓝花想，我先到这个制衣厂打工，将自己安顿下来。

上海的夜是通明的，也充满着梦想，经过一天一夜的折腾，蓝花洗完澡躺到床上，很快进入了都市的梦乡。

早上，蓝花按照名片上的地址找到了蓝梦制衣厂，来到门卫室，把名片递给了保安。保安给老总打电话说：“有个女的要找你，她手上有你的名片。”

蓝总想：持有我名片的人都是我的重要客户，不能怠慢。

蓝花被引进蓝总的办公室，蓝花见蓝总和自己年龄相仿，但气质无法比较，学识和修养更是让自己羞愧。更别提人家穿着大方典雅，让蓝花望而生羡。

蓝总看看蓝花，穿着朴素但不失精明，只是愁怨布满眉间。

蓝总问蓝花：“你手上怎么有我的名片？”

蓝花说：“我在旅馆房间里发现的。”

蓝总知道，这是她的客户丢的。蓝总说：“我虽然没有送你名片，但你捡到我的名片，也算缘分吧。说说你会什么？”

“我会缝纫。”

“那你就到缝纫车间试用一个月，如果缝纫技术好，你就留在厂里。”

蓝花进厂房看到这里都是用电脑控制机器批量裁剪，款式和家乡“金香衣之缘”卖的一样。桂香可能就是从这个制衣厂进的货。

经过试用，蓝总发现蓝花是个熟练的裁缝工，便订了合同，计件发工资，住集体宿舍。

来贵失去蓝花，生活也好像失去了方向。蓝花为了进缫丝厂，买户口又集资，用完了夫妻俩几年辛辛苦苦的积蓄，现在蓝花又被人“诱”了，这叫人财两空。他整天精神不振，喝着闷酒。

金镇长为了帮助来贵脱离困境，把上海苏州河畔的销售部廉价盘给他，与镇政府脱钩。来贵把父亲的积蓄都拿来了，还借了一部分债，兜下了挂桨机配件部，自负盈亏。

二十一世纪初，上海已开始分阶段全面禁止使用挂桨机船航行。也正是这个时候，来贵来到上海，挂桨机配件销售量每况愈下，来贵的每月收入只能维持房租和日常生活费用。

来贵站在苏州河边，看着稀稀疏疏的挂桨机船来往穿行，船尾上挂着桨，以柴油机作动力，“突突突”地震天响，黑烟也“突突突”地吐出来，有时河面上还漂浮起一层“七彩”油色。

忽然，眼前一只船转头靠岸时，尾部的挂桨与直行的挂桨搅在一起，发生了事故。来贵听说黄浦江上这样的事故经常发生，“挂桨机”带来的环保问题和水面安全问题给这个大都市带来了隐患。

这时，上海电视台又播出通告：“上海市内河航道，两千余公里水域范围内，全面禁止挂桨机船航行。”

苏州河里一夜之间，挂浆机船消失得无影无踪。从此，来贵销售部的所有挂桨机配件都成了废铁。

来贵的投资又被苏州河水冲走了，他彻底绝望了，负一身债，儿子也没钱养活。晚上，来贵买了两瓶崇明老白酒和家乡的卤菜，一人喝到半夜，独自向黄浦江走去。

黄浦江在东方明珠塔景灯，以及岸边鳞次栉比的各色彩灯的照耀下，波光闪闪，老码头也散发着浓郁的艺术气息。

来贵坐在黄浦江边的栏杆上，把两腿放到栏杆外，心想：这样一条宽阔的黄浦江怀抱，却不能容纳茨茅村的一滴“小水珠”，茨茅村的“小水珠”要来拥抱你了。来贵两脚站在栏杆上，放开抓住栏杆的手，纵身向黄浦江跳去。

说时迟那时快，一根挎包皮带套住了他的头，猛地一拽，来贵的身子向后一倒，仰在一个女人的怀里。来贵呼吸着一股熟悉的女人馨香，睁开眼一看，自己竟躺在蓝花的怀里。

蓝花也认出自己抱着的正是来贵，四目相对，默默无语。她心中愧疚，来贵则是惊喜，两人紧紧拥抱在一起。有诗曰：

一片帆

各自离乡同向东，江归黄埔问长空。

千辛过尽帆临岸，一浪卷开天起红。

这时，黄浦江的巡逻警察接到报警，有人要跳黄浦江，迅速赶到现场，但人已被一个年轻女子救下，围着的警察和游客都投来赞许的目光。

一个女目击者告诉警察："这个女子散步到这个小伙子背后时，突然发现他站起来要跳江，迅速拿下自己身上的斜挎包，将长背带圈过去。"

还有个中年男目击者说："我也发现这个小伙子举动异常，但距离较远，来不及。唯有这个女子，一人路过他的身后，反应敏捷。"

来贵感谢了上海警察，蓝花也谢过了众人的赞许。

蓝花介绍说："我俩原是安徽的夫妻，今天在这里纯属偶遇。他寻短见的原因，我还不清楚。"

警察不放心，要蓝花陪着来贵到派出所，问明原因再做心理辅导，防止再次发生类似情况。

警察了解了来贵的情况后，立即打电话给蓝梦制衣厂的蓝总，请她帮助来贵，让他走出困境，也让他们夫妻俩团聚。

蓝总答应让他暂时来厂，选择适合他自己的工作。

来贵在蓝梦制衣厂选择了自己最熟练的裁剪工作，在家里采用的是手工裁剪，这里要按照图纸，用电脑控制机器批量裁剪。来贵很快就能看懂各种各样的复杂图纸，精准裁剪。

蓝总很满意，特意安排了一间宿舍，让蓝花和来贵住在一起。

晚上，在小房间里，蓝花看着来贵，眼泪扑簌簌地流着，说："我不该一时糊涂，贪图虚荣愧对了你。

来贵心里只想着初恋时的幸福，今天又是蓝花在黄浦江边救了自己。他紧紧搂着蓝花，帮她擦着眼泪。

来贵去了上海，至今音信皆无，花妮着急，要大儿子来富去上海苏州河边找一找。

来富说："我去上海也没用，听上海回来的人说，来贵的销售部早就关门歇业了。还听说，有人亲眼看见来贵那晚喝得醉醺醺的，向黄浦江走去。当天就有传闻，有个小伙子不知何因，想不开跳了黄浦江，之后就没见人回销售部。”

“来贵为什么关门不做生意？”李望问。

来富说：“大概是上海禁止挂桨机船航行，挂桨机配件卖不掉了，本钱都赔了。”

花妮哭着说：“照你这样说，跳黄浦江的就是来贵了？”

“不是他，还是谁？”李望肯定地说。

花妮抱着孙子哭得更厉害了。李望要来富喊开苹回来，给来贵设个灵堂，通知亲戚邻居来吊孝，想收点吊孝钱。

开苹听了，说：“叫爸别胡闹，黄浦江就是淹死一只猫，上海警察都知道是哪家的，何况是一个‘大老爷们’。”

李望听来富说女儿开苹不允许，也只好作罢。

鲁珍听说孙子来贵“没了”，边哭边把家里的鸡蛋捡了一小篮子，让阿魏拎着，自已跟在后面送来给曾孙吃。

鲁珍抱着曾孙伤心地说：“可怜的宝贝，小小的年纪就成了‘孤儿’。”

蓝花至今下落不明，王有才带着一家人找得焦头烂额。

谭尢水为找小姨子蓝花，失去了劳动能力，两个孩子大了都要读书，全靠王大妮苦苦支撑着。

王有才骂道：“不争气的东西，连累了她的姐夫，是死是活随她去吧，不找了。”

蓝花的母亲哭着说：“给蓝花找块墓地堆个坟，竖个碑吧。”

“她娘家坟地不允许进，婆家坟地也不许进，葬哪儿？“王有才愤愤地说。

蓝花的母亲，在上沟村的小沟边，找了块簸箕大的小草滩，捡了几块石头码起来，再用锹端来土盖上，叫王大福在一块长方形的砖头上，刻上“王蓝花”三个字，朝来贵家的方向竖着。

第二十六章　李望收女儿的红包

李开苹和王晓俊可以说是青梅竹马，从小学到高中都是同窗。上大学时，李开苹因经济“短路”，选择了上师范大学。王晓俊上了重点大学，学的是经济管理。每年春节放假，他俩都到汪濊老师家拜个年，相聚时谈的都是“修身、齐家、治国、平天下”。

汪濊老师对两个青年人的家国情怀，很是赞赏，说：“《礼记·大学》有这样一段话：‘古之欲明明德于天下者，先治其国；欲治其国者，先齐其家；欲齐其家者，先修其身……身修而后家齐，家齐而后国治，国治而后天下平。’这是中国古代圣贤智慧的结晶，如果你们将来走上领导岗位要以此立身行事。”

两个学生听了，点头称是。

这一年春节，汪濊老师看着一对年轻人，试探地问：“你们在大学各自都谈恋爱吗？

开苹说：“恋爱对于我来说，好像很遥远，总觉得知识是个无底洞，探索不到头，时间全给了它。”

王晓俊说：“学业还没完成，事业还没开始，恋爱总觉得早了点。”

“我想,你俩从小就相知，现在你们都毕业了，能不能再向前走一步？”汪潋老师关心地提示道。

开苹和王晓俊相视一笑。

珊妮说：“当年开苹给我做伴娘，王晓俊给汪老师挑麻篮，人家见了都说你俩是金童玉女，长大了你俩成了夫妻，这真是良缘早定。”

开苹红着脸说：“我听珊妮阿姨的。”

王晓俊高兴地朝天喊道：“我听汪老师的。”

开苹现在是马桥镇挂职副书记，王晓俊在省纪委工作，两人离多聚少，恋爱方式很简单。冬天了，一个电话互相提醒穿暖点；夏天了，一个电话互相提醒出门带杯凉水。没有时间缠缠绵绵，没有时间卿卿我我。两人都快到而立之年了，家里都着急了，催婚了。

为了结父母的心愿，王晓俊和开苹商议，决定国庆节旅游结婚。

春谷城里的个企老板早已听说，开苹的前途无量，现又在马桥镇挂职，这是“镀金”，春谷县的“第一把交椅”非她莫属。

这些老板一个个都踏着茅草路，来到茨茅村李望家，送上一个大红“苹果箱”，上面都贴着烫金字：“百年好合”或是“喜结良缘”。

等客人一走，李望打开“苹果箱”一看，吓了一跳，里面一半是苹果，一半是百元大钞。

花妮见了连忙叫来富打电话给开苹。开苹听了，对哥哥来富说：“叫爸爸全部给他们退回去。”

李望说：“我把种田的收入，都用来培养开苹上大学。现在她当了领导，支持这些老板办企业，他们发了财，送一点也是应该的。不从这些企业老板手里把读书成本收回来，谁家还愿意花钱培养子女读书？开苹要退这些‘红包’，先把我培养她读书的所有钱都还给我，再把来贵的儿子领去养。”

来富说：“这是变相受贿，是腐败，你还拿来贵的儿子要挟她。”

花妮骂道：“‘老杀头的’，你想开苹去坐牢啊。”

“这些‘红包’是我收的，坐牢我去。我一辈子没看见这么多‘红包’，装了这么多钱，舍不得。”李望抓着一沓沓百元钞票，脸上笑开了花。

来富又打电话告诉开苹：“父亲坚决不退。”

开苹放下手中的工作，赶了回来，对父亲说：“你要想要这些钱，等我辞职做个平头百姓，你再去收人家送来的钱。”

“你是平头百姓，又有谁送钱到我家来?”李望说。

开苹从父亲手中夺过“苹果箱”，请哥来富按照名单把钱全部退回去。

李望失望地说：“你出嫁我没有一分钱陪嫁。”

“我不要你的嫁妆，只要你省事就行了。”开苹虎着脸说。

正在这时，嫩爷爷阿魏抱着一对鸳鸯枕头进了门，开苹见奶奶鲁珍也来了，跑过去拥抱着奶奶说：“你的孙女要出嫁了，最想的是您。”

奶奶拉着开苹的手说：“我也没有什么好的陪嫁，这是一对用茅草花填充的鸳鸯枕头，让我孙女和孙女婿和和美美，白头偕老。”

阿魏笑着说：“见了孙女婿，要他向我学习，对你如我对你奶奶一样好。”

“谢谢‘嫩爷爷’的关爱。”

开苹接过茅草花枕头对父亲说：“奶奶的茅草花枕头做嫁妆最珍贵，是让我委身天地，不忘初心。”有词曰：

好事近·初心

春草长荒坡，一点露苗葱茂。窈窕舞旋流碧，看花白娜袅。 初心不忘在茅山，闻鸡舞凌晓，帘卷路长求索，为将来赶早。

开苹接着又怒睁大眼对父亲说：“你倒好，要我委身钱财，什么钱都敢要。从今天起，把这个大门锁起来，你和妈到外公家住几日。等我们旅游结婚结束，你们再回来。哥，爸妈的去向不可以告诉任何人。”

阿魏以父辈的口气对李望说：“你这个滚油锅里都敢伸手捞钱的人，我也该好好教育教育你，不要害了下一代的前途。”

花妮说：“你这是大哥教育二哥，他会听吗？”

阿魏说：“你这里已变成‘雷区’，还是听开苹的，离开安全。”

开苹和王晓俊说是旅游结婚，实际他俩是利用这个时间搞调研。他俩首站来到小岗村，住进一家小旅馆。这家小旅馆就是当年那个，在开苹外公村上讨饭的老严开的。

老严看着这一对小夫妻问道：“你们是从哪里来的？”

开苹说：“我是春谷县马桥镇茨茅村的。”

老严眼睛一亮又问道：“住茨茅村不远的叫任义的你们认识吗？”

“他是我外公。”

老严听了可高兴了。晚上，老严请开苹夫妻俩吃饭。

饭桌上，老严叫来儿子女儿作陪，并介绍说：“当年我讨饭和开苹的外公任义交了朋友，我住破庙里离他家不远，她外公经常请我喝酒，我见人家做喜事，也要了一些喜菜和喜酒，回来请她外公喝，猜拳行令不亦乐乎。十八个老哥们，按手印搞大包干，我才回来挂起讨饭篮。大包干的第二年，我的老宗家，你们马桥镇的严书记回老家暗访，回去都不敢动手。还是开苹的父亲李望，手握铲锹拦在路口，不让社员下自家门前的田，说是自己包了。”

开苹说：“已经过去二十多年了，不知现在你们这里又有什么变化？”

“你们明天到村里转一转就知道了。我们虽然‘一夜跨过了温饱线’，但现在还未过富裕坎。不过我们已确定了发展新思路。”

开苹进村又看到大学生进村创业，土地流转了起来，示范田、葡萄园正在建设中。临走时，老严送了两瓶凤阳御液酒，给开苹带给任义。

开苹和王晓俊旅游结婚的下一站是广州。汪潋老师已请假，到广州珊妮打工的制衣厂接待新婚的学生夫妻开苹和王晓俊。

珊妮找了一个五星级酒店，定了一个大包间。开苹夫妻一到广州火车站，珊妮就用在婚庆公司租的奔驰轿车，披红挂彩地到车站把一对新人接到酒店。

汪濊老师和珊妮，分别给开苹和王晓俊戴上新娘新郎胸花。

一进包间，开苹和王晓俊都惊呆了，原来只知道，汪濊老师夫妇和他们的女儿在广州，没想到王晓俊的妹妹王娜，开苹的哥来贵、嫂蓝花以及蓝花的哥哥王小福都在这里。

他们围着酒席坐着。珊妮说：“王娜随我一道，来到广州蓝梦制衣厂，不久又遇到王小福，为救王娜杀死一个歹徒，刺伤一个歹徒。法院认定王小福是正当防卫过当，判了两年缓刑，现在跟王娜是男女朋友。蓝梦制衣厂在上海还有分厂，我们去学习时，我发现来贵在操作裁剪。来贵又告诉我，蓝花也在这里缝纫。蓝花又告诉了我她们家里发生的一切。”

汪濊老师在包间里为开苹和王晓俊举行了简单的婚礼，证婚人彭珊妮致了证婚词。

王娜斟了一杯红酒递给哥哥，来贵斟了一杯红酒递给妹妹，齐声说道：“请新郎新娘碰杯。”喝完交杯酒，大家纷纷恭祝他们你中有我，我中有你。

王小福举起酒杯笑着说：“我早就以妹妹蓝花换开苹做老婆的，今天站在她身边的新郎应当是我，可我‘姿态高’，把幸福让给了晓俊。晓俊又以开苹换王娜给我做老婆，命中注定，我们是一家人。”大家听了都高兴地举杯与王小福同饮。

喜宴上，汪濊老师说：“开苹和王晓俊的婚礼，摆在千里之外的广州举行，我很赞赏。开苹和王晓俊已经走上了领导岗位，我不赞成利用婚姻喜事的机会让人送礼，趁机发财，他俩做到了‘修身’。”

珊妮说：“今天的喜宴都是来贵和王娜办的。你们迈出的第一步是平坦的、光明的。”

李望在老丈人家住了两天，借口家里田埂漏水，要回家堵漏洞。花妮只好让他回来一趟。

李望回家把大门一打开，金镇长就来了，把一个大红包递到李望手里说：“这是开苹同事的一份祝福，还望笑纳。”

李望想：开苹结婚，同事随礼，以后同事结婚，开苹随礼，这叫礼尚往来。金镇长送的大红包他也没推辞就收下了。

金镇长刚离开，马桥镇各个村村长接二连三也送来了红包，说是村里的意思，祝福开苹的。李望又想：村里的钱都是集体的，不收也不合适。

谭九水见镇长和村长都往李望家跑，知道是来送红包的。他想：来贵原来是自己的姨妹夫，开苹出嫁应当要随礼的，今后我想搞扶贫，搞低保，开苹还能帮忙。现在蓝花出轨了，我跟来贵这门亲又断了，如果再不随礼，李望肯定不让开苹帮忙。于是回家和老婆王大妮一商量，也送了个厚厚的红包。李望捏了捏高兴地说：“你还没忘记来贵过去是你的姨妹夫。”

李望扛着锹，来到来富家门口。来富不在家，他问媳妇儿红香：“你的小姑子开苹出嫁，你们为她准备了什么嫁妆？”

红香说：“我们为她弹了两床新棉被。”

“被子留着你们自己睡，还是包钱给她。”李望说。

“晚上我问来富。”红香边回答边想，这个公公趁开苹出嫁的机会，收开苹读书的“本钱”了。

李望见王有才没有“动静”，扛着锹来到上沟村王有才家说：“我家开苹要出嫁，办喜事，你的外孙没人照顾，把他领回来住几天。”

王有才一听明白了，心想：蓝花有错不见了人影，我俩的亲家关系已名存实亡了，但我还有外孙子一条线牵着。再说开苹是个当领导的料子，往后我们有什么事，还要找她帮帮忙。于是他叫蓝花娘端板凳倒茶，自己去了房间。

一会儿王有才出了房门，递给李望一个大红包说：“非常抱歉，没有及时送过去。”

李望接过红包，走时又客气地说：“你们真的没有功夫，外孙就不接来了吧，怕他在你家不习惯。”

李望在路上想，茨茅村还有汪濊老师和吴浅没送红包，阿魏只送了一对不值钱的茅草花枕头，他们以后想托我找开苹办事没门。

珊妮陪同开苹和王晓俊参观了蓝梦制衣总厂，并介绍说：“我们厂的服装不但在国内销售，还畅销到东南亚。”

开苹问：“你们厂发展的指导思想是什么?”珊妮说：“两个字，创新。”

临走前，开苹还找到哥来贵和嫂子蓝花，希望他们早点回去。

王晓俊也找来妹妹王娜和未来妹婿王小福，提醒他们要学好一门技术，才能立足将来。

珊妮送别时说：“我在这里发展，也想你们的汪老师留下来，可他热爱自己的教育事业，愿和孩子们做‘朋友’。”

开苹和王晓俊都赞成自己老师的做法，说：“我们学校需要他这样的老师。”

旅游结婚一结束，王晓俊直接回省城上班，开苹回来住到飞龙村婆家。回到娘家，她问父亲李望：“茨茅村有多少户？每户送包喜糖。”

李望说：“依我看，茨茅村的汪濊老师和吴浅两户不能送，还有你‘嫩爷爷’家，只能送半包喜糖，其他各户送一包喜糖。上沟村的王有才也要送。”

“‘嫩爷爷’和奶奶不送嫁妆，我都要请他们来喝喜酒。王有才是哥的老丈人，是你的顶头亲家，不但送喜糖，还要请他和嫂子蓝花的娘来喝酒。”

“蓝花又不是我家的媳妇了，和他们讲什么亲家？另外，你挂职在马桥镇的同事和几个村的村干部也要送喜糖。”

开苹感到奇怪，问父亲：“难道你收了这些人的红包？”

“他们送红包也是应该的。以后，他们家办大事，你不也要送红包吗？”

开苹一听，问母亲花妮：“我走时，请你们到外公家暂住，你们去了吗？”

花妮说：“去了，你回来，我们才回来的。”

“中途爸一人回过家吗？”

“他一人回家看过田里的水干了没有。”母亲花妮回答道。

嫂子红香在一旁插话道：“爸回来时要我把陪嫁你的两床棉被留着，拿红包给他。”

开苹听了都明白了，最后又问道：“茨茅村都送喜糖，‘嫩爷爷’为什么只送半包？汪溅老师和吴浅两家为什么不送？有一村，不能有一家，这个道理难道你不懂吗？”不等李望回答，其中缘由，开苹心里已明白了。

第二十七章　重任在肩

春谷县老严书记和老黄县长，已接近退休年龄，他们向市组织部推荐年轻有为的李开苹主持春谷县工作。为了提高年轻干部的理论水平、政策水平和创新能力，李开苹又被送到省党校学习。

为适应经济的发展，马桥镇又调来一位年轻的周书记。原来的金镇长，调到另一个镇当书记。临走之前，金镇长把茨茅村的情况作了一一介绍。现在茨茅村扩大为行政村，对于村领导班子的组建，周书记广泛征求意见。他先来到茨茅村，看茨茅村有没有好的人选。

周书记知道李望在茨茅村小有名气，当年横锹拦路分田，又是未来县领导李开苹的父亲，想看看他推荐谁。

这是个影迟红杏，光转绿杨的季节，田埂上、山地边的茅草郁郁葱葱，红花草花开满田间。有诗曰：

紫云英

田园遍地沁花香，丽日春风泛紫光。

悦目赏心添惬意，提增地力富农庄。

李望正在田间蓄水，准备耕田，见周书记来到田头，心想：是不是金镇长要他来为开苹的红包讨要喜酒的？如果办酒我就亏大了。

“老李啊，忙着犁田呐，我今天来是问你要……”周书记上任时，金镇长带他来过茨茅村，和李望握过手。

“我问你要田，我家大儿子来富、二儿子来贵为我添的孙子，出生至今没有分到人口田。你再不给他们解决，今年我就把孙子牵到你家过年。”李望连忙打断周书记的话。

“农村承包田三十年不动，已经写进法律了。你知道法律谁也不敢违背，这个你不用急。我想请你想想，谁能担任茨茅村的村干部？”周书记笑着说。

李望思索片刻说：“茨茅村除了我的大儿子来富能担任村书记外，恐怕找不到第二人。”

周书记想想，来富年轻能干，在茨茅村口碑不错。李望虽然推荐他有私心，但也不无道理。

谭九水在路边的地里锄洋芋头，周书记走到他的地头说：“‘谭积极分子’，你好！”

这也是金镇长介绍的。

“好个屁，腰摔伤了，现在想挑担粪浇洋芋头都不能挑。”谭九水怪前任金镇长不该把小姨妹蓝花介绍到缫丝厂。

“如果你当年不放弃省监狱的狱警工作，恐怕也是科级干部了。”周书记听金镇长说起谭九水这件事，不断地咂嘴惋惜。

“你也知道我的事？”

“你是大名鼎鼎的‘学习毛主席著作积极分子’。”周书记竖起大拇指夸奖道。

“人为什么不长后眼？哪知道今天的事，不谈啰。”谭九水后悔道。

“我想请教请教你，你认为哪个人能胜任茨茅村的领导工作?”

谭九水不假思索地说：“现在不是提倡大学生村官吗？我们村阿魏的大儿子魏荣，今年大学毕业，让他回来带领大家奔小康，还能信得过。阿魏还告诉我，魏荣在大学已经入党了。阿魏说这话时，见人还散了一支香烟，说是喜烟。”

周书记回到镇里召开镇党委会，研究落实茨茅村领导班子人选。周书记在会上说：“经过调查了解，茨茅村的大学生魏荣，在学校已入党了，我们可以暂定他为村书记，如果他另有高就，我们再作安排。李来富初中毕业，是正在省党校学习的李开苹的哥哥，他虽然还不是党员，可以把村主任的担子担着，再引导他走进组织。如果会上能通过，暂时任命，选举通过后再正式任命。”参会的党委委员们都表示同意。

开苹在省党校学习结束，就回到春谷县，参加了县级人代会。会上李开苹全票当选春谷县副县长。公示时，忽然有人匿名举报，李开苹利用结婚机会收受红包。

这件事，不但让市里震惊，还惊动了省里。省纪委书记立即找王晓俊谈话：“你的妻子出了这样的事，作为家属是脱不了干系的，立即停职，等李开苹的问题查清楚了再说。”

王晓俊想：为了避免有人送红包，我和开苹才选择旅游结婚的。临走时，我特意交代父母，在家里不收红包不办酒席。开苹在家里也作了交代，怎么会发生这样的事情呢？这必有蹊跷，等市纪委去调查吧。

市纪委蒋副书记担任李开苹“收红包案”调查组组长。他根据举报内容分析，这个举报人，可能来自李开苹出生的茨茅村。蒋组长带着调查组成员首先来到茨茅村调查。

调查组第一个来到王大妮家，谭九水到山那边地里去了，王大妮一人在家，见有客人来了，也不问是谁，先端板凳倒茶。

蒋组长坐下来接过茶说：“茨茅村的人民觉悟高，敢于同党和政府站在一起反腐败。我们保证举报人的姓名不外泄，保证举报人的安全。”

蒋组长喝了口茶，接着问道："李开苹结婚，你家送了红包吗？"

王大妮说："我家送了，她还委托汪濊老师买了喜糖送给我们。"

调查组离开王大妮的家，在大路上遇到吴浅，蒋组长又问吴浅，送没送李开苹结婚红包？

吴浅说："我不在家没送，但在我表嫂王大妮家吃到了李开苹的喜糖。表嫂告诉我，表哥谭尢水亲眼看到马桥镇原金镇长和各个村干部都到李开苹家送了红包。听说上沟村的王有才也送了。表嫂送红包，是想以后请李开苹帮她搞低保，扶贫她家。我最恨当干部借婚丧喜庆敛财，公权私用，所以，我就举……"

他发觉说漏了嘴，突然停下来不说了。

蒋组长听了，心里明白了，举报人就在眼前。

蒋组长又到上沟村找到了王有才了解情况。王有才说："李开苹的父亲李望很少到我家来，但这次来我家，说开苹要出嫁了，我听懂了他的意思，看原来我俩是亲家，就递给他一个红包带走了。我不在家时，听儿子他妈说，汪濊老师帮开苹送来了喜糖。"

蒋组长问道："李开苹家住哪里？"

王有才向东指了指李望家。

市调查组来到李望家，蒋组长说明了自己身份和来意，问道："李开苹结婚，你收了多少红包？"

李望摇摇头说："没数过。"

"请你把红包拿出来让我们数一数。"蒋组长严肃地说。

"女儿开苹旅游结婚一回来，就问我，收没收人家红包。我说收了，买……了一部分，剩下的要我拿出来交……濊，说是帮开苹到银行存起来。原来我让她大哥来富帮我存银行，她不同意。至今我还没……"李望胆怯起来，说话有点结巴了。

通过走村串户调查，以及和李望当面对质，李开苹收红包的情况和举报的情况基本相符，蒋组长决定再找汪濊老师进一步核实。

蒋组长一来到圩埂学校，就开门见山地说："你是一校之长，党的反腐败的决心你是知道的，我也不必多说。我就问你，李开苹结婚，你是否送了红包？"

"学生结婚，老师送个红包，包括亲戚送，无可厚非。正是因为学生李开苹走上了领导岗位，考虑到影响，我没有送红包。为了不让企图行贿的人有可乘之机，我还把她和王晓俊夫妻俩，安排到千里之外的广州举行了简单的婚礼。一桌酒席还是开苹的二哥和王晓俊的妹妹出资订的。"汪濊老师汇报着。

蒋组长又说："据我们调查，茨茅村都送了红包，还是你挨家挨户送的喜糖。"

"我不但帮李开苹送了喜糖还退还了红包。"

调查组成员听了非常惊讶。

汪濊老师说："李开苹和王晓俊是旅游结婚，家里的红包全是她父亲李望收的。李开苹告诉我，老爸在家收红包，让她吓了一身冷汗，问我怎么办？我说退呗。开苹说她老爸，见钱如命不可能退。叫大哥来富退，她不放心，老爸知道了会拼命。想来想去，她觉得还是请我帮她退回去合适。李望买手扶拖拉机的钱，是李开苹用工资补上的。"

市调查组听了，与李开苹父亲李望说的基本一致。

汪濊老师从工作包里拿出红包清单，清单上有谭九水、王有才等人的名字，红包数字和退还数字一样。接受退还的人不但签了自己的名字，还按了手印。

蒋组长疑问道："我们在调查时，没听说他们退了红包，比如王大妮和王有才两户。"

汪濊老师指着退还清单说："退还王大妮一户的，是谭九水签的名，退还王有才一户的，是他老伴签的名。你们去这两户人家，签名的人可能不在家。"

蒋组长听了，是这么回事。调查结束，蒋组长握着汪濊老师的手说："你不愧是我们的老师。"

市调查组又来到马桥镇镇政府，找回金镇长谈话。

金镇长知道他们的来意说："李开苹在我镇里挂职，同事们关系都很融洽，我可以算是她的叔字辈，结婚了大家想送个两百的红包表达一下心意。可是，李开苹委托我退还给他们了，我这里还有签名和手印。"

"听说，你们镇的村干部也送了红包？"蒋组长问道。

"村干部的红包，也是我帮李开苹退还的。我还批评了他们，瞎凑热闹。"金镇长说。

市调查组也看了红包退还名单。

蒋组长回到市里，写了份调查报告，最后一句话是"克己律人"。

市委潘书记看了调查报告，非常高兴，找李开苹谈话，又送了一句话："严以修身，勤政为民。"

省纪委书记找王晓俊谈话说："你可以继续上班了，希望你须眉不要落后巾帼。"

李开苹由副县长升任县长届满后，又被党代会选举为春谷县委书记。茨茅村的人可高兴了，茨茅村的"茅草"开花了，而且开得如此"白洁"。

谭九水要放一百响庆祝一下，被汪濊老师摆摆手说："你们过去送红包，差一点把这嫩绿的'茅草'折断了。让她自己吸收着晨露，沐浴着朝阳，迎着春风招展吧！"

开苹刚把县书记的工作理顺，一副"重担"压过来了——精准扶贫。开苹想：一个"贫"字，在历史上引起多少动荡。形成"贫"的历史原因，除了生产力低下外，还有"腐败"。我们正在吸取历史的教训，"贫"正在减少。存在了几千年的"贫"字，要在我们这一代不复存在，历史意义重大。但仍有"贫"如堡垒，需要挥汗上阵，逐个攻破。

根据"贫困率高于全国，纯收入低于全国，又无集体经济"的原则，茨茅村被确定为精准扶贫村。县委书记李开苹亲自驻村扶贫。

李开苹在茨茅村两委会上，要求村书记魏荣和村主任李来富，充分认识到消除贫困是人类有史以来梦寐以求的理想，也是社会主义逐步实现共同富裕的本质要求。茨茅村是“弱鸟”，要紧跟时代“飞”到小康森林里。领导班子必须精准摸清扶贫对象，不负历史赋予我们的重任。

第二十八章　李开苹的父亲李望也要扶贫

李望看到春谷电视台报道茨茅村是全县贫困村，王大妮是茨茅村第一贫困户，开苹要亲自回来扶贫。

晚上，他来到大儿子家问来富："王大妮为什么是贫困户？"

来富说："谭九水因残致贫，缺少吃穿住的物资，有病无钱医，两个孩子还要上学。"

"开苹回来怎么扶贫？难道送米、送衣、送钱，还送医？还帮她家做新房子？"

"你老说对了，开苹回来就是这么'扶'的。"

李望心里有点不平道："按照你这么说，谭九水享受的是老红军待遇。他不就当了两年义务兵，找小姨子摔伤了腰，开苹还这么重视他。我和谭九水相比，我也是贫困户，我也要扶贫。"

来富说："你和人家比什么！要扶贫？我做不了主。"

"明天，我到村部找你'小叔'魏荣。"

李望心想：我娘嫁给与我同年的阿魏，生了这么有出息的儿子，以后我俩就是同母异父的兄弟，来富应当称魏荣小叔。

来富问："找他干什么？"

"他是村书记，是我兄弟，不扶我，我就骂他不顾哥哥。他再不同意扶我，我再到县里找开苹。我也会骂她，自己父亲不扶，扶别人。"李望愤愤地说。

魏荣早上一来到村部，就见李望站在门口等着。

"'老哥'，你这么早来找谁？"

"找你。"李望说话有点冲，心想：还好意思叫我"老哥"，扶贫这么大的好事，挨我没份。

魏荣让"老哥"李望先去自己的办公室，坐到沙发上，然后泡杯茶递上说："这是黄山毛峰，喝口静静心。"

"我心静不下来。茨茅村里的领导，一个是我'兄弟'，一个是我儿子，两个在'当家'，扶贫怎么不'扶'我？"李望把茶杯往桌上重重一放说。

魏荣说："'老哥'，扶贫是有条件的，你符合扶贫条件吗？"

"王大妮一户够条件扶贫，我也够条件。谭尢水因残致贫，我因病致贫，我阑尾开过刀，现在还有后遗症。你的'侄孙'，来贵的儿子，还是我这把'老骨头'供他吃喝，还供他读书，他的父母至今不知生死。大包干当年盖的土瓦房，现在已经屋漏墙裂。再说，我的贫困，也与缫丝厂集资和乡挂桨机销售部转让有关，让来贵和蓝花夫妻俩倾家荡产。

"'老哥'，你说的我记下了。我们现在是精准扶贫，不是你说贫困就贫困，不是凭与领导有亲戚关系的说贫困就扶贫。我们要调查核实，之后再确定扶贫对象。"魏荣耐心地解释道。

李望走后，魏荣打电话给"侄女"书记开苹说："你的父亲，我的'老哥'也要扶贫。"

开苹听了茨茅村书记的汇报，觉得父亲说的是事实。但如果作为扶贫对象，因为自己的关系，负面影响可想而知。必须把哥来贵和嫂蓝花叫回来，打消父亲扶贫的念头。

开苹把县里扶贫工作布置好，带上县委办公室主任小方，坐上春谷至广州的高铁，来到蓝梦制衣厂，找自己的师母彭珊妮。

珊妮见到家乡来人了，又是开苹，非常高兴，特意请了蓝梦制衣厂的万总给她们接风。

饭桌上，开苹说："我们春谷县，正进入脱贫攻坚阶段，全县的贫困人口多，脱贫难度大。我特来向你们请求支援，利用产业来脱贫。"

万总说："我们厂的彭副总经理是你们家乡人，家乡脱贫遇到困难，应当义不容辞。客人你说说，有什么想法和要求？"

"我想，你们到我们工业园区去建个蓝梦制衣分厂，培训一部分年轻的有文化的工人进厂，解决一部分贫困人口就业。"李开苹说。

"上海的蓝梦制衣分厂，成本高，耗费大，因为那是个大都市。如果迁移到春谷县，投资环境也会优越一些，交通方面，北有长江，南有高铁，又不会影响出口，盈利还会提高。"珊妮介绍春谷的区位优势。

万总说："我们开个董事会，再做决定。"

珊妮晚上陪着开苹在公园散步。开苹说："我这次来招商引资，想把你们'招'回去，解决了部分就业，也就解决了部分贫困。还有来贵和蓝花该要回家了，家里的孩子，离开他们好几年了，由爷爷奶奶养着。他们逐渐老了，压力大了，现正在家里闹着要我扶贫。"

珊妮说："如果这个分厂能迁到家乡，我也回去了，不能再和你的老师和我的女儿天各一方了。"

"希望以此为机会，为家乡的扶贫和发展出点力。"开苹说。

第二天，万总就召开董事会，珊妮也参加了会议，开苹列席了会议。董事们分析了当前的经济形势，提出了政府支持问题，强调了蓝梦制衣厂迁移到春谷县，必须解决好土地和资金问题。大家还提出，蓝梦制衣厂，在逐渐走向智能化。向厂内输入的劳力，必须有一定的文化素质，有创新能力，能定期提供一定数量的商品（成品衣），保证市场供应。

“输入的劳力，必须要有创新能力。”开苹想，这个要求有点高。不管怎样，先引进再说，让我们的劳力进了厂，有了实践的机会，才有机会提高技能，才能创新。会上，她当场拍板，大家提出的要求没有问题。有词曰：

踏莎行·扶贫

茅栋蒿床，饥肠衲被，齐耕瘦土寻花蕊。一家耕种雨蒙蒙，稻花香绕心沉醉。

月下婵娟，心思济惠，还留穷困如攻垒。市搬产业小城中，扶贫不要留儿辈。

端午节的前一天，茨茅村的土路上，忽然灰尘滚滚，开来了两部白色名牌小轿车，一部开进了汪溅老师的家。

王大妮和村民们都捂着鼻子来看热闹。原来，彭珊妮开车回来了。王大妮见另一部往李望家门口开去，也跟了去。

李望看到崭新的小车停在自家门口，忙走出来看看。

来贵打开车门走出来，李望惊呆了，花妮见到儿子，哇一声哭着跑出屋，一把抱着来贵晕了过去。来贵连忙喊着：“妈、妈。”王大妮忙着给花妮掐人中。

花妮清醒过来，摸着来贵的脸，看自己是不是在做梦。感觉来贵的脸蛋热乎乎的，确定来贵真的回来了，又笑着拉着来贵的手说：“妈想死你了。”

来贵的儿子见爸回来了，躲在屋里不出来。

来贵进屋抱起儿子，眼泪扑簌簌掉下来，说：“儿子，我对不起你，从今以后，我们再也不分开了。你出来看看，还有谁来了？”

蓝花坐在车内，看见来贵抱着儿子走来，打开车门扑向儿子，从来贵怀里夺过儿子，紧紧抱在怀里，哭着说："妈这几年天天在想你，那年我半夜偷偷地来看了你一眼，就走了。"

孩子也紧紧地抱着妈妈的脖子，哭着说："我天天晚上做梦都在想你。"

蓝花从车里拿起挎包斜背在身上，牵着孩子向上沟村娘家走去。

李望思想激烈斗争起来：蓝花这个媳妇，我李家不想认，可她在黄浦江边救了来贵，又为我李家生了这个可爱的孩子。他上前拦住蓝花说："你要走我也不稀罕，要把孩子留下。"

花妮推开李望骂道："'老杀头的'，滚开。"然后，她上前抱着蓝花说："你还是我李家的媳妇，你们一个都不能走。"

"妈！"蓝花亲切喊着。花妮把蓝花抱得更紧了，蓝花在婆婆的怀里泣不成声。

王大妮见这情景，回到娘家，告诉了爸妈。

王有才听了很生气："李望都不要蓝花这个媳妇了，我们都认为她跳河了。李望也巴不得蓝花跳河，蓝花居然还想当他家媳妇。唉，我家的王小福和王娜在外，至今也没有消息。"

蓝花母亲理了理头发，拍拍身上的灰，喊道："她爸，跟我一道去看外孙。"

"我不去。"

"你又嫉妒李望了。"大妮陪着母亲向李望家走去。

"我的儿，蓝花，我的儿，蓝花。"离李望家还有半里路，蓝花的母亲就喊起来。

蓝花远远听到母亲的喊声，迎出来，扑向母亲。母女二人紧紧拥抱在一起。蓝花母亲，把蓝花全身摸个遍，感觉热乎乎的，这才捧着蓝花的脸看了又看，确认眼前的女儿是真的。

"儿啊，我在自家门前流水沟的滩上为你堆了墓，树了碑，老天知道我爱女儿，把你送回来还给我。”蓝花娘含着泪说。

“娘，我也天天在想你。”蓝花也满眼是泪，“爸呢？”

“他恨你，恨你又回来给人家当媳妇。”

李望听了，笑着说：“这个家伙，就是见不得我家有好事。来贵，去请你老丈人晚上来我家喝酒，我非要把他灌倒为止。”

后来，周书记见到来贵说：“来贵啊，金镇长调走时还跟我说，心里很愧疚，当年帮蓝花进缫丝厂，想不到既损失了你的积蓄还丢了人。想把上海挂桨机销售部转让给你让你翻身，结果让你翻到黄浦江里。今天，你还回来了，好事，好事。”

来贵还是很敬佩这个新书记对群众的诚意，打心眼里谢了周书记。

来贵把自己的房子装修一新，也要出资帮父亲李望翻修房子，李望不愿。他又跑到村里找“兄弟”魏荣，要求一定要把自己列入扶贫户，要政府给他做扶贫房。

魏荣说：“‘老哥’，以前，你说来贵不见了，孙子没人养，陷入了贫困。现在来贵回来了，还开着上档次的小汽车，又把房子装潢一新，孩子都是他们自己养着。来富又是村主任，家里种着田，收入可观。你现在身体还健康，还能做力所能及的事，生活上缺一少二的，开苹又能补贴你。你要扶贫，茨茅村不都要扶贫？”

李望说：“我和来富、来贵是个大家庭，孙子至今没分到田。根据电视上说的，我家是缺土地致贫。”李望先说自己阑尾开过刀，“因病致贫”，他认为这个说服力不强，理由不硬，所以换了个说法。

魏荣说：“‘老哥’，周书记跟你说过，承包土地三十年不动，已写进了法律。”

“一口一个‘老哥’，你这个做‘兄弟’的，现在有权，就不能帮个忙？再说，开苹还在你和周书记的‘上头’，把我作为扶贫对象报到镇里，周书记会批的，县里更会批的。”李望认为女儿是“靠山”了。

魏荣说：“为了精准扶贫，我们要深入各村民小组，入户调查建卡，理出名单公示。如果‘老哥’的名单，列入其中公示，后果恐怕很严重。”

通过入户调查，茨茅村基本确定了王大妮等几个扶贫对象，镇里也进行了核实，在村公告栏里公示。

李望一看没有自己的名字，回来找大儿子来富“理论”。

为了息事宁人，来富只好谎说：“你在村扶贫名单内，打字的把你的名字打冇了，我去添上。”来富在家里，把儿子平时练字用的红色粉笔带上，来到村里，打开公告栏的玻璃门，在公示名单的最后空白处，写上李望两个字。就这个后添的粉笔字，引起了不小的波澜。

几天后，市纪委又接到一封举报信。信中首先介绍了李望的子女情况，然后写道：“一个县委书记不能做到‘孝’，让自己的父亲陷入贫困，要政府扶贫。这样‘不孝’的县委书记，春谷人民不欢迎。”

市纪委蒋副书记看了举报信说：“通过对李开苹红包案件的调查，我敢说这个低级错误，李开苹是不可能让它出现的。让春谷县纪委查一下，写个报告交上来。”

春谷县纪委首先查了马桥镇茨茅村交上来的扶贫名单，王大妮排在第一，再往下看没有李望的名字。他们就把举报信交给周书记，周书记又把举报信转到茨茅村。

魏荣对李望说：“‘老哥’，我说过，你要扶贫，后果是严重的。你看这封举报信吧。”

李望说：“我人老眼花，也读不通。”

魏荣说：“我读给你听。”

李望听了说：“我要扶贫与‘孝’有什么关系？”

“‘老哥’啊，你真不懂还是假不懂？你的子女日子好过了，你的日子贫困了，这不是子女不孝吗？尤其是你的女儿开苹，是领导干部，不孝敬父母，是要被一票否决的。”

“什么是‘一票否决’？”李望惊疑地问。

“开苹不孝就不能当县委书记。”魏荣严肃地说。

“当县委书记，家里又得不到好处，不如不当。”李望嘴上这样说着，晚上到来富家里，要来富把自己的名字从扶贫名单里涂掉。

第二十九章　王大妮上电视

为推进茨茅村尽早脱贫，县委书记李开苹联系该村多次深入王大妮等贫困户家中，走访结对子，详细了解他们的身体健康状况、生活保障情况，仔细查看家庭情况建档卡。

王大妮原来在县一中食堂打工，因食堂改制被人承包，原来的员工都被解聘了。开苹就地办公，在茨茅村召开了落实扶贫的镇村会议。

蓝梦制衣厂在春谷县顺利落户，珊妮任厂长，来贵任培训部主任，蓝花负责指导技术。

全县贫困户子女,优先安排入厂培训上岗。茨茅村王有才的大儿媳妇大香，李望的大儿媳妇红香也被选入培训。

开苹在会上说："蓝梦制衣厂只能解决部分脱贫问题，像王大妮和谭九水进厂就不符合要求，我们扶贫必须因户施策。我跟珊妮厂长商量，把谭九水安排到蓝梦制衣厂当保安，以前他当过兵，还到省监狱当过狱警。王大妮在家养殖比较合适，具体养什么，由她自己选择，我们都给以相应的养殖补贴。儿子读书和学校联系，我们共同帮扶。"

茨茅村书记魏荣说："王大妮的养殖防疫，由我负责，因为我是农业大学毕业的。”

开苹说：“王大妮家的住房，已老旧漏雨穿风。哥，你是村主任，可以按扶贫要求帮她改建或新建住房。”

蓝花看到姐夫天天骑着一辆破自行车到制衣厂上班，姐姐王大妮告诉她：“这辆自行车，还是那次借汪潉老师的。后来汪潉老师当垃圾扔了，你姐夫又把它捡回来修修。”

蓝花想：姐夫为了找我摔伤了腰，现在成了扶贫户。是我对不起他。

晚上，蓝花对来贵说：“我俩天天开着小汽车到蓝梦制衣厂上班，姐夫骑辆破自行车，也到蓝梦制衣厂上班，姐姐不说，村里人也会说闲话，政府都在‘扶’他，小姨子都不‘扶’他，没有情谊。”

来贵说：“姐夫搭我们的顺风车，有点不方便。早一点，晚一点是我们的常事。”

蓝花说：“姐夫为找我受了伤，上班有十八里路，风雨无阻地踩破自行车，时间长了，旧伤会复发的。真到路都不能走时，姐姐就受罪了。”

来贵问：“你兜圈跟我说这话是什么意思？”

“我想给姐夫买辆电瓶车。”

“你这是献爱心，我支持。”

谭九水第一次穿着保安服，在保安室里对着整容镜反复看着自己。当年“一颗红星头上戴，革命的红旗挂两边”的英俊小伙子，已藏到皱纹里，但还能看到在省监狱穿警服的影子。他面对镜子自叹道：“我就是‘军人’的命，由‘军人’‘狱警’到农民，想不到两鬓斑白了，扶贫又把我‘扶’回‘军人’。”

谭九水穿着保安服，骑上小姨子蓝花给他买的崭新的电瓶车，就像当年狱警骑着摩托车一样威风凛凛。谭九水面对整容镜系好腰带，挂好对讲机，扶正大盖帽，迈着军人的正步走出保安室，以标准的军人姿态，站在蓝梦制衣厂的大门口，见厂领导和来客都举手行礼。

厂长珊妮也非常高兴，谭尢水站在大门前，犹如一道亮丽的风景线，不断地引来赞叹，也给外地来的客户增加了安全感和信任感。

对于王大妮的住房安全问题，茨茅村主任来富将之作为自己工作中的重中之重。为了完成妹妹开苹给的任务，他跑了马桥镇其他几个村，参观扶贫住房建设，从中选择了一张认为较好的图纸，复印回来找到本村的砖瓦匠，按图施工。

省电视台为了宣传脱贫攻坚工作，把李开苹深入茨茅村扶贫王大妮作为典型事迹向全省报道。

王大妮接过记者手中的话筒，面对摄像机，急红了脸，说不出话来。

记者是个小姑娘，很有亲和力，鼓励说："阿姨，不用慌，就像平时和邻居拉家常一样。"

王大妮想着村里为自己做了许多事，说："来富为我家做的房子，上面盖的是琉璃瓦。墙是水砂砖的，粉了白水泥。窗子是铝合金的，安的是防盗门，里面还吊了好看的塑料天花板，地面铺的是地板砖，还建了一厨一卫。"

记者接过话筒解说道："据了解，村书记魏荣帮助王大妮申请了两万元的小额贷款，同时她还享受了政府种养业补助，养殖每只鸡补贴了十元。发展养殖业，技术是关键。县委书记李开苹指定魏荣作为王大妮的帮扶责任人，让他常常入户，开展技术指导和服务。茨茅村的茅草在春风雨润中开花了。"

记者又把话筒递给王大妮，王大妮说："今年四月五日，我买了八百只小鸡仔回来，四个多月后就能卖了。一只鸡的纯收入，至少有十五块钱，这样算下来，今年的总收入能过万元了，我对脱贫充满了信心。"

采访结束，记者还要谭尢水穿着保安服，骑上蓝花买的新电瓶车，让王大妮坐在后面照相。

两天后，省电视台新闻联播节目播报了王大妮的新闻，省报纸的头版刊登了题为《茨茅村扶贫记》的文章和他俩的照片。有诗曰：

在 望

原住土房连雨漏，贫家深入数鸡笼。

帮扶有望丰康进，今上视频谁说穷。

王大妮上了电视，又登了报纸，在春谷县引起了轰动。城里的女性们，纷纷来到茨茅村王大妮家，争着和王大妮合影，然后要买王大妮养的鸡，都说这鸡是地道的土鸡，没有污染。

王大妮一再解释，鸡正在成长期，必须养到四个月后，鸡肉才坚实有香味。大家又纷纷要丢定金，王大妮不收，安慰道："到时你们再来也不迟。"

驼背独眼龙鲁深在电视上看到王大妮，一宿没睡着，心里又在胡思乱想：这省电视台播的王大妮，应当是我的"老婆"。这省报上登的照片，应当是我和王大妮。我摆摊算命报复她，引诱蓝花也是为了报复她。

他想到茨茅村看看王大妮，可又不敢去。

新闻播报后，一群邻居来找他，说："王大妮是你'前女友'，她养了那么多土鸡，怕到时抢不到手，请你帮我们把定金送过去，我们就能优先吃到土鸡了。"

邻居要帮忙不能推脱，鲁深这才壮着胆子走一趟，想趁机看一眼王大妮。

这一天，鲁深西装革履，骑着新电瓶车来到茨茅村。他知道谭九水在厂里上班，蓝花和来贵也在厂里上班，李望离王大妮家还有一段路。他戴着头盔，向王大妮家门口扫了几圈，确定没人，才下了电瓶车，戴着头盔走到王大妮面前。看着王大妮，还像当初第一次看到她一样，心跳加快，血液沸腾，半天说不出话来。

王大妮觉得眼前人很奇怪，驼着背戴着头盔，直愣愣地看着自己不说话。

“大哥，有事吗？”

鲁深从随身的挎包里拿出一扎钱，有六千块，塞到王大妮手里说：“这是我帮你卖鸡人家下的定金，四个月后，我来逮鸡。”

“你是谁？”王大妮奇怪地问。

鲁深头也不回地骑着电瓶车走了。王大妮心想：这身形和说话的声音，好熟悉，好像是鲁深。王大妮越想越像，可能就是他。

王大妮一想到鲁深，气不打一处来：以前骗我，诱蓝花，现在又来给我献“爱心”，你这个“爱心”狗都不吃。

王大妮把钱送到村里，交给了村书记魏荣，并把情况说了一遍。

魏荣说：“这钱放村里，等四个月后鲁深来逮鸡时，我们去把他抓住，问他什么目的？”

小鸡长了四个月，高冠沉羽，金翅流光，人见人爱。王大妮叫谭九水请假，如果鲁深来逮鸡，好去村里报个信。

今天早饭后，小汽车和电瓶车忽然多起来，陆陆续续地停在王大妮门口。车上人纷纷下车，来到王大妮鸡舍逮鸡，要王大妮过称记账。

王大妮也高兴，小鸡一养成熟，城里就有这么多人来买。王大妮过称，谭九水记账，累计已卖了六千块钱了，但没有一个人付账。

王大妮急了，拦着买鸡的人不让走，说：“买鸡付钱，天经地义，不能葫芦瓢划账吧？”

大家都说：“我们早就派人给你送过定金了。”

王大妮问：“谁？”

“你的‘前男友’鲁深。”大家回答道。

其中一个少妇站出来说：“我们都是鲁深的邻居。上次我们看到电视报道了你，看到你养的小鸡，不喂饲料，又是放养在山中地头，纯属土鸡，我们都想买，但当时我们交定金你不收。回家我们想到你和鲁深的关系，就把定金交给鲁深，让他送来。不信，那个戴着头盔的，躲在那辆小车后面的就是鲁深。我们也怕他把我们的钱花了，所以，今天也把他‘绑’来了。”

王大妮看了，正是那天戴同样头盔的人。趁大家说话的时候，王大妮叫谭九水去村里报了信。

村书记魏荣来了，问鲁深是怎么回事？

鲁深说：“就是这些邻居，说土鸡是美容的，非要我送定金来，还说王大妮是我‘前女友’，一定还记着我，定金一定会收的。都是邻居，不能这点忙不帮。所以，我就冒着‘危险’送钱来了。”

鲁深话一说完，王大妮就举起粗木棍向鲁深头上打去。

魏荣举手没拦住，只听“哐当”一声，木棍打在鲁深的头盔上，吓得鲁深骑车就跑。

王大妮边追边骂：“你这驼背不干好事，下辈子还是独眼龙。”

鲁深的邻居奇怪地问王大妮：“他送来我们的定金，帮你卖了这么多土鸡，你怎么还打他骂他？你一点也不恋旧情？”

王大妮流着泪说：“谁和他有什么旧情？这个人就该坐牢。”

大家听了一脸茫然，但也顾不上许多，都高兴地带着鸡回家。王大妮养的鸡果然肉质鲜美，一下子吸引了更多城里人。所有来的人都进院逮鸡，院里一时弄得鸡飞“狗”跳。谭九水“站岗”去了，没人帮忙。其中一个女孩，拿起本子和笔帮王大妮记账收钱。这些来买鸡的人，手里都抓了好几只鸡，说是回家孝敬自己妈和婆婆的。

王大妮称一只，女孩记一笔，收一笔。最后一合计，王大妮这天又收入一万多块。

王大妮的“电视效应”，让她很快销售了一大半鸡，让春谷县的北门一条街，都吃到了王大妮养的土鸡。

县委书记李开苹听身边的工作人员说，北门一条街都跑到茨茅村，抢购王大妮养的土鸡，西门一条街也在行动。开苹马上赶到茨茅村。

开苹的车开到王大妮家门口一看，发现又停满了车，只好把车开到自家门口。开苹下车对妈花妮说："妈，跟我一道去王大妮家买只鸡回来，今天我在家吃饭。"

开苹来到王大妮家，一大群人在院子里逮鸡。

王大妮见开苹来了，高兴地说："谢谢小妹的帮助。"开苹小时候在家，年纪大一点的都昵称她"小妹"。

花妮要买一只小公鸡，王大妮抓了一只，递到花妮手上说："快拿回去杀了，红烧给开苹吃。"

开苹要称了付钱，王大妮不收。

开苹说："等你完全脱贫了，我到你家来，吃你亲手做的红烧鸡。"

开苹又问王大妮："大姐，你已卖了多少只？每只纯收入多少？"

"卖了六百多只，你看这院里还有一百多只，每只纯收入近二十元。"王大妮高兴地回答道。

开苹又问身边的村书记魏荣说："小叔，她养的小鸡，成活率已达到了百分之百，这是怎么做到的？"

魏荣说："主要是禽流感的防疫做在前面。"

开苹笑着说："大姐，四个多月，你的收入能达到一万六。小叔，你写份扶贫经验总结，在全县交流。"

第三十章　大王冲出温饱线

飞龙村的大王，在春谷大酒店当厨师。当年在东村口，他拦住珊妮不让出嫁，结果被侄子王晓俊领着珊妮翻板茅埂逃出了村，至今对侄子还耿耿于怀。

吴浅因丢包诈骗和古董诈骗，被判了刑。还没进洞房的贵州女茅玲也到春谷大酒店做服务生。她感冒发着高烧，还坚持把大王烧好的菜送到餐厅，大王看在眼里。

客散夜静时，茅玲收拾完餐具，倒在餐厅的沙发上。大王脱掉厨师服走过来，把手背贴在茅玲的额头上，感觉很烫，知道这是发高烧了。大王拿出手机打了120。

茅玲住院打吊针，大王要打电话喊茅玲家人来陪护。茅玲把自已的遭遇向大王说了一遍。大王觉得茅玲很不幸，便陪护在她身边。

茅玲身体恢复之后，大王又把她接回酒店。从此，茅玲经常帮大王洗衣服。空余时间，茅玲要大王陪她去春谷公园溜达。

飘香的荷花，五彩缤纷的喷泉水柱，街上霓虹灯，天上的月亮，都映入到春谷公园的小湖里。木桥走廊穿插在小湖中，小亭与周瑜石像的倒影，给小湖增添了不少趣味。

几圈走下来，茅玲停下脚步，坐在石凳上欣赏起如诗如画的小湖。大王也只好陪伴在一边。

茅玲边看着湖中画，边奇怪地问大王：“王师傅，我怎么没看见嫂子来过酒店?”

“村里姑娘彭珊妮，就像这小湖一样美丽，她的影子在我心中抹不掉。可她嫁了人，又当了蓝梦制衣分厂的老总。”大王两手捧起湖水抛向湖中的月亮说。

“你心中有她，她心中没你，又何必放不开呢?”茅玲劝道。

“我现在是大龄青年，找姑娘就更难了。”大王失望道。

“如果一个离婚的年轻女人，愿意跟着你，你接受不接受?”茅玲问道。

“如果像你这样的也行，可是难找啊!”大王看了看茅玲说。

大王名叫王近东，但很少有人叫他大名。他短发圆脸，身材中等微胖，承包田的有限收入，只能维持温饱。身边同龄的姑娘，都嫁给了“非农业”，心中的美女珊妮，虽然不跟“潮流”，但嫁给了将来有“希望”转“非农业”的民办教师。

大王想：现在“非农业”，也不配每百斤十三块五的粮食了，农民进城打工也不受户口限制了。要想冲出温饱线，必须再创业或走出家门，等富裕了再成家吧。

大王发现服务行业正在兴起，尤其是餐饮业，厨师又是这些酒店急需要的人才。于是大王进入厨师培训学校，学习烹饪技术，成为春谷大酒店的第一“大勺”，闻名全县。

正在这时，原先酒店老板要回老家湖北，要将酒店转让。他看中大王为人诚信，有技术，有管理能力，要把酒店转让给大王。

大王知道老板的想法后胆怯起来，心想，春谷大酒店是春谷县知名酒店，转让费几百万，自己根本就没有这个资本。

大王和茅玲从公园散步回到酒店，老板找他谈话说：“大王，这个酒店转让给你，是我最成熟的想法。经过核算，除必要的资金周转外，两年的利润就能付清转让费。但我要你三年付清。如果再有什么困难，我来帮你。”

大王听老板这么一说，心里就踏实了。大王还是自己掌厨，聘任茅玲做大堂经理，掌管财务。他想，我侄媳妇开苹在打脱贫攻坚战，这个大酒店，也要为扶贫做点什么。于是又招收了很多家庭有困难的，是扶贫对象的人进来做服务生。

广州蓝梦制衣厂董事长万总来春谷分厂视察，珊妮在春谷大酒店设宴招待，请开苹来作陪。

开苹说：“我们正在落实‘八项规定’，消除‘四风’影响。我只到酒店，向客人问声好。”

开苹一进大堂，服务生都跟着茅玲喊：“欢迎书记光临！”

其中几个年龄大一点的服务生自我介绍说：“我是王晓俊的邻居阿姨张小若……”“我是王晓俊的邻居阿姨刘如花……”

“你是王晓俊的婶婶吧？”开苹看茅玲毕恭毕敬地站在旁边，一直不说话便问道。

茅玲摇摇头。

张小若指着茅玲对开苹说：“她做你的大婶，你同意吗？”

“好，好！”开苹又看了看茅玲，满意地答道。

“我侄媳妇说好就好。”一直在后厨拿大勺的大王，烧好了几个主菜走出来，接过开苹的话茬，看着茅玲笑着说。

这时，珊妮听到开苹的说话声，从包厢里来到大堂。开苹拉着珊妮说：“你当年出嫁，走大叔家门口过，如果被大叔拦下来，你今天就是我大婶了。”

大王见到珊妮，脸一红转身就往厨房跑，被茅玲拉住说：“前天，你还告诉我，她是你心中美丽的影子抹不掉。”

珊妮笑着说："这怪你大叔，不抢先到我家提亲。"

大王想到当年的荒唐事，越发不好意思。

"我家大叔是个能人，进城开个大酒店，这是冲出温饱线先富起来。可是没有大婶，还是'贫困户'。你们要帮我找个大婶，让大叔'脱贫'呦。"开苹说着，又看看茅玲。

张小若说："我们几个都跟大王一个村的，那时流行嫁给'非农业'，我们都进了城，男人都有残疾吃低保，还是扶贫对象。大王特意把我们招进来，帮我们就业脱贫。"

"我们当初没有正眼看娘家的小伙子，没想到他现在还这样关心我们。"邻居刘如花说着低下头，用脚不停地踏着地板。

开苹说："你们不用后悔，面对当前，有我们大家拉着，小康路上不会丢下你们。"

珊妮对开苹说："你婆家人，就是支持你。扶贫有堡垒，大叔帮你攻，我也从广州回来帮你上阵。"

这时，万总从广州来到春谷，开苹在春谷大酒店迎接了他。茅玲把他们安排到客厅坐下，珊妮把制衣厂目前的运行情况作了汇报。

开苹说："万总再去厂里走走，如需要我们做的，一定做到位。"

正在这时，开苹的手机响了，听了电话说："抱歉，我不能陪你们吃饭了，还有个会等我去参加。"

"'大婶'，上菜。"珊妮喊道。

茅玲送来了茨茅村的糖拌荸荠和红烧小河鱼。

珊妮夹起一条小河鱼，放到嘴里品尝着问道："'大婶'，这鱼是不是我娘家门前小河里的？吃了它，让我又回到少女时代。逢旱时，小王哥带我下河捉小鱼回家，娘烧的就是这个味道。"

"我们酒店的小河鱼，都是大王兄弟送来的。"茅玲默认了"大婶"的称呼。从此，酒店所有的员工都称茅玲为"大婶"。

大王在茅玲的全力协助下，经过一年多的经营，酒店办得有声有色。这天晚上，他来到茅玲的房间核算。

茅玲将收支对比的数字递给大王，大王看了不敢相信自己的眼睛，揉了揉眼又睁大眼睛盯着看，仿佛要把这些数字看成三维立体图。他激动得一把抱住茅玲，紧紧搂在怀里说："两年不到，转让费全部能还清。这有你的功劳，我们结婚吧。"

茅玲不但在学校是一枝花，学习成绩还名列前茅，还以优异成绩考上县重点高中。因父亲长期生病，弟妹还小。初中毕业一出校门，母亲就拿她换劳动力，为她找了个大字不识的男子结了婚，指望这个女婿能帮助家里种田种地。谁知命运作弄人，这个小伙子是个游手好闲之徒，只知道吃喝玩乐，还染上毒瘾。没钱犯了毒瘾，就向茅玲伸手，如果空手缩回，接着就是一拳冲来，打得茅玲胸口闷痛，更恶劣的是让茅玲出去骗婚，供他吸毒。

茅玲想着过去的悲惨经历，倚在大王怀里，听大王说真心要娶她，泪水夺眶而出。有词曰：

误佳期·闺怨

花样少年萦梦，勤奋读书翻岭。韦编三绝到都城，改写家乡景。 窈窕命难为，耕地谁平整。大男亲许赶春时，一枕黄粱梦。

突然，刘如花推门闯了进来说："她是吴浅的老婆。"

这个刘如花的娘家和大王住一个村，中间只隔王晓俊一家，也是一个漂亮姑娘。大王托王晓俊的父亲做介绍人。可她说，不是"非农业"免谈。珊妮比如花又漂亮又有气质，还有缝纫技术，大王更不敢请人提亲了。

张小若先在城里找了个对象，虽然拄拐，但是吃"商品粮"。不久张小若又将刘如花介绍到城里，对象也吃"商品粮"，但有点痴呆。

刘如花到大王酒店做服务生，天天看到大王当老板的精神样，与自己家那个“傻里吧唧”的相比，心里都在滴血，还恨药厂为什么不生产“后悔药”。

尤其是开苹来酒店，问谁是“大姉”时，张小若还指着茅玲。

刘如花心里如打翻的醋瓶。自己也正在协商离婚，但民政局说她男人痴呆，需要他的监护人父母同意，刘如花想这不可能。

她借了本法律书翻了翻，如果分居到一定时间，法院就会判离婚。为了分居，刘如花想到酒店来住，被大王婉言拒绝了。于是，她在酒店对面租了间房子住下来，也好观察酒店这边的动静。

刘如花从酒店下班回到租住屋，洗完澡穿着睡衣，觉得自己风韵不减当年。照镜子，看看自己还眉清目秀，皮肤润红，心里自然想起大王，不自觉地透过窗户朝酒店看去。忽然发现大王走进茅玲的房间，还关上了门，刘如花心里忐忑起来。

她看了看电子钟正好是十点，茅玲的房间灯是亮着的。时针指向十一点时，大王还没有出来，难道他俩真的……

刘如花又一想，茅玲是原来男人逼来吴浅家骗婚的，谁知婚没骗成，还跟那个暴力男人离了，做了吴浅的老婆，茨茅村人人皆知。如果今晚又和大王在一起了，这不害了大王吗？不行，自己要去揭穿茅玲。

刘如花推开茅玲的房门，一声大喊，从大王怀里拉起茅玲，自己贴近大王说：“你不要上了她的当，她是骗婚的。”

大王红着脸转向一边说：“如花，你误会了，今晚我俩在核算。她可能太劳累了，头晕倒下了，我刚把她抱起来，你就进来了。”

“我是提醒你，她城府深着呢。我也要离婚了，我就想帮你把酒店打理好。”如花向大王发出“进攻”信号了。

茅玲坐到椅子上，两手抱着椅背，脸朝着墙。

“你们俩都好好休息吧，明天还要上班。我也回房间了。”大王说着转身走了。

大王想不到遇到这样尴尬事，一个是邻居的妹子，曾经也喜欢过她，一个是命运多舛的远离亲人的妹子。一个男人在这两个女人之间，如果不理智处理好会出乱子的。

尤其这个春谷酒店，正处在发展期，不必要的矛盾必须解决在萌芽期。

大王认为茅玲是个可靠的女人，自从进了酒店，就以酒店为家，事无巨细，努力操持。最为可贵的是账务规范准确，有钱在手不贪财贱义。邻居如花在家做姑娘时，就贪慕虚荣。现在自己有所发展，她就起了歪心思。

红香、大香、蓝花三人"做东"，拖着珊妮来到春谷酒店。她们到包间坐下就喊："'大婶'，点菜。"刘如花抢在茅玲先，拖着菜单进来了。

珊妮见了刘如花，笑着说："那个'大婶'呢？"

"本店只有一个'大婶'，没有别的'大婶'。"刘如花把菜单往珊妮面前一丢。

这时，大王进来了说："你们不用点菜了，我整几个菜，保证你们得味。"

珊妮最爱吃的家里的小河鱼，还有什锦锅子，羊肉锅子，几个素菜等都由刘如花端上桌子。

大王拿着一瓶红葡萄酒进来说："今天，客人不多，我来陪你们喝一杯，算是我请客。"

"开苹点名的'大婶'，也请来陪我们喝一杯。"珊妮提议道。

大王说："我想茅玲做'大婶'，她还没答应，又冒出个如花想离婚做'大婶'。如花说，茅玲是吴浅的老婆，我想问问你们是怎么回事？"

"茅玲是我娘家人，还沾点亲。"于是，红香就把茅玲来到吴浅家的经过简单地叙述了一遍。

"茅玲跟前夫离了婚，跟吴浅没打结婚证，也没同居，也没要三万块钱，只是拿了一千块钱给她前男人做路费。"红香又强调说。

珊妮对大王说："从法律层面上，茅玲的婚姻是自由的。你去把茅玲叫进来，我们问问她什么意思？"

茅玲端着菜进了包间。红香问："你在吴浅家住了多久？用了他多少钱？"

"吴浅被公安带走了，第二天，我就出来打工。一个多月后，我去了他家，给他父母一千五百块钱。一千是前夫拿的路费，剩下的是给他父母的费用。"茅玲说。

珊妮说："你孤身一人在这里，根总是浮的。我们开苹书记说过，让你做她的'大姊'，不知你意下如何？"

"我听在座姐妹的。"茅玲含着眼泪说。

第三十一章　靠着墙根晒太阳

吴浅犯诈骗罪，刑满释放觉得没脸回茨茅村，但又想看看父母，看看茅玲是否还留在自己家，晚上偷偷地进了村。

父亲老吴见儿子就骂道：“你把我老吴家的脸丢完了。常言道‘穷不失志，富不癫狂’。你倒好，穷了不顾名声去骗，骗来了钱又癫狂，买收录机又买电视。”

吴浅娘说：“老头子少说几句吧，儿子不也后悔了，怕见熟人，晚上回来。”

“娘，茅玲呢？”吴浅把屋子查了个遍问道。

“你前头跟公安走了，她后面背起自己的包也走了。后来来了一次，还送来了一千五百块钱。”吴浅娘说。

吴浅听了，彻底失望了。心想：茅玲与自己只有一面之识，让人家空守着，而自己又不是去参军守边疆，干着光荣的事。她去寻找自己的归属，自己没有任何理由去追问她。

“你二老好自为之，我出去打工挣了钱就回来。如果几年不回来，说明钱与我无缘，死在外面了。”吴浅说完就出了门。外面漆黑一片，只有北斗星告诉他南北方向。

吴浅来到上海黄浦江边，初冬天气有点冷，他把左手臂藏在衣服里面绑在裤腰上，左袖管空着随风摆动，请人写了块纸壳牌子挂着，上面写着“父母瘫痪，自己残疾，老婆跑了，已饿三天。”他找到朝阳的江堤，也就是当年蓝花救来贵的地方，靠着墙根，边晒太阳边乞讨。

上海的老头老太太乐善好施，见到有困难的就帮。他们晚上在江边散步，看到吴浅靠墙根挂牌子，三块、五块的丢。夜深人静了，吴浅找到一个桥洞，借着桥上的路灯数了数，一个手的数，后面还加两个零。

吴浅一连“靠”了一个星期，每天都有这个数。照这样“靠”下去，吴浅又担心银行存折上，数字后面的零写不下怎么办？没钱发愁，钱多了又发愁，还是甜蜜蜜地睡下吧。

忽然，桥上的刹车声惊醒了他。不一会从桥上下来三个年轻人，每人带一根比单剑约长一尺的打狗棒，其中一个留着八字胡须的年轻人，指着同来的两个人对吴浅说：“这是上海丐帮帮主，《天龙八部》中乔峰的后代‘乔大丐’，这是副帮主，慕容复的后代‘慕二丐’，我也是副帮主，洪七公的后代‘洪三丐’。”

“乔大丐”挥起手中的打狗棒说：“你两臂好端端的，冒充残疾到上海来‘靠墙根’，骗取同情，也不到我这里来报到注册。你这几天的收入，应当交给我们祭祀“丐帮”的祖先。上海要建设文明大都市，‘墙根’底下的‘垃圾’要一扫而尽。我们今晚特来‘关心’一下。”“乔大丐”用“靠墙根”来代替乞讨一词，好像文明一些。

“慕二丐”说：“你是外地来的同行，也不知道规矩，也不举报你装残疾行骗的行为了。要想在上海生存，必须跟我们干，早日改行另谋生路。”

“我没有什么技能，又能做什么呢？”吴浅披衣坐在桥洞里，胸前紧抱着装钱的蛇皮袋说。

“洪三丐”夺过吴浅手中的蛇皮袋一看，里面装的都是钱，说：“我们‘乔帮主’说了‘关心’你，慕副帮主也说了，叫你跟我们干。走，上车跟我们走。”

三人举起打狗棒，吓得吴浅爬起来跟着走了。

半夜，平头桑塔纳载着吴浅来到郊区一所单独出租屋里。“洪三丐”从车内拿出牛肉脯、鸡翅、烤鸭放到桌上，又搬出四件啤酒。

“慕二丐”对吴浅说：“我们欢迎你，一人一件，必须喝完，今晚一醉方休。”

“乔大丐”拎起一件啤酒，往吴浅身边一放，说：“这是你的任务，不喝完就不是哥儿们。”他说完，拿起吴浅身边的一瓶啤酒，咬开瓶盖，递给吴浅。自己也开了一瓶，仰脖“一口灌”。

“慕二丐”和“洪三丐”见帮主“一口灌”了，也都仰脖“一口灌”。

吴浅看过“一口灌”，但自己没喝过。“乔大丐”见吴浅迟迟不敢仰脖张嘴，对两位副帮主说：“你们俩去‘帮’他一下。”

“慕二丐”揪着吴浅的头发向后一按，“洪三丐”一手捏着他的两腮，一手握着啤酒瓶向吴浅嘴里灌。灌完后，吴浅伸了伸脖子，翻了翻眼睛。

“乔大丐”连忙夹起牛肉脯，送到吴浅嘴里说：“快吃一口压压酒。”

接着他们三人又“一口灌”起来，吴浅自己不动手，两个副帮主采取同样的方法帮他“一口灌”。

吴浅被“灌”了八瓶，已经不省人事，靠墙半躺倒在房间的小床上。

“乔大丐”说：“动手。”

“慕二丐”脱去吴浅左脚上的鞋和袜，“洪三丐”拿来一块砖垫在吴浅的左脚上，握住小脚趾并与其他四指分开。“乔大丐”拿来一把斧子，用斧背狠狠砸下去。

吴浅被一阵剧痛惊醒，双手抓着脚，“唉呦唉呦”地喊着。

“洪三丐”说：“你酒喝多了，走路不稳，怎么摔伤了脚？”

“慕二丐”拿起地上的砖说：“肯定是这块砖头砸的。”

“乔大丐”“关心”地说：“老弟先睡下，如果明天还痛，我们送你去医院。放心，有我们在，不会让你受苦的。”

天亮，吴浅脚痛难忍，不断地呻吟着。三个帮主带着打狗棒走进来。

“乔大丐”放下打狗棒，亲手扶起吴浅说：“老弟，还痛吗？我们送你去医院。”“帮主，没有医药费。”“慕二丐”提醒道。

“老弟，听我的安排，药费要多少，就能弄多少。”

吴浅捂着脚说：“我前几天‘靠墙根’的钱在蛇皮袋里，医脚够了。”

“那是你交给我们的保护费，必须听帮主的。”“慕二丐”把打狗棒在水泥地上跺得闷闷响。

“走！”

两位副帮主听帮主一声“令下”，一边一个夹起吴浅上了车。他们又来到黄浦江边，在一段繁忙的两车道上，把车停在了一个拐弯处。

“洪三丐”从后备厢里拿出一辆折叠自行车，对吴浅说：“你骑着自行车跟在我们车后面，我们的车很慢。如果有小汽车要靠右超车，你就骑车撞上去，迅速倒地，脚伸到小汽车轮下，喊‘脚压断了’。”

吴浅听了心想，这不是碰瓷吗？

“慕二丐”把吴浅扶坐到自行车上，迟迟未动。这时“乔大丐”开的车逼后面的车向右改道超车，“慕二丐”猛推一把，吴浅不由自主地向前冲去，“哐当”一声撞到了想超车的车上。

车主来了个急刹车，打开车门，见有人倒在自己的车轮下，又发现自己的车压线停在了人行道上，知道自己违章伤人了。

“洪三丐”跑过来抱起吴浅就喊：“哥啊，我说你不要一人骑车出门，你不听。这不，被车撞了。我追来的及时，不然……”话没说完，就撸起袖子举起拳头。

“慕二丐”上前一把拉住说：“兄弟，不要伤人，先报警再到医院去。”

“乔大丐”把车停到一个僻静的胡同里，来到现场，摆出一副“公正”的调解模样，说：“兄弟，先不要报警，到医院看看伤情，问题不大走人。”

车主看看自己的车违规变道伤了人，又觉得自己的车开得很慢，造成的伤情不会多大。

医院的CT片子出来了，左脚小脚趾粉碎性骨折。

“洪三丐”哭着喊道：“哥啊，你残废了，以后的日子怎么过啊，家里还有老小四五口。”

“慕二丐”扳着手指说：“误工费、营养费、护理费、伤残费加起来要十来万。我看你这个师傅也很忙，付了款走吧。”车主傻眼了，想报警，现场没有了。

这时“乔大丐”把车主拉到一边“商量”道：“我看你在这里打拼也不容易，也不要听人家瞎要钱。我来做做工作，给一万，写份协议双方签个字了事，我做证人。”

“乔大丐”敲诈得款后，继续利用吴浅的伤“碰瓷”，不到两个月的时间，在同一路段又作案十余起，敲诈十余万元，每次只给吴浅五百元。

晚霞满天，照得黄浦江“半江瑟瑟半江红”。正逢下班高峰，江边大道车流滚滚。“乔大丐”三人开着车，带着吴浅又来到无监控的路段。这次要碰瓷的对象是挂外地牌照的小车，前几次想“碰”挂“沪”字牌照的车，司机都见机躲开，还差一点被发现马脚。

“慕二丐”和“洪三丐”带着吴浅坐出租车来到“乔大丐”车前近百米的地方，“慕二丐”下车，出租车又向前近百米，“洪三丐”下车，从出租车的后备厢里拿出折叠自行车，又从车里扶出吴浅。

"乔大丐"缓缓地开着车，突然从蓝牙里听到"慕二丐"的呼叫："注意注意，你车后面跟着一辆挂有'皖B'牌照的车。"

接着"洪三丐"的手机又响了："注意注意，准备骑车。"

手机里的声音刚落，"皖B"车到了眼前。

"洪三丐"把坐在自行车的吴浅向前一推，吴浅又猛踩几脚，"哐当"一声重重地撞到"皖B"车上。他们围着车主故伎重演。

车主不同意赔偿，正要报警，忽然警车拉着警报向这边开来。"洪三丐"正想独自溜走，被旁边的一个"便衣"拉住。"乔大丐"和"慕二丐"也想各自溜走，早就被"便衣"围住。

他们被带到"皖B"车前。"便衣"说："你们先组织'丐帮'，现在又改行组织'碰瓷党'，致人伤残，敲诈勒索，你们这是有组织的黑社会性质的犯罪。"

吴浅还躺在"皖B"小车前，捂着脚喊痛。

车主弯下腰一看，惊呆了，这不是吴浅叔吗？

蓝花也下车拉着吴浅喊："吴叔。"

吴浅一看眼前的车主，也大吃一惊，来贵和蓝花怎么来到这里了？他羞愧得低下头看着马路。

"便衣"问吴浅要身份证，他说被三个"丐"扣了。

"洪三丐"从包里拿出吴浅的身份证，来贵一看正是吴浅。

来贵和蓝花陪着吴浅做了笔录，"便衣"根据事实，知道吴浅是受到胁迫，便要遣返吴浅回老家。

吴浅不愿回家，说回去没脸见人。

来贵说："吴叔，跟我们回去吧，家里会有温暖。"

蓝花也劝道："吴叔，回去吧，谁还没有坎坷的时候。"

来贵感慨地说："我在这里也遇到坎坷，不是蓝花也来到这里，我可能被黄浦江抱去做儿子了。"

蓝花鼓励吴浅说："现在我俩迈过了这个坎，所以，今天来到黄浦江边，纪念这个日子。”

吴浅走后，他父母的身体每况愈下，承包田翻耕不深，底肥不足，管理缺位，总是歉收，生活艰难。

县委书记李开苹多次深入他家，走访结对子，详细了解他们的身体健康状况、生活保障情况，仔细查看家庭情况明白卡，并帮他们办理了低保，鼓励二老克服困难，勇敢面对生活。

吴浅带着伤残跟来贵回了家，听父亲说自家是扶贫户，开苹非常关心。

吴浅想：自己写过开苹的举报信，和父母住一起会影响开苹扶贫。于是，吴浅单门独户地一人过，吃着家里的粮食。冬天来了，他便无所事事，整天靠着墙根晒太阳。

春节快要到了，开苹来到茨茅村慰问扶贫户。当她来到吴浅家，发现二位老人锅里煮着山芋，吃的是腌菜，问道：“你们中午煮饭，有肉吃吗？”

吴浅的母亲皱着眉头说：“开苹你真关心我们，可是儿子回来，我们还要从碗里扒一半给他。”开苹转身又来到吴浅屋里，看到吴浅走路一瘸一拐，便问道：“吴叔，你这是怎么了？”吴浅低头不语。

开苹问村书记魏荣：“怎么回事？”

魏荣说：“我听来贵说，他的脚是在上海被‘碰瓷党’砸的。来贵去上海被他碰了瓷，公安处理后，才被来贵带回来。”

“你带他去医院，马上治疗脚伤。”开苹对魏荣说后，又对吴浅说，“吴叔，不能靠着墙根晒太阳，等着别人送小康。快去把脚治好了，我们安排你去学大棚种植技术，再帮你发展。人穷志不穷，‘扶志’也是我们扶贫的最主要内容。”吴浅眼眶湿润了。

有诗曰：

富

谁言致富有千条，乞讨空蒙是怪招。

冬种大棚春满绿，初心不让梦花凋。

第三十二章　谁让我失去了许多

王小福睡在上沟村自家屋的床上，回想着在广州的几年倍感失落。

广州早几年就要求企业转型升级智能化，尤其是蓝梦制衣厂，要求一“键”点车间，招聘员工也升级，不是大学毕业的基本不招收。蓝梦制衣厂也仍然保留了少数老员工，如来贵和蓝花，还有红香，他们虽然没有大学学历，但他们有经验有技术。

王娜在哥哥王晓俊的鼓励下参加了成人高考，三年下来，不但毕业证金光闪闪，人也金光闪闪。这不，当上了厂里的宣传科长。

王小福也想参加自考，让自己也“金光闪闪”，跟上未婚妻王娜的脚步。一看专业课本，他傻眼了，对于小学未毕业的王小福来说，简直就是一本天书。后来他被厂里辞退了，原因可想而知。

王小福走出厂，拿着厂里发给的辞退金，心想，老天爷关了我这扇门，必然给我开着另一扇窗户。这一扇“窗户”，是对胸无点墨的人开的，老天爷总得让我们有口饭吃吧。

广州是不分昼夜的，通宵达旦，车辆熙熙攘攘，尤其是娱乐城里歌舞升平。王小福背着行李不想回家，就近租了个猫儿房住下来，想在广州找到让自己发财的门路。

晚上，王小福觉得肚子有点饿，来到大排档，要了一碗蛋炒饭和一瓶啤酒。

年轻漂亮的老板娘坐到王小福身边说："大哥，看你就是有'才气'的人，不但不缺钱，还不缺传统美德。"

王小福看了看老板娘，披肩秀发，穿着束腰坎肩和短裙，再加上那股热乎气息有点撩人。但和王娜相比，还是缺少了些气质。

"你怎么看出我有传统美德？"王小福喝一口啤酒，扒一口饭，边嚼边看着美女老板娘问。

"牛肉锅子不舍得吃，这么勤俭想在广州买房讨老婆吧？"老板娘见王小福，只是低头吃着，认为他默许了自己的说法，便接着说，"靠吃饭节约钱买房，三生三世也没希望。我这里有个来钱比高铁还快的路子，要不到三天三夜就能实现。"

王小福稀奇起来，要看看是什么"路子"？美女老板娘带他到一个隐蔽的二楼，满屋的人，烟雾缭绕，围在一起玩牌。

美女老板娘介绍说："水浒传里的一百零八将，三十六员天罡星一组，七十二员地煞星分两组，名字都写在一张纸上发给玩家参考。庄家把写好名字的竹牌，放在密封盒子里摇一摇，再伸手摸出一个写有名字的竹牌，朝下放在桌上覆盖起来，让你下注。如果你想猜宋江，就在第一组下注，赢了一赔三十。"

王小福在这二楼密室里转了一圈，发现有人猜桌上覆盖竹牌的名字，是一丈青扈三娘。那人把一张百元大钞往上一甩，果然猜中，庄家赔了三千。

王小福要猜智多星吴用，每次一百，连下三次都没猜中。旁边有人告诉他，这一组是地煞星的第一组，吴用在天罡星组里。原来是自己进错了"门"，王小福又跑到天罡星组里猜智多星吴用。

还是老套路，媒子一大堆，猜谁就是谁。王小福开始下注智多星，也连中三注，赢了一个“大指”。接着，运气就没有那么好了，赢的吐了，辞退金和原先结余的工资都丢给美女老板娘了。后来他知道，有些不法之徒，就是用这种字花赌博的形式，来骗取他人钱财。

王小福来到蓝梦制衣厂，保安帮他找来了王娜。

王娜看到王小福的狼狈样，陪他到厂附近的小餐馆里点了几个最好的菜，还要了两瓶啤酒说：“我今天陪你吃一次饭，以后就没有机会了。不过，你救我于危难之中，我不会忘记的。”

王小福听了，心里咯噔一下，但又平静下来。心想：水浒里的吴用是个智多星，最后还是“吴（无）用”，何况我是个无智又无用的人。

“我没有什么让你可记的，换一个家乡人也会救你的。我明天就回去，你有什么需要捎带的？”王小福有些悲凉地说。

“现在快递很方便，无需手拖肩扛的，你把银行卡号发给我。”王娜说着举起杯，一饮而尽，向王小福行了抱拳礼离开了。

一会儿，王小福就收到了一万元的转账。

王小福回到茨茅村管辖的上沟村，正是暖日柔风，柳困花迟，田埂边，山坡上的茅草花开得雪白雪白。有词曰：

蝶恋花·留恋

花正开时如雪白。蛱蝶飞来，疑是寒霜色。依草绕篱听牧笛，春归欲问曾相识。

原是芳丛留恋客。翩舞枝头，只把清香索。因像西风空贯日，多情似水东流出。

自己最爱的茅草花，都离自己而去，一朵当了县委书记，一朵留在了广州蓝梦制衣厂当了宣传干部，是什么让自己失去这些？

王小福睡在床上越想越不是滋味。忽然，他又记起汪濊老师在课堂上说："书是人类进步的阶梯，谁能沿着这个阶梯上，谁就能看到千绿媚，万花娇。"他还说："知识就是力量。"放学了，王小福背着书包回到家，将汪濊老师的这些话告诉父亲王有才。

"你们汪老师是马槽边上的苍蝇，自己的田种不好，在学校混饭吃，还在'酆都城'里说大话，鬼话连篇。抬头就能看到遍地黄花（油菜花），有饭吃，才有力量。"

"你跟开苹的父亲李望，都是庙门前的石狮子。"王小福怀有怨恨地说。

"什么意思？"王有才问道。

"一讲读书，头顶都冒火。"王小福虽然这样回答着父亲，但还是受到影响。本来的学习成绩和开苹是"并排走路"，不分前后的，后来一落千丈。

那年冬天，飞絮散花，下起了大雪。开苹像往常一样，背着书包上学，雪没膝盖，还没有人走过，摸不着路。但她沿着自己熟悉的雪下路，一步一个脚印前行。开苹在过大坝的桥时，因为桥面结冰，前脚跨上桥，后脚刚抬起便失去重心，人滑到水流哗哗的大坝里。开苹被流水冲进大坝的闸口，但开苹机灵，抓住拦水板呼救。

汪濊老师上班也从这座桥路过，他发现前方雪路上的小脚印，判断是自己的学生上学了。但他走上桥时，发现有个脚滑的印记，前面的雪面上再也没有脚印了，心想不好，有人滑到大坝里了。他低头向大坝的桥下一看，一个穿着红棉袄，背着书包的小姑娘，手抓拦水板，哗哗的流水从她脸上抹过，已奄奄一息，被冻得无力发出声音了。

大坝修闸时，在闸的旁边还修了水泥台阶，方便开关闸口。汪濊老师用胶靴踢开水泥台阶上的厚雪，摸下桥抓住小姑娘。抱上桥一看是开苹，脸色发白，他摸摸开苹的小手，已冻得僵硬。汪濊老师脱下开苹的红棉袄，又脱下自己的棉袄包住开苹，不顾雪厚难行，抱着开苹就往李望家跑。

花妮接过汪濊老师怀里的女儿眼泪直流。

李望瞪着眼说："活该，早上一开门，我就说雪厚没路，不上学了，不听话，非去不可。"花妮打来热水，帮开苹暖了身子。她恢复了知觉，换上干衣服，又要跟汪老师一道上学去。

开苹不怕下大雪，上学掉进水坝的事，在学校传开了，感动了很多同学，但也吓倒了不少同学。王小福就是被吓倒的其中之一。

父亲王有才对王小福说："开苹听了汪老师的话，着魔了。大雪天还念书，掉坝里了，'知识就是力量'？开苹背了一书包'知识'，怎么没力量爬上岸？等看不见雪，你再上学吧。"

两个月了，雪还在坡坎的背阴处睡觉。等王小福看不见雪背着书包来到学校，期终考试结束了。开苹又名列第一，王晓俊紧跟其后。

五年级最后一个学期开学了，王小福学习有些吃力，尤其是上学期下大雪，耽误了上学，数学的百分数、长方体、正方体都没有学。

父亲王有才看出了儿子心思说："不念书就不念吧。扛锄头把子照样吃饭。"

王小福听了，把扛锄头和读书进行了比较，锄头有"一扛两不扛"，天晴扛，下雨天和晚上不扛；读书就不同了，除了吃饭睡觉外，都是读书时间。既然"照常吃饭"，不如扛锄头把子轻松，于是甩掉书包回家了。

汪濊老师几次家访，要王小福重新回到学校，并承诺帮助他跟上开苹和王晓俊。王小福也动摇了，想找到书包跟汪老师上学去。

"汪老师念了不少书，还当了老师，但还靠拿锄头把子吃饭。"

王小福听了父亲的话觉得也是，汪老师当民办教师，听说工资养不活一群鸡，拿到手的书包又扔回原地。

谁知这一扔，扔出了千古恨。开苹的儿子，王娜的女儿都念初中了，自己还孑然一身，打着零工，跟年迈的父母蜗居在一起，房子还老旧不避风雨。

王有才看到大女儿王大妮被评为精准扶贫户，李开苹在县里拿钱补贴她养鸡，还帮她做了琉璃瓦房，装饰一新，他也找到包片村主任李来富，也要求扶贫。

“扶贫是有条件的。你有儿子王大福、女儿王蓝花赡养，王小福也能赡养你。房子破了他们能帮你修。经过调查，你不属于穷困之列，不能列为扶贫对象。”来富一见王有才就气不打一处来，当初自己帮着打三张牌的‘望风’，事情败露了，王有才硬多要自己一百块。

王有才脸都气青了，回到家里，要王小福找来精准扶贫需要符合的条件，一条条对照研判。当王小福读到“五优先”中“因教和因老致贫户优先”时，王有才问道：“儿子，‘因教’是什么意思?”

“可能是因为教师没教好导致贫困了。”王小福胡乱解释道。

“你就是汪濊老师没教好的学生，文化低下，因学致贫，我‘因老’致贫，都是优先扶贫户。还有什么条件?”

王小福说：“‘六进’中有一条，‘房不避风雨的农户要进’。”

王有才看看自己家七十年代做的土瓦结构的房子，墙歪了，瓦条都断了，外面下大雨，家里下小雨，真是“房不避风雨”。自己应该像大女儿大妮一样，进入扶贫队伍，村里帮着做琉璃瓦的房子。王有才晚上跑到来富家里，摆出了自己符合精准扶贫的条件。

来富说：“精准扶贫有个‘七不进’，王小福符合第七条：‘有劳动能力，但好吃懒做、赌博导致贫困的农户不能进’。”

王有才一听，从板凳上跳起来，把桌子一拍：“你骂我儿子王小福‘好吃懒做’，又污蔑他‘赌博’。今天，我这个‘贫’你就扶定了，否则，我就告你骂人，还污蔑人，再把你以前‘望风’的事抖搂出来。”

来富听了，像泄了气的皮球，溜到门外树下抽着闷烟。红香跑到婆婆家说：“王有才要打架。”

“想打架，我俩亲家单挑。来富年轻又是村干部，打了你年纪大的，说出去名声不好听，还要受处分。”李望边说边卷着袖子，举着拳头赶过来扑向王有才。

王有才也举着拳头迎上来说："谁怕谁？"

花妮站到两人中间，两手抓着两个拳头说："两亲家举拳相向，一个是驴背上摔跤，一个是牛背上抽鞭，都是错上错。好歹这是晚上，日里被左邻右舍看见了，还不笑掉大牙。"

王有才放下拳头说："来富不扶贫我们，我天天晚上来坐坐。"

李望说："我家孙子都没分到田，什么土地三十年不动，这不是让他们讨三十年饭吗？扶贫的首户应当是我家孙子。"

县委书记李开苹听了茨茅村书记魏荣反映的情况，及时赶到上沟村，到王有才家调查情况。

王有才见县委书记李开苹来访，惊讶地问："闺女，还记得叔啊？"

王小福的母亲泡来茶，紧盯着开苹看，心想：这么好的媳妇"飞"了。

"叔、婶，你们身体都好？"开苹关心地问道。

"老了，还给小福洗衣服。"王小福的母亲眼眶湿润了。

王小福搬个椅子让开苹坐下，红着脸说："我爸就是眼浅，闹着要扶贫。"

"大叔这个老旧的房子是要翻修了，让我哥来贵'掏一点'，大福'拿一点'，小福……"

正在这时，开苹的手机响了，一看是王娜打来的，便知道是怎么回事，就打开免提，电话里传出王娜的声音："喂，开苹，王小福修房子，我家孩子他爸，也要支援一部分。"

王小福听了，急忙对着手机说："王娜，不用了，我离开广州时，你给我的一万块钱，还存在银行里呢。"

"王娜，你放心，我们会帮他的。"开苹放下手机又对王小福说，"打零工的体力活重，我介绍你去吴浅叔那里学种大棚，回来也种几亩，有什么困难跟魏荣说，他会帮你解决。放心吧，小康路上不会落下你。"

王小福听了开苹一翻暖心的话，感慨地说：“开苹啊！当年我们同班读书时，汪瀸老师说，‘知识就是力量’，我不信。现在，我终于相信了。”

第三十三章　李开苹的纠结

在调查茨茅村贫困户的时候，开苹的奶奶和“嫩爷爷”让她纠结起来。

“嫩爷爷”和奶奶结婚时说过：“现在是当妻子爱着，年老了当娘养着。”已六十多岁的“嫩爷爷”，无微不至地照顾病在床上八十多岁的奶奶，坚守着当年的诺言。但他们都年老了，失去了劳动能力，生活的重担自然压在大儿子魏荣身上。

魏荣大学毕业，虽然担任着茨茅村书记，但妻子上班的那家企业产能落后，污染环境，必须关停，所有员工回家待业。孩子要读书，还要还住房按揭，赡养二老，家庭支出全靠魏荣的工资收入。人家都开着小车上班，魏荣还骑着电瓶车。

魏华高中毕业，为了减轻父母的负担，没有继续读大学，后来又想自学考硕士学位。

村里人斜眼道：“唱歌不看曲本——离谱。”

汪濊老师鼓励说：“只要愿意付出，就有收获。”

功夫不负有心人，三十多岁的魏华终于成为省城大学的英语系研究生。但现在没钱没信没电话回来，变成“三没”的儿子。

有一次，有几个陌生青年人找上门来，说：“魏华欠我们十六万，今天是来讨债的。”

“我们都老了，挣不到钱，现在都没钱给病倒的老奶奶看病。”“嫩爷爷”说。

讨债人看了看三间破旧的土垒瓦房，魏华的父亲年纪也大了，还有个八十多岁的“奶奶”生着病，母亲没见着，要他父母还债，也没有可能，就转身走了。

“嫩爷爷”和魏荣想出多种办法寻魏华，想问明欠债的原因，可他好像人间蒸发了。

开苹晚上一睡到奶奶陪嫁的茅草花枕头上，就想起高中读书时，奶奶拎着篮子送来红烧鸡的情景。她纠结起来。“嫩爷爷”这一户，按扶贫条件，叔魏荣吃着财政饭，小叔读研究生也该毕业了，不能认定为贫困户。但奶奶又过着贫困的日子，自己的接济，毕竟不是长久之事。

开苹对魏荣说：“叔，小叔为了躲债不见人影，想办法找到他。否则，茨茅村还存在扶贫堡垒。”

魏华在省城大学读研究生时，每逢假期，日夜都在校图书馆待着。这是个夏日的夜晚，由于太劳累，他提前离开，想早点休息。走出图书馆大门，竹摇影，荷送香，他愉快地伸了个懒腰，抬头看了看夜空，银湾一抹，白练千重。

忽然，他看见图书馆楼顶，有一个黑影在徘徊，隐隐约约听见一句哀叹声：“偌大的星空，怎么不能容纳一个小女子？”

魏华顿感不妙，转身向楼顶跑去。当“小女子”脚踏楼顶边缘，张开双臂，向下作飞行状时，魏华冲过去迅速抱住“小女子”。

“小女子”闭着眼，还张着双臂说：“星星拥抱我吧。”

“醒醒，我不来，阎王就把你抱走了。”

“小女子”一睁眼，发现自己被一个大男生抱着，边哭边挣脱道：“臭不要脸，救我不怀好意，让我化成星星吧。”

魏华紧紧抱着“小女子”不敢放手，怕只要一松手，她就会冲下楼去。等“小女子”挣扎得筋疲力尽，瘫坐下来时，魏华问起她轻生的原因。

“小女子”看魏华和自己在省城同一所大学，他读研究生，自己读本科，即将同时毕业，认为是可以诉说的对象。

“小女子”哭诉道：“我姓阮名琴，是春谷县最边远的圩埂乡人。父母只生育我这一个女儿，今年读大四。父亲阮柱游手好闲，母亲得了胃癌，急需手续费。母亲买菜的收入都给自己上了大学。自己就在学校附近一个名叫‘仙景’的小额贷款公司，借了三千元送回家，谎称是学校的奖学金和校外补课所得。谁知，现在这个公司要我还他们十六万，如果还不起，就要告诉我家里人，逼我父母还。”有诗曰：

套路贷

因医借贷两三千，一字签留陷怪圈。

隔日催还惊万贯，无银代孕可回填。

“借款是怎么回事?”魏华吃惊地问。

“原本只想借款三千元，‘仙景’贷款公司的经理罗卢，劝我填一张十六万银行账单，说是走账。以后只还三千元就行了。次日，银行‘空放’高利贷十六万元给我，我当场取现交给了罗卢。我借款三千元，扣除‘砍头息’九百元，实际到手两千一百元。借款十四天到期后，罗卢向我索要上述十六万元借款。还有高额利息，每天都在翻倍地增加。”阮琴说完泣不成声。

“这哪里是什么‘仙景’公司，这是‘陷阱’公司，是诈骗公司，可以起诉他们。这就是网络金融的‘套路贷’”。魏华愤怒地说。

“黑暗的另一边就是朝霞，走过去，光明就在你的眼前。”魏华一边安慰，一边拉着阮琴下了图书馆楼顶，将她送到宿舍，转身离开时又对阮琴说，“明天，你哪个地方也不要去，听我的信息。”

省城的街道两旁，香樟翠绿浓荫，清香袅袅。魏华骑着共享单车，找到罗卢的“仙景”贷款公司。小院内乱鸦争树，败叶压墙。罗卢留着竖起的短发，浓眉大扁脸，见有人进了他有点暗的办公室，从老板椅上站起来，迎接来客，并吩咐秘书小姐泡茶。

魏华坐到沙发上，开门见山地说：“你把阮琴的借款转到我的名下，从此以后我还钱。”

罗卢说：“你先在我‘仙景’公司借款，把阮琴的借款还掉。分别在七天，十四天后，你再还我的款。要不然我有的是办法让阮琴还钱。”

魏华听了着急地说：“你要阮琴还多少，我就借多少。”

“十六万。”罗卢靠在沙发上，衔着“九五至尊”香烟说。魏华毫不犹豫地办理了二十多万的借款手续，扣除砍头息、滞纳金、手续费等，刚好剩下16万作为阮琴的“借款”，如数交给了罗卢，又在自己口袋里掏出五千元交给他说：“这是阮琴实际到手的两千一百元借款，也还给你，请你开个收据。”

罗卢将收据交给魏华说：“如果逾期，每天罚金二百元。”这种超高息的短期借款，被称为“714高炮”。

魏华告诉阮琴说：“你的‘借款’已转到我的名下，毕业了放心地去工作吧。”

“这么多的‘债务’，你怎么去还？”阮琴内疚地问。

你放心，国家不会允许这种非法借贷公司乱来。我们先还款，边收集证据，法律会还你公道，魏华面露轻松地说。

“不能让你为我背起这么沉重的负担，你去哪里，我也去哪里。”阮琴感激地说。

魏华和阮琴毕业来到深圳一家外资企业投简历，幸好两人都被招聘。为了节省开支，两人合租了两室一厅的小套廉租房。

魏华说："我们住下来，讨回了公道，才能回家。否则，罗卢会带人跑到我们家里暴力讨债。可惜，我那生病的老母亲和爸，只有靠我哥照顾了。"

"什么时候能回家啊，我家里也有个生病的母亲，谁能帮我呢？"阮琴说着泪满眼眶。

阮琴的妈妈，就是花妮的表妹叫陶琴。当年魏华的母亲想找花妮的父亲任义把她介绍给阿魏，女儿阮琴是取爸爸的姓和妈妈的名。

这是个茅草花盛开的日子，天气晴朗，花妮乘公交车来到春谷县医院看望住院的表妹。

"姐姐啊，我真想一人'走'了清净，女儿阮琴至今都没回来。听村里人说，有几个外地小青年，来到家里找她，要她还债。她寄回的两千多块钱，可能都是借的高利贷。"表妹一见花妮，眼泪哗哗地流着。

"阮琴可能遇到难处，你生的是大病，可以向村里申请扶贫。我们茨茅村阿魏，开苹叫他'嫩爷爷'，情况与你有点相似。我那改嫁的婆婆今年八十多了，生病在床。大儿子魏荣自身负担比较重，小儿子魏华研究生毕业了，至今也没回家，听说也有外地小青年，来到家里讨债。听我家来富说，镇里正在向县里申报把他家列为扶贫对象。"

花妮离开医院，阮琴的父亲阮柱听妻子说阿魏能搞扶贫，心想：对照茨茅村阿魏家，我家也能成为扶贫对象，不如搞几个扶贫资金打打麻将。于是，立即回家写了申请递到村里。

村主任说："经调查，你家有大学生工作了，不符合扶贫条件。"

阮柱收回申请，气呼呼地转身跑到县委办公大楼，要找县委书记李开苹。谁知门卫拦住了他，并把情况报告给扶贫办领导。领导看了阮柱的扶贫申请，又打电话到阮柱所在的圩埂乡了解情况，最后告诉阮柱说："经核实，你家不能列为扶贫对象。"

阮柱听了，愤怒起来，在县委办公大楼的大厅里大叫起来："李开苹当了县委书记，以权谋私，把自己家的村子都扶贫了。她的‘嫩爷爷’家，有一个大学生和一个研究生，李开苹还帮他走后门扶贫。”

县纪委方书记听了，立即把阮柱拉到纪委办公室，提醒他说：“诬告是要负法律责任的。”

阮柱说：“没有诬告，都是事实。我还听说，茨茅村的王大妮，是书记李开苹嫂子的姐姐，吴浅是王大妮丈夫的老表，都被扶了贫。书记还亲自到前男友王小福家，情深深地对王小福说，小康路上不丢下他，也准备帮他申请扶贫。如果不扶贫我，我就举报到中央巡视组。”

纪委方书记非常重视，到扶贫办仔细查了茨茅村的扶贫名单，没有阿魏和王小福的登记情况，是不是正在补办呢？纪委必须深入调查，给投诉人一个满意的答复。

李开苹听工作人员反映，有个圩埂乡的群众阮柱来到自己办公楼下大闹，要求扶贫。

开苹心里一惊，难道我们扶贫工作做得不细？她立即打电话给圩埂乡朱书记，要他带自己去阮柱家走访。

圩埂乡朱书记又打电话到办公室，说：“李书记，阮柱在县医院陪护，我马上过来，陪你一道去医院看看。”

开苹坐在阮琴妈的床头问长问短，因为不常来往，眼前的表姨娘她不认识。但开苹了解了她子女的读书情况，和“嫩爷爷”家相似。她拿出五百块钱，塞在病人的枕头下说：“阿姨……”

“不，你应该叫我表姨。”

开苹这才想起来这是娘说过的亲戚。

开苹连忙改口道：“表姨，安心治病，有合作医疗的大病救助。我们想办法把表妹阮琴，还有我那个小叔魏华找回来。符合扶贫条件的，我们一定让你们脱贫。”

县医院胡院长一直陪同开苹了解病人情况。

开苹和乡朱书记来到胡院长办公室，研究暂时有困难病人的解决办法。开苹忽然看到院长办公桌上的报纸，上面有篇报道用醒目的标题写着：“被‘套’的女大学生，欲跳楼轻生”。副标题是“研究生魏华见义勇为，帮助阮琴跳出套路贷”。开苹认真读了报道，心里的疑问顿时解开。报道提到罗卢被判了刑，退回了非法所得。

李开苹拿着报纸，又进了表姨的病房，将阮琴的消息告诉她。

李开苹一跨进病房门口，抬头一看，惊奇地喊道：“小叔。”

魏华也惊讶地看着开苹说：“如果我没说错的话，这里肯定有我侄女的扶贫活儿。”

开苹狠狠地“白”了小叔一眼说：“我不来，表姨夫要举报我徇私。”

在一旁的阮柱听了，头低得都要碰到膝盖了。

开苹仔细看着他身边的“小女子”，披肩长发，柳叶眉大眼睛，显得清秀而又有内涵。可是，腰腹有点圆挺。

睡在病床上的表姨说：“这就是你的表妹阮琴。”

魏华一听，脸青了，小叔和侄女的表妹同居了，而且还怀孕了，自己干了件“差辈”的事情。

开苹看见小叔的尴尬样，故意责怪道：“你们俩玩失踪，父母成了贫困堡垒，让我们政府来攻坚。”

接着，开苹举了举手上的报纸对魏华说：“小叔，你做了件了不起的事，救了我的表妹。但是，你又做了件荒唐事，你俩生的孩子，叫我姐姐还是叫我阿姨？”

魏华忙解释说：“我真的不知道阮琴是你的表妹。包拯称嫂子为‘嫂娘’，我想让孩子叫你‘姐姨’，不知可否？”

“不管怎样称呼，只要你们幸福就好，奶奶和你岳母的‘扶贫’任务就交给你了。”开苹轻松地舒了一口气笑着说。

第三十四章　亲情的烦恼

农村土地承包三十年不动，又加三十年不动。李望对来富一儿一女和来贵儿子没有机会分得土地耿耿于怀。

端午节，榴花吐艳，芳草蔼蔼，开苹和王晓俊带着女儿回来过节。一坐下，老父亲李望就给她上“政治课”：“当年农民受苦受穷，就是没有土地，毛主席领导我们翻了身，有了自己耕种的土地，过上了幸福的日子。现在土地又不让分了，子孙们，尤其是我家的孙子，又要变成了当年没有土地的农民了，又要受苦受穷了。”李望拆开开苹送节的香烟，锁着眉头抽着。

“割资本主义尾巴时，我半夜偷偷地到上沟村开了一片荒种菜。如果没有这些菜，你就会长得像秋茄子，跟在县委书记后面拎草鞋，人家都不要，还人五人六地当了县委书记。一句话归总，我孙子没土地分，就是贫困户，就是‘贫雇农’，你要扶贫。你们的致贫原因中有一条，就是缺少土地。”李望在女儿开苹面前不断地叨叨着。

“老爸，你都‘七十古来稀’了，还想着为孙子要田要地。他们长大了，走向他们理想的地方，过上富裕的日子，你拄拐棍帮他们种吗？”

开苹勾着腰，拄着拐杖，模仿父亲到时候老态龙钟的样子笑着说。

“毛主席早就说过，土地是农民的命根子。你这个县委书记，不好好学习毛主席著作。不管怎样，我孙子有了田地，就是荒了，我拄着拐棍去看一下，心里也踏实。”孙子没有土地李望不放心，好像要活到孙子有了土地为止。

“你爸晚上睡在梦中都喊，孙子要分田。我也劝过，田都分到各户了，难道在月亮上挖田分给你？”花妮边拾掇着老母鸡边说。

“谁说没田？汪濊老师一家都是‘非农业’，自己拿着国家的工资，还‘霸’着田，这难道和过去的地主不是一样吗？”李望一想起汪濊老师过去的穷酸样，现在还“翻了身”，心里不舒服。

“当年没有你和晓俊两个小家伙的帮忙，让他娶了彭珊妮，恐怕现在还是光棍。”李望看了女儿和女婿一眼，不服气地说。

“如果不是他和珊妮阿姨帮助我读书，你现在问我要什么扶贫？这香烟，我应当送给汪老师过节。”开苹对老爸狠狠地瞪着眼说。

王晓俊看到父女俩争执不休，忙说：“下午，我开车带爸妈到城里的云谷公园去开开心。”

李望听了，气又不打一处来，说：“云谷公园，我永远不去。我去了，又有人在背后指我的脊梁骨，说我养了个女儿毁田造园。”

“爸，开苹为城里人做了件好事，让那些城里人有个休闲散步的去处。”女婿王晓俊解释道。

“是散步重要还是吃饭重要？几十亩高产田，挖成塘堆成山。给我家孙子种，要收多少担稻？养活多少人？当时，我被她妈的侄子文革请去看工地，看到挖掘机开到田里，举臂挖下去，就好像挖在我的心上。我操起铁锹跑到县委大院里，找她这个县委书记，可是被警察拉到警车里，把我送回来了。”李望一想起挖田造园的事就心痛。

“爸，你还是沾了开苹的光。如果换成别人，非定个‘寻衅滋事罪’不可，拘留你十五天。”女婿王晓俊笑着说。

“把你爸关几天也好，让警察给他上几天课。现在有吃有穿有住‘三不愁’，还一天到晚要田要地要扶贫。”花妮责怪老头子有点过分。

端午节的中午临近，来富、来贵两家人都陆续来到父母家过节，全家人欢聚一堂。炖老母鸡、红烧黄鳝、泥鳅穿豆腐，满满一桌土菜，香溢诱人。

李望站起身，举杯对女儿开苹说：“我第一杯敬春谷县委书记，正式请求县‘大老爷’，帮我孙子分得田地，或者列入扶贫户。”

开苹见状连忙站起身，王晓俊吓了一跳，也站起身陪着开苹。

“爸，今天过节，只要你开心喝酒，你有什么‘指示’，我都‘照办’。”开苹端起酒杯一饮而尽。

王晓俊忙离开座位，安慰老丈人坐下。李望还不愿坐下，花妮抱住他的胳膊往下一拉，说：“你们今天都回来了，欢欢喜喜地喝酒，多吃点菜。老头子没那么老，但先颠倒了，他说话，你们装聋就行。”

来富告诉父亲李望：“开会时，开苹作报告说，扶贫开发是我们第一个百年奋斗目标的重点工作，是最艰巨的任务。时不我待，扶贫要增强紧迫感，真抓实干，不能光喊口号，决不能让困难地区和困难群众掉队。开苹难道让你掉队？让她的小辈们掉队？明确地告诉你，我们要全面进入小康，永远甩掉贫穷的帽子。”

“开苹的这些话，怎么没跟我说过？”李望看着女儿开苹责怪道。

“你又不是干部，开苹的报告，只有村镇级以上干部才能听到。”来贵插话道。

李望提醒开苹说：“你在外当领导干部，千万不要说过头话，干过头事。再过两年就永远没有贫穷了？年轻时，我经常听你外公任义说，贫穷是流水，三年到河东，三年到河西，从来没有流断过。”

“你这个比喻是什么意思？”来富问。

“常言道，‘富不过三代’，也就是说，三代过后贫穷就来了。”

“我就不信，你看我家今天富了，三代以后会更富。”来贵放下酒杯，手指着儿子说。

李望端起酒杯喝了一口，放下酒杯意味深长地对开苹说：“你外公任义告诉我，几千年来，人们想摆脱贫穷都没做到。比如太平天国，什么‘有田同耕，有衣同穿，有饭同食’。毛主席领导人民真正翻了身有饭吃了，但我们还是奋斗了这么多年，你敢夸口没有贫穷了？而且永远没有了？开苹，你又在放‘卫星’了。”

“爸，你放心，开苹没有说错，这是我们政府的战略。”王晓俊解释道。

“你夫妻俩睡一个被褥笼，当然一个鼻孔出气。”李望不相信。

“现在的日子，经常让你爸做‘噩梦’，睡到半夜，冷不丁地坐起来喊道：‘我是地主了，我要挨斗了’。我被惊醒，拉开灯安慰他，如果你成了地主，除了开苹的扶贫户外，茨茅村的都是地主了，春谷县十之八九都是地主了。”花妮说得子女们哄堂大笑起来。

“我爸真是‘杞人忧天’，穷了想富，富了又怕挨斗，还怕富不长久。”来贵边喝着老母鸡汤，边对父亲笑着说。

“老爸不但怕这些，更怕他孙子们没有田地，将来和祖辈们一样。”蓝花夹起一块黄鳝放到李望碗里补充道。

“你们把话又岔到田地上，我又想起芜城的那个雕塑公园，三百多亩山地用石头、铁、铜、塑料做成各种我很难看懂的形状竖在那里。如果栽山芋漏成粉丝，我想芜城里的每个人都能吃上一大碗；如果种小麦，芜城都不要到外地进面粉。这是更大的领导负责的，如果是开苹负责的，我肯定又要‘闹’得鸡飞狗跳。”李望以严父的姿态教育着子女。开苹听了，连忙端起父亲的碗，帮他舀鸡汤，王晓俊斟酒。

“爸，你珍惜土地，爱惜土地没有错。我们有土地种粮食满足需求外，也要腾出那么一丁点土地，建文化场所，满足人们的文化需求。这些就像我们吃了饭以后，还要吃点水果一样。”女婿王晓俊用比喻解释建雕塑公园是文化需求。

“我们茨茅村准备写份申请，在公园里再建两个雕塑，一个是老爸，命名为《土地虫》。一个是扶贫，命名为《永远的过去》。”来富笑着说。

“我就听到你们姑爷、舅老爷在嘚瑟，当领导的就是不一样，和我们这些‘老百姓’在一起，惜语如金，说了怕矮了自己。”李望瞟了女儿开苹一眼说。

“老爸不要挖苦开苹了，春谷县还有最后一项扶贫任务急需完成，是茨茅村通向‘小康’路的最后‘一公里’。我们晚上开会，她还参加呢。”来富帮妹妹开苹开脱道。

“我前不久回娘家，坐车看到我们贵州的村庄都通了水泥路。我妈告诉我，村上的贫困户，都陆陆续续地脱贫了。”大媳妇红香说。

“我昨天还看了春谷报纸上刊登了一首诗，歌颂我们干部扶贫的。”来富读给父亲听。

精准扶贫

晨起戴公山，夜收漳水帆。
谁家床少被，哪户日无餐。
精准匹夫定，攻坚重任担。
汗流迎笑乐，再累也心甘。

“你看开苹她们这些当干部的多辛苦，披星戴月地忙着。”来贵赞扬道。

“他们为王大妮们‘汗流’，为吴浅们而‘累’。老爸每天喝点酒，就不是贫困户，就不扶。”李望又闷闷地喝了一盏。

“扶贫的话题，你儿子女婿说得很明白了，无需我多言。你儿女一大窝，个个都有能耐，小酒眯着，只能醉了‘扶’你。老爸一定要我说话，我只想说一句，贫困将结束于我们这一代。现在会是全面小康和消除贫困的‘分水岭’。”开苹的话坚定而有力，李望听了瞠目结舌。

第三十五章　茨茅村的欣叹

李开苹在省里开完脱贫攻坚会，赶到茨茅村，看到春谷县脱贫奔小康最后“一公里”路修好了，舒了一口气。

春节到来时，村书记魏荣和村主任李来富，忙着在新建公路两旁的桂花树上挂起小红灯笼。茨茅村部的会议厅安装了电子屏，主席台上摆了好几个精致的麦克风。春谷县脱贫奔小康的先进事迹报告会，将在这里举行。

脱贫户王大妮代表茨茅村汇报脱贫事迹，省市有关领导也来参加，县委书记李开苹主持，还有中央电视总台记者，亲临现场采访。

李望和吴浅作为茨茅村代表参加报告会。他俩早早来到村会场，会议还没有开始，吴浅坐在李望身边，首先发出自己的欣叹：“几千年都存在的‘贫’字，写在我身上，抹不掉。你家开苹一伸手，我的‘贫’字被拿走了。”

“我家女儿开苹当了县委书记，那么大的权力，一点都不私用。上次我要她把自己的哥来富调到镇里搞个副职，她眼朝我一横，吓得我不敢再说。”李望喟然长叹道。

"'一人得道，鸡犬升天'，过去，现在都有。你想想，'得道'的人，是人吗？也是鸡犬。开苹做得对，我们相信她。"吴浅又欣叹着。

"有权，不帮家里人升官，帮家里人发财总可以吧。她二哥来贵在蓝梦制衣厂，我要她想办法，为难一下广州那个老总，把厂转让给来贵。话还没落音，女儿冲着我说，'逢年过节，你没酒喝了。'我问这怎么回事？她说自己坐牢去了。一顿话冲得我灰头土脸。"开苹当官，家里没得到好处，李望耿耿于怀又叹息道。

"开苹真是我们村的好女儿。"

"你就把她往大里赞。女婿王晓俊要在省城买房，还搞什么按揭。一个是省纪委书记，一个是县委的一把手，只要向哪个企业家哼一声，别墅都送到他们手里。有人就是这么干的。可他们动不动就说党的'四风'和'八项规定'，难道它是一道符咒，一举手，就没妖敢作怪了？"李望对女儿女婿有权在手还怕"符咒"，不晓得捞一点，摇摇头叹憾道。

"老哥，钱迷心窍。开苹不贪不腐，这才是好干部。我知道，在她的努力下，我脱贫了，王大妮家脱贫了，全县都脱贫了。全省在这里开先进事迹报告会，你的脸上光彩死了。"吴浅又向李望竖起拇指欣叹道。

"想想当年，插锹拦路，要承包自己家门口田，是为了温饱。我家来富帮玩三张牌的望风，王小福到广州误入飞车抢夺，你丢包骗人，都是为了'致富'。可惜，都是歪门邪道。还是汪濊老师有远见，我不愿拿钱给开苹读书，他拿钱，开苹才有今天的模样。"李望这才想起汪濊老师的好处赞叹道。

"那时有了三个孩子，经常断粮。母亲为了减轻我的负担，嫁给与我同年的阿魏，至今，我还有愧疚。"李望又嗟叹不已。

"你母亲也找到了自己的一片天。阿魏经常在我面前夸你母亲，为他生了两个好儿子，一个大学生，一个研究生。他还向我传授经验，'老婆大，生秀才'。魏华在深圳是个白领，魏荣在村里挂职，忙的都是为我们脱贫致富。"吴浅又笑着说道。

“还是彭珊妮有能耐，把广州老板的蓝梦制衣厂，移了半个到春谷县来。茨茅村有多少人在那个厂里，不然我们村的贫困户就更多。像我没有一技之长的种大棚，也过得有模有样的。”吴浅接着长叹道。

李望站起来说道：“我家开苹，真像一名战士，时刻冲锋在前。能得到你们的口碑，我也满足了。”

两个种田人，在这不同寻常的时刻，从心底发出自己的欣叹。

会场的电子屏幕上，忽然显示出一首词：《水调歌头 · 天下无贫》。

茨茅村书记魏荣拿起麦克风介绍说：“这是汪瀸老师创作的词，是代表茨茅村给大会的贺词：

水调歌头 · 天下无贫

茅宅遇天漏，上下几千年。蒿床冰冷，编草还作衬衫穿。马挂干戈旗举，只为饥穷击鼓，血溅地凌寒。多少不眠夜，望饱腹人间。　问大地，民做主，尽开颜。小岗初起，沃土赢得自耕先。皆上康庄大道，因病因灾拉后，携手梦同圆。天下无贫日，追溯在当前。”